夜風の縺れ

TakehiRo
iroKaWa

色川武大

P+D BOOKS
小学館

目次

※目次の●は杉民也名義、■は井上志摩夫名義、◆は阿佐田哲也名義の作品。
無印は色川武大名義。

【小説】

夜風の縺《もつ》れ

夜風を眺めながら、机にもたれかゝつていると、電車の響き、犬の鳴声、遠い街の雑音が妙にぼくの気持をいらだたせる。

Kは、身動きもせず柱によつて瞑目していた。最前から二人共沈黙したまゝだ。ぼくは気ずいて燃えさしの煙草を、そつとKの学帽から離してやつた。

戦争中に父親を爆死させたKの家庭は、戦後不慣れな商売を始めた母親の腕にすがつていた。Kは学院でも往復の道でも学帽をかぶらず、ポケットにぐしや〳〵に突込んで、講義が終るとそゝくさと大学に近いぼくの家に来て、夜更け迄じつとしていた。時には泊つて行く事もあつたが、そんな時でもKは窓外をのぞこうともしなかつた。外界を憎悪しているようでもあつた。

「おい」

とぼくはKをのぞきこみながら云つた。

「お話の作りつこをやろう。Dと云う作家の小説にそんな場面がたしかにあつたぜ。お互いに一つづつしやべるんだ」

毎日、ぼくらは無意味なゲームをくりかえしていた。

「テーマはコメディ。いいね。何でもいいから阿笑《おか》しくて耐らないようなのがいい」

「よかろう」

Kも眼をひらいた。ぼくらはめい〳〵の方を向いてしばらく考え始めた。もう夜も更けて、庭の葉蘭のあたりが妙にどすぐろく、陰惨である。五分ばかりの後、先ずぼくが口を切り出す。

★

季節は夏、丁度今頃だね。お盆を少し過ぎて、暑くてだるくて、そのくせ、巷が不思議な活況を呈す頃だ。場所は山手の中流家庭、商店街から少し離れているので、夜はさすがにひつそりしている。門の前をハイヒールの音がコツ〳〵とひびいて、忽ち消えてしまう。風鈴が鳴る。時々風があるらしい。ラジオの音がきこえてくる。ラジオ歌謡だ。けだるいような唄声だね。フッと近所の笑声が聞えたりする。舞台は此の家の茶の間だ。少し古びた畳、茶箪笥、違い棚、火は入つていないけど長火鉢、円卓、空襲でも焼けなかつたのだろうね。さして金持という程の事はないけど、一応そろつている。見た所、別に金に困ると云う程のものじやなさそうだ。けれども此の家の主人は、数年前に妻と、それから十八になる男の子を残して死んでしまつた。

成程、お妾さんかね？

違う。違う。お妾なんかじゃない。只、夫の残していつた少しばかりの財産が、今の所はあるのだね。こんな世の中だ、心細い限りなんだが、まア他眼《ひとめ》には平凡に暮しているわけだ。今、おそい夕飯の終つた茶の間では、母親と、亡夫の遠縁で、ちよい〳〵遊びに来る若い青年がゆつくりと世間話をしている。

一応のお膳立ては出来たわけだね。

若しかしたら母親と青年は既に出来ているのかも知れない。イヤ、わからぬ。どうでもいい事だ。そんな事は誰も気に留めてやしない。それよりも、一番いけないのは息子だ。体が弱くて、中学を出たつきり何にもしない。風来坊だ。色が白くて、顔や手足にいつぱい生毛が生えている。こう云うのがえてして油断のならないものさ。此頃では……

おい〳〵。どうやら家庭悲劇の匂いがして来たぜ。今夜の題は、コメディなんだからね。しつかりやつてくれたまえ。

わかつている。とにかく、他眼には平凡なように見えるが、どこの家庭でもそうのように、相当荒れてるんだね。或る晩、息子は母親のへそくりの中から、千円札を一枚、盗んだ。

何の為に？　女でも、出来たのかね？

イヤ、……何の為でもなく、だ。

何か理由をつけなきや、まずいだろう。

何の理由もなしに、只、取る。ダラ〱と無駄使いだ。無理にも使う。そう云う奴なんだ。

成程……。

青年の名前をQとするか。先刻も云つた通り、Qと母親は茶の間で、世間話をしている。

暑いわねえ、から始まつて、お米は豊作……位の所かな。

少し和やかになつて来たね。

待つてくれ。この会話は少しくわしくやろうか。この間に物語が発展していくんだから、……ガスにしかけた鉄瓶が沸いて、母親は台所に立つた。

「暑い時のお茶つて、いいものよ」

「叔母さん驚いたですねえ。街で見ると、洋服類なんか、ずい分安くなりましたよ」

「落付いて来たのね。今頃が買い時なのかしら」

「どうも、……もう少し安くなつたら、なんて、ケチ〳〵してると結局は馬鹿な目に会いそうだ。ハハハ」

「それもそうね。……えゝと、この辺じや、今どんな映画がかゝつてるのかしら。お盆にだつて一度も行かなかつたんですもの。少しのんびりしたいわ」

「○○と云うのが、いいそうですよ。見てらつしやいよ、叔母さん。今から行けば丁度いい」

平凡だね。

そうさ。怠屈まぎれの世間話だもの。息子は此の時茶簞笥の前によりかゝつて立つて、ニヤ〳〵笑つてる。Yシャツのボタン全部はずして、ダラッとズボンの上に垂らし、意気地もないくせに洒落者の此の男には珍らしい事だ。

僕も一緒に行こうか。なんて無邪気に笑つてるんだろう。

そうだ、そうだ。極めて無邪気に云うに限る。母親は、駄目よ、あなたはいつだつて一人で見て来て、お母さんなんか一回だつて連れてつて呉れた事がないもの。少しヒステリックに叫ぶ。台所からだ。けれども別に憤つている様子もない。一人でみて来る事を詰《なじ》つている調子も見えぬ。ひよつとしたらこの言葉を云つた後で、声のない笑いをクックッと続けているのじゃないか、とも思えるくらいだ。

成程。

息子苦笑の図だね。母親はどうやら台所で茶受けを作つているらしい。皿の音などカタコトとひびく。Qさん、そこにお茶の入つてる筒があつたでしよう。取つて下さいな。これですか？　ヤア、こりやア、コーヒーだ。……これかな、ア、ありました。

間抜けな声だね。

その間に、息子のダラッと下つたシャツがほんの少し、揺れる。先刻、茶簞笥の上の小箱の中に、三千円入つてるのをチャンと見届けてあるのだ。Yシャツの中で小箱の手ざわりが、ヒヤリと息子の手に伝はる。注意する事は、この間、何か先程と同じように、無邪気な言葉をしやべり、或いは動作をしていなければならない。

ハハハ、犯罪学だね。

見給え、どうやらコメディらしくなつて来ただろう。息子は自分の部屋に帰つて来て、ホッと一息、小箱を取り出す。こんな事で汗をかいているのだ。

後は小箱をもとの所に置いておけばいいわけだね。

茶の間へ来ると、もう茶受けが出て居て、母親が着物をきかえている。本当に映画へ行く気らしい。Qさん、一緒に行かない？　Qは、イヤ、僕は、電車の時間が、などとごまかす。

……大分、用心深いね。

なにがさ。……息子が茶簞笥の上に小箱を置き終つた瞬間、母親が映画の話をしながら、フイと此方を見る。息子は内心、ギョッとするが、別に何の意味もなかつたようだ。Qが此の時思いついたように、叔母さん、わざわざ盛り場まで出なくとも、すぐそばの館でいいものをやつていますよ。……

どうした？

映画は何がいいだろう。先ず日本映画だろうね。

母物かなんか……

それじゃ一寸くどいな。やはりここでは、お白粉と口紅の匂い濃いメロドラマの方がよさそうだね。夢のような男女の交錯する、……

松竹映画あたりのかね、

それもあんまり高級じゃない奴がいい。俗に云う新聞小説の映画化みたいに、宣伝が効いてて、大衆受けのする奴だね。

ヨシ、題名はどうでもいい。きまつた事にしておこう。

母親は喜んで、まあ、あれ観たいと思つてたんだわ。——お義理かも知れないが、それより本当に観たかつたんだろう。早速、簞笥の前に行つて小箱を取り、五百円だけ出して蓋を静かにしめる。息子は知らなかつたけれど、丁度母親の財布の中には小銭が切れた所だつたのだ。そこで母親はつぶやく、アラ、千円足りないわ。

落ちつきはらつてしまつたね。

そうかな。……息子はお茶を一口、すゝり、壁にかゝつているカレンダアを見ながら、もう一口、すゝる。無音無風の表情を……此奴作つているのかしら。母親の方はそのままの姿勢で一寸の間、動かない。唇のあたりがかすかにふるえた。云おうか云うまいか。辛うじて小さい声で何かつぶやいてみる。おかしいわね。今朝あけた時、たしかに……、それとも昨日、Qさんと買物した時、変だな。そこまで云うと、突然激情が襲つて来て自分でどうにも抑えられない。喬さん……喬さん……またやつたわね。どうして……黙つて持つて行くの？　息子はお茶を飲みながら、ゆつくり云う。知らないよ。

下卑た答えだね。しかし、またやったわね、とは常習犯だな。

母親は黙って息子の顔を見ている。息子は少しばかり口をとがらせて、僕、今日は本当に盗らないよ。尤も前科があるから信用されねえかな。

甘えてやがる。

事態容易ならずと見てとって、Qも横から遠慮がちに口を出す。おかしいなあ。叔母さん、どこかに置き忘れてるんじゃないかしら。まさか喬君は取る筈もないし。

Qはニヤ〳〵してるんじゃないのか。いやな野郎だ。

「さっき、私が台所へ行ってる間に盗ったんだわ。喬‼」
「Qさんが居たよ」
「……」
「盗ってたら、とうの昔にあそびに行ってるさ」

「恥知らず‼　ポケットみせてごらんなさい。見せて頂戴」

ちつとも凄味がない、母親のこんな甘やかしかたがいけないのだ。


何とつまらないセリフだ。で、出て来たかね？


出て来ない。息子は相変らずニヤついている。Ｑはとりもち役だ。

「叔母さん、きつとどこかへ置き忘れたんですよ」

「いいえ。今朝ちやんとあの箱へ返しておいたんですもの。ほんとに何て家だろう。折角、たまにのんびり映画にでも行こうと思えば、ちやんとこう云う事がおきるんだわ。まだあんなにニヤ〳〵笑つて」

Ｑは吸いさしの煙草をぽんと投げすてて、

「喬君は盗らなくても盗つたような顔をするんだから。本当に外で落したのでなければ、叔母さんの思いちがいですよ。そこらに入つてるんじやないんですか？」

母親は半信半疑で長火鉢の抽斗を開けてみる。ない。状差しにもない。化粧台の上にもない。

「ホラごらんなさい。どこにもないじやありませんか。喬さん早くお出しなさいよ。本当に恥かしくないんですか。Ｑさんの前で」

「じや、僕の部屋を探してもいいよ」

「おかしいな、そうじやない。きつと此の辺にあるんですよ」

Qも立ち上つて部屋の中を調べ出す。母親は耐らなくなつて息子の部屋へ行く。

「お母さん」息子だ。

「ね、云つて頂戴。どうして黙つて持つて行くの？ あなたが欲しいつて云つた時、いつでもそれだけ上げてたでしよ。ね、何に使うつもりだつたの、云えば千円位、あげます」

「お金なんて、欲しくない」

ほんとにそうなのかね。

大体本心らしい。少くとも現在《いま》はそう思つている。

「じや、Qさんかしら」

「そうじやない、だろう」

「だつて、あんたじやなければ……、そんな事もないわね。そうすると私の思いちがいかしら、……此の頃、忘れつぽくなつて、困るのよ」

再びもとの茶の間へかえる。

「Qさん、もういいわ。きつと帯の間にいれて、落つことしたんでしよ」

Qはなおも長火鉢の抽斗を細かく見る。ない。状差し、ない。押入れにもない。化粧台、無論、ない。さつき探した。

ある。お白粉瓶の下に小さく折つてあつた。

「あつた。ありました。叔母さん、ホレ、ごらんなさい」

「エ‼　まあ、やつぱり、じやあ、昨日買物の帰りに、一寸置き忘れてそのまゝになつたんだわ。ごめんなさい。すみませんでした。あゝ、安心したわ。千円よりも喬さんが盗らなかつた事が……」

Qはゲラ〳〵笑つて、

「なあんだ。やつぱり僕の思つて居た通りだ。さ、映画の時間がおくれますよ。早く行つてらつしやい」

Qは息子が盗つた事を知らなかつたの？

イヤ、無論知つてた。

じや、出て来た千円はQの金なんだね。

イヤ、やはり息子がすばやくかくしたんだ。少し世智辛いけどね。けれどもQも心中、気をもんでいた。あつた‼ なんて大声張り上げた位だからね。もう少したつて出なければ、或いは千円、ポンと投げ出したかも知れない。

じや、母親は？

残念乍ら、札が出て来た瞬間に、すべてを知つてしまつた。息子のまずいお芝居だつたかも知れないね。息子の部屋へ行つてる間に、何かやつたのだろうと思つてる。

ふうん。

★

Kはすつかり黙つてしまつた。ぼくもここまで話して来て、後を続ける気がしなくなつた。失敗したのである。生活の周囲には、もつれた細い糸ががんじがらめにしばりついていて、フト一端を引張ると、突然途方もない笑い声が起つて、済んだ後には枯葉一枚、ぼくらの眼には何の姿もなく、大あくびして気も軽くなる、そんなコメディにしたかつたのだが、いけない事には、Kもぼくも親のすねかじる身であつた。あまりに身近かだつたのだ。運がよくて盗みがみつからなければ、誰の心も傷つけず、みつかつたらば、運が悪いのさ。そんな倒錯した事を考えながら、さすがに矢つ張りそれも出来ず、親の金、身ぶるいしながら、チビ〳〵使つて、……。

よし。

★

今度はKが坐り直して、話し出した。

今の話ね、母親が何も知らなかつた事にして、続けてみようか。

面白そうだね。（今度はぼくが聴き役である）

母親は今迄の自分の行動を心から悔んで居る。私は馬鹿な女だ。物事をよく確かめもしないで口に出すからこう云う事になるんだ。疑いの晴れた後というものは矛先が皆自分自身にかえつて来るものだ。それと同時に周囲がパッと明るくなつて、急に息子もQも光り輝いて見え始める。母親は今、楽しいのだ。自分の身体を、鞭で持つてウンとひつぱたいて、あげくに、ゲラ〳〵笑い出したい気持。

「喬さん、映画へ行く?」

云つてしまつてから、自分の現金さに、一人で笑つてしまう。息子はうなずいて立上るが、

君、これはにがつぽい苦しい微笑だろうね。

「Qさんもいらつしやい」

「イヤ、僕はおそいから帰りますよ。二人で行つてらつしやい」

外へ出た時、時計が八時を打つ。

「もう、始まつているかしら」

「まだだろう。この辺の館はおそいから」

急ぎ足に館へ入ると既にニユースが終つて、一寸した休みだ。

「二階へ行こう」

息子はずん〳〵歩き出す。階下はムッとした人いきれだ。

「席あるかしら、立つてみるんじや、つまらないわ」

二階も混んでいる。

「アノ一番うしろが空いてるよ」

「アラ、ここに一つあつたわ」
母親は二階の前列に腰かけてしまう。息子はどうしても母親と竝《なら》んでみたい。甘いけど、体温にふれていたいんだ。

気持はわかるね。

無理矢理、二階の一番うしろで二人竝ぶ。スクリーンを見下すような場所だ。
「いやだわ、こんな所、さつきの方が見易かつたのに……」
出来れば少々、コケティッシュにね。

成程。

映画がはじまる。先刻も云つた通り、通俗メロドラマだ。母親は、暑いわねえ、と云つたきり、扇子を動かそうともしない。

夢中で観てるんだね。

どこかでハンカチのかすかな音がする。恋人を追つて、どこまでも行く場面だ。汽車が駅に入つてくる。美男子がホームに立つている。美女が駈けこんで来るのだが、寸前の所に居てなか〳〵わからない。

ハハハ、いい所だね。

母親が突然叫び出す。

「ホラ、そこに居るじやないの。馬鹿ねえ。何してるんでしよう。そこに居るつてば」

オイ〳〵、それじや母親があまり可哀そうだよ。テーマはファルスじやない、コメディなんだからね。

少し調子にのりすぎたかな。映画館を出て少し散歩をする事になる。二人はブラ〳〵商店街の明るい方へ歩き出す。呉服屋の前で母親は立止つて浴衣地に見入る。

「喬さんにどれが似合うかしら。家にもまだ仕立てない布地があつたんだけどねえ」

その布地はいつのまにか姿を消している。母親はどこかにしまい忘れたのだと、時々探しているが、とつくの昔に、息子の呑代になつているのだ。

息子は耐らず、こんな事を母親にさゝやいてみる。

「今度、お母さんに、ハンドバッグ、買つて上げようか。来週、お金がはいるんだ」

一寸‼　まつてくれ。

★

ぼくは俄然あわてていた。そつくりなのだ。ぼくの話とそつくりなのだ。白状しよう。ぼくのしやべつたお話は、あれは大体事実談なのである。そうして映画の帰り、ぼくはまぎれもなくKの話通りの事をしやべつた。ハンドバッグ買つて上げようか。フト気がつくと、ぼくが待つてくれと手を上げた瞬間に、Kの視線はぼくから逃れて、庭の暗い方へ向いてしまつた。そうだ。Kも云つたのだ。ハンドバッグ買つて上げようか。ぼくと同じ事をしやべつたおぼえがあるのだ。


――ぼくははつきりとあの日の事を頭に描いていた。ハンドバッグは無論、うやむやになつてしまつてそれつきりだが、母はあれから露店で西瓜を買つて、小走りに家の方へ歩き出した。

「ずいぶん、お金を使つたね」

とぼくが云うと、

「千円もうけたもの」

そうして、その夜だけは、楽しい雰囲気が訪れて、母の顔がキラ〳〵輝いて見えた。ぼくはこんなに母を喜ばした事はなかつたのである。

★

まだ後が、あるんだぞ。

Kは庭の方を向いたまま、語り続けた。

あれから息子はどうしたと思う？　その夜家へはかえらなかつた。僕のようにここでじつとしていたかも知れないし、そうだ、街中でけちつ臭い麻雀バクチかなんかやつていたのかな。面白くも何ともなかつた。たゞくたびれただけだ。そして不思議に母親が恋しかつた。——そうだ。朝飯たべよう。家へかえつて。甘口の匂いのいい沢庵と、ワカメの味噌汁だ。……やつぱり、甘いかな。

まあいい。続けてみたまえ。

とも角、黄色く明るくなつた朝の街を歩いて、息子は我家の前に立つた。

トントントン。

まだ玄関が閉まつてる。けれども息子はあきらめずに、軽く叩いて中の反応をうかゞつていた。仲々母親は起きて来ない。


一体、何が始まるんだ。


「どなた?」

十分程待つてから、漸く母親の声がきこえた。中へ入つてニヤ〳〵しながら、ぼく。Y公園に居た。例の息子の甘えん坊だ。どうしたの? 青い顔して、夜通しどこへ行つて来たの? 母親の声はいつになくとげ〴〵しい。けれども息子は、楽しくて思はず微笑が顔にのぼつて来る。

「朝飯出来てる? 腹へつちやつた」

「馬鹿だねえ。こんなに早く。出来てる筈がないじやないの」

「だつて……」

息子はもう奥に上りこんでいた。

「もう、布団ひくのも面倒くさいんだ。お母さん所で一寸ねかせて貰います」

「二階? よしてよ。上がつちや駄目。汚ならしい。どうしてお前、ふしだらな生活がやまらないの？」

母親は大変な権幕だ。

「アハハハ、夜は眠れないんです。青い顔はお互い様さ」

トントントン。跣足で階段を昇りながら、息子はこんな事を考えてる。ひよつとするとおふくろの奴。男の子でも隠してるんじゃないかな。いい年増だからな。プッ、こいつァー。二階は雨戸がしまっていて真暗だ。


君、息子は十六七のまだ子供だぜ。


今迄、母が寝ていたらしいまだ暖かい蒲団の上にゴロリと横になつた途端。

「喬君」

隅の方に立つているらしいQの声が暗がりでした。息子は少しうろたえて、

「やあ、会社は早いんですか？」

「えゝ、よく晴れてますね」

「いま、何時頃だろう」

わけのわからぬセリフだ。それからQは默つて下へおりて行つた。

……。

そのまゝ母親もQも二階へ上がつてくる様子もなく、下は妙にひつそりしている。息子はほんの一寸の間、眠つたようだ。ちつとも汚らわしいとは思はない。息子はそう心でつぶやいた。あの事が、皆がひそかに必死で生きている事の証拠のようにも感じられる。君、息子はまだ、童貞だつたよ。

が、やつぱり長くは眠れなかつた。眼を開いてみて、息子は愕然とした。青い顔した母親が、じつと側に立つているのだ。

「お前、昨夜は悪い所へでも泊つて来たんじやないの？」

母親の眼は一種複雑な怒りに燃えていた。

可愛い奴だなあ。君のお袋つて。

え？　何だつて？

イヤ、俺のお袋つて、可愛い奴だ。

結婚したい位だ。つて云うんだろ。だが、おれも、そう思うんだ。さよなら。家へ帰つておふくろと二人つきりになる。明日からここへは、絶対に来ない。
Kは灰に汚れた学帽を引摑むと、ぼくの方は見向きもせずに、手荒く玄関を出て行つた。

〔1955年9月「運河」第1号　初出〕

寝心地よいアスファルト

物語の始まる前に

深川高橋《たかばし》のドヤ街は隅田川と荒川放水路にはさまれた三角州の一点、新大橋を渡つたすぐの所にあります。正確に云えば東京都江東区高橋三丁目。

その辺り一帯にうす汚ない運河が縦横に走り、小さな材木工場や、雑多な機械の部分品を作る下請工場が終日騒々しい音をかきたてているのですが、そのほゞ中心部をなす所に、交叉した六本の小路をはさんでドヤ（簡易宿泊所）はみつしり立ち並んでいるのです。

三年程前まで、ここは犯罪者と麻薬中毒者と娼婦の街でした。とても怖ろしくて一般人はおろか警官でさえ立ち入れない無法地帯でした。それが、その当時を知る人には想像も出来ない程の変りざまで、ドヤ街は見事に泥沼の花の衣裳を脱ぎ捨て、明かるい労働者の街になつたのです。どうしてか。度重なる取締りのせいでもありましよう。時代がそうした浮草のような生活を許さなくなつていることも大きな理由でしよう。

現在のこの街の構成人員の大部分は農村出身者です。次男坊三男坊という人達で故郷にも居ずらく、東京に飛び出して来ても保証人の居ないことその他の理由により正規の職業にもつけず、止むを得ずこの街へ来て自由労働者の群に入るのです。少数の水商売の女やバタ屋や運転手や病人も含めて、それ〴〵個人の手には負えない理由を持つて居り、決して単なる敗残者や性格破産者ではありません。

午前六時、肉で盛り上がつた彼等の姿が職場を求めて、川の流れのように六本の道筋を流れ出します。深川職安の支部もありますが、大半はそれより収入のよい私設職安の方に集まるようです。事実この街は、安直な労働力のプールとして、一方では専属労働者達の労賃の牽制の為に、驚ろくべき多方面の大会社から求人があるのです。中には就労に便利なため、家族を地方において単身ここへ乗りこみ、稼ぎを地方に送金してる人もいます。

男達は大概重労働なので、日に七八百円はとります。月平均二万円、一般のサラリーマンとそうたいして差はありません。しかし、そんなにして働いても彼等の生活が安定せず、依然としてその日暮らしなのは何故か。ドヤの住人というコンプレックスで自棄になつてる人が多いのはどうしてか。病気になつた時の保証は？　更に、私設職安のドヤの経営者の中間搾取は？　大人達の生活のしくみにも考えるべき色々の事はありましよう。

が、さて。ドヤ街の子供達にとつてはその六本の道が唯一の王国です。二畳一と間暮らしの家庭を飛び出して、朝早くから日暮れて真つ暗になるまで、銀蝿のように、往来一杯に群れ遊んでいます。そして——今年十一になる水島和子のように、夜更けになつても親の所に帰らず、アスファルトの道路の隅つこで足を縮めて眠る子もあるのです。

一

夏休みも大分過ぎた或る夜更け、丁度当直で一人職員室に居た三年担任の大場保の所へ電話がかゝつて来た。電話は警察からであつた。

親の寝場所に帰らず毎夜道路で寝ているドヤ街の女の子がある。いくら注意してもきかないので今此方に保護しているが、この学校の生徒だそうだから先生からもよく云い聞かせて欲しい。電話の声はそれだけの事を口早に伝えた。

「承知しました。早速伺います。えゝと五年生の水島和子、そうでしたね」

大場は念を押すと、いそいで夜の街へ出た。道々、直接教えたことのないその少女の色の黒い痩せた姿を頭の中で追い廻した。

水島和子と云えば、担任でない大場にもすぐ思い出す事がある。

それは夏休みに入る直前であつた。放課後、大場は五年担任の老教師から一人の生徒の作文を見せられた。大好きな学校、水島和子、と表題を見ただけで、

「ハハア、ドヤ街の子ですな」

と老教師に笑いかけたが、当惑している相手の眼とぶつかり、大場はすぐにオヤと首を傾げ

た。大好きな学校とは、こりや何だ。

ドヤ街の子は概して粗暴で汚ない。ヒガミつぽくて規律を少しも守らない。だからと云うより、その背景の親の生活振りから一般の子供達の父兄は、三丁目（附近ではドヤ街の事をこう呼ぶ）の子とは遊ぶんじやないぞ、と口を合わせて厳命する。そんな、仲間はずれにされてる学校のどこが好いのかな、と思いながら大場はさつと読み下していつた。

大好きな学校　　　　　　　　　　　　水島和子

私は学校が大好きです。そしていつとう嫌いなのは、うちの親達です。父ちやんも母ちやんも、夜になるとホッピイ（註　焼酎を炭酸で割つたもの）の匂いをプン〳〵させて怒鳴つたり唄つたりします。母ちやんは歯が無いから唄わずにドシンドシン踊ります。それだけならいいけれど、そのあとで、それはそれは凄い気狂いのような真似をします。本当にうちの親達は気狂いです。皆は学校がお休みの方がいいと云いますが、夏休みになるとどこへも行く所がないので、うちに居て親の顔みてなくちやならないからつまりません。あんな親と一緒に暮らすのはいやだと思つても、子供じや働らく所がないから仕方がないのです。でも家では誰とも口をききません。早く夏休みが終つて学校が始まればよいと思います。

「なるほど――」

と大場はしばらく考え込んだ。

「気狂いの真似つてどういうことかな」

「あの子を呼んで聞いてみたんだが、どうしても云わないんですよ。無理にきくと泣き出すばかりでね」

老教師は暗い顔になつて職員室の一同にその作文を披露した。教師たちはそれ〲の立場から意見をのべたが、要するに秘密めかした部分がはつきりしなければ具体的な方策は立たないのだつた。結局、単に作文だけの事ならば気永に補導する心算《つもり》でもう少し様子を見てみようじやないか、というふうに相談がまとまつて行つた。仮に問題がその時全部判つたとしても、教師たちの努力だけでは解決できかねるものだつたのだが。

そして和子の作文は謎のまゝになつた。和子は相変らず一般の子から遠く離れて、たいして面白そうでもなく、しかし毎日、学期末まで登校していた――。

いそいで署の方へ行つた大場は、菊川町の派出所に居ると云われてその方へ廻つた。和子はボックスの裏手の小暗い立木の所で巡査と何か話していた。案外元気そうであつた。

「やあ――」

と大場はさりげなく笑いかけながら近寄つた。

「あ、先生ですか。手古ずりましたよ。この子の家にも誰も居ないしね。きつと呑み歩いてるんでしょうよ」

「お手数をかけました。私がよく話し合ってみますから」

ボックスを離れると大場は和子の肩を抱いて云つた。

「ねえ君、まだあそこの店があいてる。氷でも飲まないか」

「いりません」

と和子はやはり緊張して身を固くさせた。

「そうか。——じゃ、少し歩こうか」

「——」

「どうしてお父さん達と一緒に寝ないんだ。道路に寝たりしたらどんな危ない眼に会うか判らんし、明け方は冷えるし、第一アスファルトは固くて気分が悪いぜ。ことに君は女の子なんだからちゃんとおとなしく家の中で寝たほうがいいな。それともどうしても外で寝たくなる理由があるのかい？」

「——」

「先生だけに云つて御覧。誰にも内証にしとくから」

「——」

「今夜はね、これから君のお父さんやお母さんとも会つて、皆でよく相談してみようと思うんだ」

「先生——」

と、黙りこくつていた和子が始めて口を開いた。

「家へ来ないで下さい」

「何故？」

「あたい、今夜から家で寝ます。もう道で寝たりしません。だから、勘弁して下さい」

和子の眼の中には大場には理解出来ぬおびえた色があつた。

「じや、今度道に寝ている所を見つけたらどうする」

「――」

「その時は、先生に何でも話すと約束してくれるか」

和子はこつくり頷ずいた。そのまゝ二人は黙つて歩いた。もう三丁目の真ン中に来ていた。

心を決しかねていた大場の左手から、ドブ板を鳴らしてちよろ〳〵と人影が走り出た。そこは客車ホームと呼ばれて、古い客車の車輪をはずしてドサッと置いただけの、ドヤ街でも最下等の建物がある所だつた。

「おや――」

と大場は不意に立ち止まつた。

「前島、前島じやないか――」

影はドキッとしたように振り返り、大場をみとめるとピョコンとお辞儀をした。三年生にしてもなお小柄な前島菊夫だつた。

「君の所はここだつたのか？　確か、この水島君と一緒の旅館じやなかつたかな」

「移つたんです。今日――」

「どうしたんだ？」

　ドヤ街にだつて段階がある。大人一人一泊五十円から百五十円まで（子供は半額、親子五人暮らしだと最低でも宿泊費だけで百七十円かゝる。なまじつかな収入ではその日暮らしも出来やしない）。仲間うちの争そいや経済的事情で宿舎の移動は珍らしくなかつたが菊夫の一家となると大場には意外だつた。

　理由を、菊夫は云い渋つた。ふと、右手にバケツをさげているのを見て、大場はすべてを察した。

「氷を買いに行くんだな。誰だ。父ちやんか」

　働らき手が倒れたときのここの人達がどんなにみじめになるか大場は知つていたから、自然に問いが性急になつた。

「重いのか。働らきに行つてないんだな。それで暮らしはどうしてるんだ。生活保護の手続きはとつたか。おい、病気はどうなんだ」

「十日ばかり前と、今日と、血を吐きました」

　と菊夫は大人びた口調を使つた。

　菊夫の父は以前、目黒の方で小さな印刷屋をやつていた。中小企業に押し寄せた不況の波で倒産してからというものは何をやつてもうまく行かず、去年の春、流れ流れてドヤ街に住みついた。しかし、大場の眼から見るとこういう子供にありがちな陰気な影を菊夫は持つていなかつた。色白の華奢な子でその癖キビ〳〵飛び廻つた。転校して来た時からドヤ街の子としては例外で組中の子に人気があり、その周辺は笑いでいつも埋まつていた。大場は好ましくそれを眺めながら、この子の眼はすぐにうるむな、と思つたりした。

今、菊夫の眼はうるんでいなかつた。

「よし、先生が見舞つていつてあげる。お母さんともよくお話しをしよう。あんまり心配するんじやないぞ」

バケツの音をさせながら、菊夫は走り去つた。いつのまにか和子の姿もなかつた。

宵の驟雨《しゆうう》で所々水たまりの出来た往来に、子供たちの遊んだ名残りの紙屑が散つている。時折り酔つぱらいがその上を通るほか、朝の早いこの街はすつかり寝静まつていた。

――この街の子供の中には。と大場は思う。

――学校に来ていない子も沢山居るんだ。

住所不定、無籍児、そういう子の為に学校側でも出来るだけ便宜をはかつているのだが、あまり効果はあげていない。重い荷を背負つた子は、和子や菊夫に限つた事ではなかつた。大場は決して無気力な教師ではなかつたが、この街では教育というものが如何にしても消極的な役割しか果せない事を感じないわけにはいかなかつた。

大場は、電気のつかない客車ホームへ重い気持で入つていつた。

二

大場からやつと逃げた心算で和子は、ダダダッと勢いよく階段をあがると、部屋の扉《ドア》がわりの汚れたカーテンをはねのけた。途端にホッピイの大コップが倒れて、ざつと液体が古畳に散つた。

「あッ、この野郎、と、とんでもねえ事を」

「チェッ、ふうてん！　帰らなくたつていいよ。たまに帰つてくりゃ悪さばかりしてる」

父親の専三《せんぞう》と母親のたみが両方から叫び立てた。たみは髪を乱して立ち上がると、酔いに任かせて和子の頬を烈しく打つた。

「何だいその眼は、そうやつて親を馬鹿にしてな。前島のおつさんのとこを見ろ、あゝなつちやつたら、あの男の子だつて学校にも行けめ！　父ちゃんの稼ぎで、和子もそんな顔してられるンじやないか。え、聞いてンのかい」

一と間暮らしを端的にあらわして、煮込みの串の散つた皿にくつつくような寝床に、小さい弟二人が寝ていた。和子は黙つたきり隅の毛布の中にもぐりこんだ。

「とにかくよ――」

と専三は元の座に戻つたたたみを眺めながら、

「奴と俺とはスクラップの相棒だつたんだからな。いきなりぶつたおれて血イ吐いたときにや、俺アおつたまげちやつた。どろりと真つ黒な奴をさ」

こんなによ！　と両手を大仰に開いてみせてから、

「けどもひでエや。いくら日雇いだからつて、作業中に倒れたのに、会社じや労務課の若え奴を一人寄越して、ぺら〳〵ッと報告させただけだ。その日の日当さえ払わなかつたんだぜ」

「ふうん、——でも、あんな痩せた身体でさ、へつぴり腰で仕事なんかするからだよ」

「うむ、ふつふ、全く、へつぴり腰でな」

「ざまア見ろだ、目黒だか目白だかで社長さんだつたんだつてさ、あのおつさん。鶴ッ嘴《ばし》ひとつ振り廻せないくせに日当のいい仕事をがつつくんだもの」

それからたみは、残つたホッピイをがぶ呑みしている専三をふと眺めた。

「けど、父ちやんは大丈夫だろうね」

「身体か、馬ッ鹿。何年やつてると思つてるんだ。筋金入りだい。——それでもよ、くさ〳〵するじやねえか。昨日も芳の奴が云つてたつけ。風呂場を建てたりテレビを据えたり、綺麗になるのはドヤの建物だけだつて。酒え食らつて面白くしてたつて俺達アそれだけよ。何にも変らねえのよ」

「いいじやないか。父ちやん稼げなくなつたつて、あたいだつて手に職があるんだ。これでも洲崎の妹の所に女をぶちこめば、一万や二万——」

「冗談云うねえ。お前のその妹の所だつて赤線禁止で青息吐息だつて云うじやないか」

寝床の方をうかゞいながら、二人はそつと手を伸ばし合つた。腰を探ぐり合い、窓ぎわに倒れ込んだ。

急に部屋の中が静かになつた。絶えまないかすかな気配が部屋を占めた。

寝床は三つとも小揺るぎもしなかつたが、隅で毛布を頭からかぶつた和子だけは、その下でぽつかり眼を開けているのだつた。眼の底にうすく涙を溜めたまゝ、和子は石のように身を固くしていた。

「おい、たみ、お前だつて女だろうよ。歯ぐらい入れる気になつたらどうだ」

と専三がさゝやき、たみが慄えた笑い声をたてた。不意に、家鳴りをさせて和子が立ち上がり、うつ、うつ、と驚愕の叫びをあげる二人の大人を尻目に、毛布を抱いたまゝ廊下へ飛び出して行つた。

和子はその夜も、部屋へ戻らなかつた。

三

九月の最初の日、前島菊夫は日雇取り（附近の零細工場の製品の荷造りその他の雑用を取って歩くこと）に出かけて行く母親の後に続いて部屋を出た。陽差しのきつい往来で、菊夫はぐつと母親の方に身を踏みこみそうにした。云つてしまおうか。

――二百五十円頂戴。

しかし、菊夫は云わずにぎゆつと身体に力を入れた。口がへの字になつた。

「学校は式だけなんだろ。早く帰つて来て父ちゃんのそばについていておやり」

髪に手拭いを巻いた母親は云い捨てるなり急ぎ足で陽かげの方へ離れて行つた。

菊夫は黙つて部屋に戻ると、隅つこに放り出してあつた学帽をかぶつた。そこまでで子供の自制心は破れてしまつた。元気な母親の方でなく、寝ている父親の方へ菊夫はしゃべりかけた。

「ねえ、二百五十円ない？」

「ないぞ――」と父親は云つた。

「二十四色のクレオン、もう佐山君と約束しちゃつたんだよ」

「――」

父親は暫らく黙つてから、くるりと寝返つてむこうを向いた。弱々しい咳が洩れた。菊夫は忽ち口に出したことを後悔した。すぐさま、行つて来ます。と部屋を飛び出し、川ふちをブラブラ歩いて行つた。すると級で一番背の高い佐山の顔が眼の先でしきりに躍つた。

菊夫の父は昔の商業学校を出ていた。そのせいかどうか、子供への関心も強く、菊夫にはいつも小ざつぱりとした装《な》りをさせた。

「要するに、今の世は金と物だ」

とよく云い、ドヤ街に移住した時から、鉛筆やノートやお菓子や、その他子供の喜こびそうなものを菊夫に持たせて級の子達にひそかに分け与えさせた。三丁目に住んでいても、どの子とも遊んで貰えるのはそのせいなのだと菊夫はよく知つている。学期末の試験の終つた後、菊夫は佐山に誘われて葛西橋へハゼ釣りに行つた。佐山は金物屋の息子で学課もよく出来、喧嘩も強かつた。何故か、菊夫は二人きりで一日遊んでる事に強い満足感を覚えた。

「ねえ、俺、クレオンの凄い奴、持つてる」

帰り道、バケツをさげて歩きながら菊夫はそんな嘘を云つた。

「ふうん、凄い奴つてどんなんだ？」

「こんなでつかい箱に入つていてね、色ならどんなのだつてあるんだ」

「金色も、銀色もか」と云つた佐山の眼の色が動いたのを菊夫は見逃がさなかつた。

「当り前さア。屋根の色だつて、電車の色だつて、それから、ハゼの色だつてさ」

佐山は黙つた。

「上げるよ」と菊夫は短かく云つた。

「本当か、お前、気前がいいから好きよ」

「始業式ン時、持つて来て上げるよ。どこにだつて売つてないぜ。凄ェ奴なんだぜ」

父親が病気で倒れた時、菊夫が一番最初に考えたのは佐山との約束であつた。何日も稼ぎに出られず、一泊百三十円のドヤから客車ホームへ移つた時、菊夫は絶望した。父親が不意によくなつて稼ぎに出て行く夢を見た。夢の中で菊夫は身が軽くなる程安心し、起きて見ると何の変化もなかつた。いつとき菊夫は父親を憎悪した。心の中を吹き抜ける風のようにその思いが消えると、あとに重苦しい困惑があつた。菊夫にとつて、夏休みを境に学校は今までの学校ではなくなつた。友達も今までの友達の恰好をとつていなかつた。

始業式に、菊夫は遅刻した。

雨天体操場に並んでいる生徒の一番後ろに立つて、菊夫は一つことばかり考え、緊張していた。

間もなくその時は来た。水呑場のそばで、佐山は四五人の級の子を連れて、菊夫を取りかこんだ。

「忘れちやつたんだ」と菊夫は小さな声で云つた。

「此奴、嘘吐きやがつた」

佐山は皆の顔を見渡して云つた。

「嘘じやないよ。俺、本当に持つて来ようと思つてたんだ。寝坊してあんまり急いだんで忘れちやつたんだ」

「お前ンち、客車ホームに居るんだつてな」

と他の一人が云つた。

「此奴、クレオンなんて持つてつこねえぞ。肺病の親父が買つてやれるもんか」

「喰うもんだつて無えくせに！」

うわつと子供たちがはやしたてた。

菊夫は校門の所を飛んで逃げた。学校が見えなくなつた通りでやつと平生の歩調に戻ることが出来た。道々、菊夫はひたすら自分を責めた。失敗のみじめさを忘れるためよりも、二度と佐山達と遊べなくなるなんて気持を追い払うためであつた。菊夫は、自分の人気が気前よく物を呉れてやるためだとは感じていたが、一方、ドヤ街の子という実感がまだなかつた。自分は去年までは普通の子だつたのだし、三丁目に住んでいるからといつて、自分とドヤの子とは何か違うのだという気があつた。そう思いたかつた。それでドヤ街には帰らず、佐山の帰り道の方を一人で歩いた。

今川焼屋の前で、菊夫は不意に立ち止まつた。昼前で店には人の影が無かつた。焼台の隅に冷めた今川焼が並べてある。菊夫は眼をこらして奥の障子にはまつた曇りガラスを見た。誰も居そうもなかつた。いきなり菊夫は手を出した。店の内儀がおどろいて奥から出て来た程、ひどい足音をさせて逃げた。

ダダッと五六歩駈け出して、菊夫はすぐに身を凍らせた。陽かげの板塀によりかゝつて女の子が一人こちらを見ている。

「和ちゃん――」

と菊夫は叫んだ。水島和子は眼をぎら〳〵させながら暫らく菊夫の顔を見ていた。それからそばに寄つて来て菊夫の肩を打つ真似をした。

「悪い子」

と和子は云つた。顔をこわばらせている菊夫をじろ〳〵見続けた。

丁度その時、遙るかな街角から佐山と四五人の姿が見えた。菊夫は駈け出して行つて、

「ねえ――」と声をかけた。

「これ、喰いなよ」

佐山は差し出された今川焼をしげ〳〵と見ていた。いきなり、ぐしや〳〵と嚙んでペッと吐きだすと、

「なあ、おい」と皆に配りながら云つた。

「こんなもん、喰えるか」

「まずいや」

と他の子が云つた。

「三丁目の子なんぞになにか貰つちやいけないつて母ちやんに云われてるんだ」

結局、菊夫は一人残された。呆然と突つ立つているうしろから、

「菊夫ちやん」

と和子が寄りそつた。うす桃色の歯ぐきを見せて笑いかけ、小柄な菊夫の顔をのぞきこむようにして、

「さつきの、あたいにも食べさせてよ」

「やらないよ」

と菊夫は云つた。

「ドヤの子になんかやるもんか」

そう云い捨てたまゝ、一人でどん〳〵歩き出した。

翌る朝、菊夫は三丁目の駄菓子屋で飴玉をごつてり盗むと、ポケットをふくらませて学校へ行つた。

四

昼間なので戸板で囲つたまゝの、煮込み屋台の裏側をそつとのぞくと、和子は、薄暗い中でコップを傾むけている人影へ小さく、

「母ちゃん――」と呼んだ。

「馬鹿、外では母ちゃんなんて云うんじゃない」

節穴からの光線で顔を斑らにした母親が細い眼で和子をにらんだ。すぐ後を続けて煮込みをかきまわしていた女がくつくつと笑いながら云つた。

「姉ちゃんと云いな、……」

和子はうつむいて、まるで口の外へ押し出すようにぎこちなく云つた。

「うどんのお金頂戴」

「ほら御覧、腹がへりや親ン所へ来るんだろう。どこに寝てるか知らないけどさ――十五円でいいのかい」

小銭を渡しながらたみは、

「和子――」

と云つた。あの夜以来時折り見せる優しさを急に示して、

「欲しかつたら串を一本御馳走してやるよ。どれでもいいのを取りな」

「子供は固いのがいいやな。いつまでも口の中にあつてよ」

和子はおとなしく串を受け取つた。ふつとよそ〳〵しい大人の表情になつた。それからあいた手でしつかり小銭を握ると、肉片をしやぶりながら明かるい道路に出た。

足が自然に客車ホームの方に向いた。今まで殆んど遊んだことのなかつた前島菊夫のことが、というより菊夫が今川焼を盗んだ瞬間の荒々しい昂奮が、和子の心をまだ占めているのだつた。

この二三日学校を休んでいるらしく菊夫は一度も和子の前に姿を見せない。客車ホームの菊夫の部屋はぴつたり戸がしまつていた。中で人の動くかすかな気配がした。和子はしばらく戸に耳をつけて様子をうかゞつた後、急に離れて駈け出して行つた。

その翌る朝、菊夫が起きてみると、和子が戸口の所に立つているのだつた。

「誘いに来たわ。一緒に学校へ行こうよ」

「父ちやんが悪いから、今日も休むんだ」

「本当――？」

菊夫は答えなかつた。引込むと父親に何か云われているらしい気配がした。道路に出て待つている和子の所へ、学帽をかぶりながら出て来た菊夫は照れ臭そうに少し笑つた。

「和ちやん、学校が好きだな。面白い？」

「面白かないけど、退屈しないわ。家に居るよりいい」

「なら学校じやなくたつて、ハゼ釣りや映画館の前で遊んでた方がいい」

「怠け者よ、そういう子は」

「俺はどうせ悪い子だ。この間も、兼おばさんちの飴玉を盗んだ」

と菊夫はすら〳〵しやべつた。

「怠け者のほうがもつと悪い子だわ」

「どうしてだい？」

「先生が云つたもの」

「先生が、そんなこと云つたのかい」

「そうは云わないけど――わからないわ」

和子は頭を左右に振つてポン〳〵叩いた。もう一度、「わからないわ」と云つて、それから菊夫の顔をのぞきこんだ。

「今日はしないの？」

「う――？」

菊夫は身体の筋を固くしたようだつた。

「するさ」と云つた。

二人は廻り道をして、人影のない店を探した。一軒の駄菓子屋から、菊夫が頰に血を昇らせて逃げてくると、和子は矢張り眼をぎらぎらさせて待つていた。

「みつからなかつた？」

姉のように、和子は菊夫の身体を抱えた。

「ひとつ上げるよ」

「うん」と和子は素直に口に入れた。

授業の始まる前、菊夫は廊下で大場に呼びとめられた。

「どうしたね、お父さんの具合はどうだ」

それからふと菊夫のふくらんだポケットをのぞいた。

「そりや何だ」

「ジュース飴です」と菊夫は答えた。

ポケットの中にじかに入れた飴が溶けてベトついていた。

「ふうん――」と大場は変な顔をして「ま、生活保護の手続きは先生が全部やつてあげる。本当はお母さんがそばについててあげられるといいんだけど。君、いいから授業中でもときぐ〳〵

帰って様子を見てあげ給え」

大場は職員室に行きかけながら少し大声を出した。

「それからな、出来るだけ学校は休まない方がいいな」

「え、――」と菊夫は答えた。

給食の時、菊夫は、食べ終ったらお父さんの食事の面倒を見てあげなさい。と大場に云われた。佐山のグループでない二三人をそっと呼んで、菊夫は校舎の裏手へ連れ出した。

「食えよ」

と云った。ポケットに手を突っ込んで来る相手に、菊夫は声を弾ませてさ、やいた。

「ね、先生にみつからないうちに早く嘗めちやえよ」

子供たちはざわ〳〵騒いで争そって嘗めた。

「こんなのより、ビー玉のほうがいいや」

という子が一人居た。すると、若の花のメンコが欲しい、という子も出て来た。菊夫はそれにいち〳〵困惑した笑いで応じた。それから給食がすんで騒がしくなり始めた校庭へ流れこんで行った。踏み切り台が一つ出ていた。誰も乗っていなかった。夏休み前の菊夫ならワッと飛び乗り、わざと転げてアハァハ笑う所だった。が、そうしなかった。誰もはやしてくれなかったら困ると思ったからだ。

遠くに佐山の姿を見て、飴をしやぶり終えた子が急に冷めたく云った。

「前島、家へ帰れつて先生が云つてたじやねえか」

菊夫は一人で校門を出て行つた。

しかし矢つ張り三丁目へ帰る気はしなかつた。電車道を真つ直ぐ歩いて、かなり離れた一軒の文房具屋に入つた。菊夫は店中探したがそこには六色のクレオンしかなかつた。東両国の方まで歩いて、やつと十二色と二十四色をみつけた。どれも菊夫の空想したのよりずつと貧弱だつた。

——佐山君に話したような奴があればいいな。

と菊夫は思つた。見るだけ見たかつた。文房具屋と玩具屋は欠かさずのぞいたが、もとよりある筈がなかつた。

夕方、三丁目の飯屋で菊夫は和子をみかけた。二人並んで十五円のきつねうどんをすゝりながら小声で話した。

「俺、五十色くらいあるクレオンが欲しいんだ」

「クレオン?」

「うん」

「デパートにあるわ」

和子はぎら〳〵した眼をあげて云つた。

「デパートなら、何でもあるわよ」

「俺、いやだな」と菊夫は顔を曇らせた。

「どうしてクレオンが欲しくなつたの？」

菊夫は佐山に嘘をついて約束したことを話したくなかつたので黙つていた。

「あたいなんか折れたのしか使つたことがないわ」

と和子は笑いながら云つた。

「それよか、あたいはお金、欲しい。母ちゃんにうどんのお金貰わなくてもいいくらいなお金、欲しいな」

「俺は、クレオンだ」

「あたいはお金」

と二人は顔を見合わせた。

店を出ると和子はすぐ近くの廃材置場へ菊夫を連れて行つた。赤錆の出た古リヤカーの下に、薄い毛布が一枚まるめて押しこんである。

「秘密よ。夜中はいつもここに居るわ。ポリ公がうるさいからね、眠るときは、しやがむのよ」

二人は毛布を拡げて廃材の上に腰かけた。

「まだ考えてるの？　クレオンのこと」

「いいや」と菊夫は慌てて首を振つた。

「手伝つて上げようか——」

「え？」

菊夫は眼を丸くして和子を見た。

「人つて色んなことをするんだつて、何にもしない人は駄目な人なんだつて、そういう人は大人になれないんだつて」

「先生が云つたの？」

和子は二つ年上らしく大人つぽく笑つた。

「二人でよく相談しようよ」

「どんなふうにしてやるの？」

と菊夫は慄え声を出した。が、和子にも具体的な計略があるわけではなかつた。相談の後が続かず、二人とも黙りこんだ。

三日ほどして菊川町の電車通りに火事があつた。料理屋が火元で附近の二三軒が焼けた。通りには見物人が黒山のようになり、近くの商店の人も殆んど道路に飛び出した。

火事を見ていた菊夫は、和子に強く背を押されて一軒の文房具店に入つた。二人はショウケースに顔を押しつけた。

「早く——」

と和子は息声を出した。菊夫はジリ〳〵とガラスを引いた。手にするなり二人共バタバタと走りだした。

三丁目に来てから、二人は顔を見合わせた。物を盗ったという、キュウッと胸を締めつけてくるようなおもいに、この時はじめて菊夫は襲われた。

「俺、悪い子だねえ」

「いけない子ねえ、あたい達」と和子も昂奮しておろ〳〵声を出した。

二人は矢つ張り廃材置場に行つた。

「和ちゃん――」と菊夫はクレオンの小箱をまさぐりながら云つた。

「今夜、家で一緒に寝ないか」

「平気?」

「俺ンちの子にならないか。客車ホームだつてここよりいいや」

「平気かなあ」

二人ともあえいでいた。心のあえぎが一応おさまつても、先刻の締めつけられるようなおもいが菊夫の頭に焼きついていた。

(いやだ〳〵、こんなこと――!)

ところが、それと関係のない別の所で、佐山の笑顔が現われては消えた。すがるように、菊夫はそれだけを追おうとした。

一緒に暮そうという二人の話し合いは、それつきりになつた。その晩も翌日の晩も和子はいつもの所で毛布にくるまつた。その夜は雨であつた。

骨だけの古リヤカーの上に廃材を並べて、和子はその下にしやがんでいた。夜半、ガサリと近くで音がした。

「和ちやん――」

和子は立ち上がると、ここよ、と声をかけた。菊夫が濡れたまゝ居た。近寄るなり小箱をさし出した。

「これ、あげる」

「――?」

不審そうな和子の眼へぽつりと云つた。

「こんなクレオンじや駄目だ」

五

じり〳〵と暑い日ばかりだつた。九月も終りになつた或る日、Mデパートの文房具売り場で、ショーケースの中からクレオンを盗み出そうとした二人の子供が捕まつた。前島菊夫と水島和子である。

二人とも保護室にチョコンと腰かけていた。

「菊夫ちやん、泣かなかつたね」

和子は身体を寄せて小声でさゝやいた。菊夫は默つていた。

「明日からも一緒に学校へ行こうね」

「俺、いやだ。もう学校へなんか行つてやるもんか」

「どうして、あたい平ッちやらよ、こんなこと」

和子は一寸肩をそびやかして云つた。

「もう、心臓がついちやつた」

「行くもんか！」

と菊夫はもう一度叫んだ。和子の顔が一寸歪み、そして残忍な表情になつた。

「菊夫ちやんは目黒の子だから、贅沢なんだよ、だからクレオンなんて、いいもの欲しがるんだ」

「違わい！」

「目黒つて都電が走つてないんだつてね。凄く静かなんだつてね。あたいだつて今に、うんとお金を貯めて、目黒の子になるんだ」

和子は眼を輝やかして一人うなずいた。

「うんと、お金を稼いでさ！」

保護室の入り口に大場があらわれて、係員に挨拶していた。

「小さいお子さんなので、当方は今回だけ問題に致しません。先生から、よくお聞かせ下さい」

大場は只頭を下げて詫びと礼を云い、二人の方を向いた。

「さ、君達、とにかくお家へ帰ろう。先生も一緒に行つてあげる。それから二人共、いいな、これからは何でも、どんなことでも先生に話してくれよ」

都電の菊川町でおりると、三人はドヤ街の中を默つて歩いた。突然、菊夫が走り出した。前島、前島、という教師の声にも振り向かず、菊夫は忽ち角を折れて消え去つた。

三丁目の真ン中なのに、菊夫は客車ホームへ帰る気が少しもなかつた。何でだろうか。今度こそ、親や友達や学校や、それから建物や電車や空気や、とりとめもない色々のものまで烈しく憎悪した。

「どこへも帰つてなんかやるもんか。何にもしてなんかやるもんか！」

それから、和子のよくやる形を真似て往来にしやがむとおい〳〵泣いた。涙が熱気をもつたアスファルトの上に落ちて黒いしみを作つた。そうしていると、色々のことをスーと忘れて、この道路の上にしやがんでいるときが一番楽なんだ、という思いだけが後に残つた。


（この物語は現実の幾つかの要素を再構成したものですので、登場人物はこのまゝの形では実在していないことをおことわりします）

〔1958年10月「小説倶楽部」臨時増刊第11巻第12号　初出〕

影にされた男――蘇我赤兄――

蘇我赤兄《そがのあかえ》　蘇我家の傍流（大臣蝦夷《おおおみえみし》の弟）倉麻呂《くらまろ》の第三男子。はじめ飛鳥《あすか》の岡本宮の留守官だったが、有間皇子《ありまのみこ》の謀反を寝返って報知し、取押さえた功により左大臣にとりたてられた。以後、中大兄皇子《なかのおおえの》（天智帝）の片腕として権力の座に位置したが、帝《みかど》の死と共に乱をおこした大海人皇子《おおあまの》（天武帝）の軍勢に捕えられ、わずかに極刑だけをまぬかれて辺境に配流《はいる》された。

入鹿誅さる

その日はひどい雨が降っていました。地から噴き上るばかりの飛沫が勾欄《こうらん》を水びたしにし、昼なのに、私どもの家人が燭台に灯を入れ出す仕末でした。私――申しおくれたが、私は赤兄、権門蘇我の一族ですが、分家のそのまた三男坊で無官の冷や飯食い、しかし無官をいささかも恥じぬ男です。

その日のことはよゥくおぼえております。未の刻さがり、濡れねずみで駈けこんできた弟の

日向《ひむか》が、平敷《ひらしき》を踏み鳴らしながら、

「兄者――！」

私のことをついぞ兄などと称《よ》んだこともない日向が、奇妙なことに、肉親の情を溢れるばかり面に浮かべて、

「喜べ。大臣が誅された。たった今じゃ！」

「大臣？　入鹿《いるか》どのがか？」

「おお――。三韓からの調物《みつぎ》を入れる式の席上で、帝の御前《おんまえ》で、大兄皇子さまが突然剣を揮われた。大臣は頭と肩を破かれて転びながら帝に泣きつき、臣は殺されるおぼえなどありませぬ、どうぞこの赤心に免じてお助けを、お助けを――、へっへっへ」

「入鹿どのがそう申されたのか？」

「言ったかどうかわからん。噂だわい」

「して、大臣が誅されて、何故喜ぶ」

「ええい糞、じれったい、皇子さまを助けてこの挙を成したのは、中臣鎌子《なかとみのかまこ》と、儂等《わし》が長兄《あにき》蘇我石川麻呂《そがのいしかわまろ》じゃ。今頃は宮内の群臣もこぞって皇子さま側についているであろ。本家は無うなったし、これからは長兄の天下じゃ、此方の栄えるときじゃ。これでも嬉しゅうはないか」

大臣蘇我入鹿が誅せられた。なるほど大事件です。しかし私は、世の中の出来事すべてをおのれの欲望としか結びつけて考えようとしない下司《げす》な弟と心を一にはできませんでした。

日向などとちがって、私は考える男です。自分の立場からでなく、もっと大きな眼でこの世の真実を見きわめる意志に燃えた男です。他人におぶさった栄達が、なにが嬉しいものか。

で、私は考えました。

(大臣は何故誅せられたのか。一言でいえば権勢争い、王位継承権争いだろう。が、直接の原因は入鹿どのが、先年、自分の奉ずる古人《ふるひと》皇子を継承者の第一に推したいばっかりに、競争者山背大兄《やましろおおえの》皇子を討伐された。それが、これまた継承権を持つ中大兄皇子を刺激されたのであろう。皇子さまは御身の危険を感じ、逆に、今回の挙に出られる御心を固められたのだろう。そうして、大臣は誅された――)

「誰かが、誰かを殺す――」

私は、その頃最愛の女《め》であった豊日郎媛《とよひのいらつめ》の部屋で、しみじみとこう呟やきました。

「そのたびに、災いの種子が猪の子のように四散していく。そのひとつひとつが衰運となって結局自分にはねかえってくるのだ。にもかかわらず、誰かが、きっと誰かを殺す。何故だろう。何故、目先きの相手だけ倒せば、事が解決すると思いこんでしまうのだろう」

「およしなされませ。そんなお話、女子《おなご》にはつまりませぬ」

「ふふふ、其方はそういう女だ。下司に汚されてはおらん。かわいいが、しかしな、儂はただ考えているのだ。人間の――」

「もうたくさん、早く別のお話をいつもの和歌《うた》のお話などを――」

邸の外を牛車《ぎっしゃ》が何台も通っていく様子です。百官《ひとびと》が新権力者である皇子の鼻息を伺いに雨をついて出かけていくのでしょう。家内《やない》の下人たちもなんとなく騒然としている気配です。そんな中で、私と私の最愛の女だけが時流に超然として坐っていることに、満ち足りた優越感を味わっていたのですが、耳をふさぎ、小机に伏して何事も見まい聞くまいとしている郎媛の様子が、どうもいつに似合わず手きびしすぎる。ただの超然とも思えない。不審に思って私は理由を訊ねました。

しつこく訊いた末、郎媛は、恐る恐るやっとこう答えたのです。

「御子が、懐妊《でき》ました」

懐妊たと、何故早く言わなんだ、と私は叫び、ほとんど同時に、彼女が、殺《わな》かないで下さりませ、とすがってきました。きっと生みとうござります、もし女子でも殺かないで下さりませ――。

他の妻たちとの間に息女ばかり三人も造っていたので、郎媛のその不安はたかまるばかりだったのでしょう。しかし私はそれよりも初の男児を造るかもしれぬ期待でいっぱいになり、それに大臣の急死を聞いた直後で、ひとしお生命の重みを感じてもいたので、

「殺きなどするものか。安心して産むがよい」

私は、腹の子に血なまぐさい話をきかすまいとしていた郎媛の小さな肩を、愛しくきつく抱きしめました。そうして、チラと自分の心が揺れたことを自覚しました。

（——後継ぎができるとなると自分もいつまでも無官のままでは居られぬな、皇子の機嫌をとっておくべきなのかもしれぬ）

すぐに私は自分を恥じ、下司な気持を捻じ伏せました。私は知識人だ、誰が阿諛《あゆ》などするものか——。

私は下僕に牛車の支度を命じました。

「承知いたしました。皇子さまの所へ御伺候でございますな」

「ちがう——」私はどなりつけました。「大極殿《だいごくでん》に行くのだ」

他の人々とは違う方向に、もはや誰もいないであろう惨劇の場に、何故だか急に行ってみたくなったのです。

私は宮内で車を捨て、少しも弱まらない雨の中を内庭まで歩きました。

内庭がまるで池のようでした。そうしてその真中に、席障子《むしろ》に覆われた大臣の屍がぽつんと投げ出されてありました。案のじょう、誰もいません。葬送しているのは甍《いらか》の影にうずくまっている鳩たちと、この無官の青二才だけです。これが、権勢を極めた男の行きついたところなのです。

私は席から飛び出した大臣の青白い脹脛《ふくらはぎ》を凝視し、同時に女の腹に宿った私の新らしい生命の方に思いを馳せました。人間の空しさのようなものが、冷めたい雨とともに私を浸していきました。

浮浪人の宴《うたげ》

第一印象というものは、案外的を射ていることが多いものです。大兄皇子を私がはじめて見たのは、彼がまだ皇極女帝《こうぎょくじょてい》のもとにおられた年少の頃ですが、そのとき、子供心に、なんと隙のない表情を持った人だろうと思ったものです。険しい眼、とがった鼻、肉のあまりない頬、酷薄にきりっとしまった口もと、一言でいえば、悪性に満ちた顔です。それ以来、一度も好ましく思った経験はありません。今でも大嫌いです。悪性、しかもそれは一種の能力であり、世の中を強く生き抜いていく稟質《りんしつ》のようなもので、私はこの同年輩の貴人をただ嫉妬していたのかもしれません。

ともかく、彼は私が思っていたとおり権力の座に坐り、すべてを自分のもくろみどおり酷薄にやりとげていきました。入鹿を殺し、宮廷の元老であったその父蝦夷を自殺させ、叔父の軽《かるの》皇子《みこ》がたいして能力を持っていないことを見きわめると自分の母皇極女帝を退位させ、叔父を帝にたてて傀儡《かいらい》とし、自分は皇太子の位につきました。利口な男です。悪評の方は帝におっかぶせ、実権は自分が握っている。策謀家の中臣鎌足《かまたり》を内臣にし、旧家の阿部内麻呂《あべのうちまろ》と私の長兄石川麻呂を左右の大臣にして新旧勢力を二つとも巧く掌握し、着々と地歩を伸ばしていきました。そうして三月後、入鹿側の皇子古人を、謀反の名において吉野に追いつめ、討伐しています。

彼の妃倭姫《きさきやまとひめ》は古人皇子の娘なのです。そういえばそれから三年後に、彼のために殺された長兄石川麻呂は、彼のもう一人の妃造媛《みやつこひめ》の父親です。長兄の首を刎ねた者は二田塩《ふたたのしお》という男で、このため造媛は心を傷つけられ、塩の名をきくたびに狂乱され、あげくに狂い死されたそうです。かく申しあげただけで、大兄皇子という男が常人ではないことがおわかりでしょう。

元来、長兄はそもそもの初めから皇子の同志だった筈です。それが何故、窮死するような破目になったのか。世上の噂によれば、弟、例の日向が皇子に讒言《ざんげん》をしたからだそうです。よくは知りませんが弟のやりそうなことです。日向は、自分が栄達のお裾分けにあずからないのを、長兄が一人占めにしているせいだと、ひたすら思いこんだのでしょう。長兄さえ消せば、そうして忠義顔を皇子に向ければ、自分の方にお鉢がまわってくると考えたのでしょう。しかし私が思うに、日向の讒言がなくとも、石川麻呂はやがて消される運命にあったのではありますまいか。蘇我家の一族で、入鹿と不仲だということを皇子にていよく利用され、その効率がなくなった上、宮廷内の旧勢力者として邪魔な面の方が出てきていた筈ですから。

誰かを殺すということは、決して最終的な解決にはなりません。無限に災いの芽が生まれていきます。長兄も、皇子にとってはその芽のひとつだったのでしょう。そうして右大臣の空席は巨勢徳太《こせのとくた》が占め（彼は以前、蝦夷の命で山背大兄王を殺しに行った人物であり、入鹿が殺されると一転、蝦夷の家に攻め寄せて火をつけるという男です）、日向には何の沙汰もくだらず、兄を殺して世間の物笑いを買っただけになりました。

ところで、私自身はと言えば、世上の葛藤は横目に見ているだけで、新羅《しらぎ》から帰った僧霊雲《りょううん》のもとにかよい、せっせと韓学《かんがく》を修めていました。私は権力闘争に無関心なだけでなく、万民の幸福を考える、いわゆる政治というものにもさほどの関心を寄せていませんでした。何故といって、学問ほど自分の心を満足させてくれるものはないからです。政治のように他人が認めてくれなければ何をしたことにもならないのとちがって、自分の心の内部だけで評価がくだせるからです。私には、教養の点では、一門の中でも一といって二と下らぬだけの自負がありました。たとえ無官でも、自分の誇りは誰にも邪魔されません。だから、皇子を訪ねようとしたこともないし、いっさいの関係をつけようともしませんでした。

たったひとつ、私と彼とのあいだに小さな出来事がありました。一人前の男がこんなことにこだわっていると思われると心外ですが、豊日郎媛を皇子に奪われたことです。あの女はむりやり皇子の後宮に入れられ、あのとき宿した子も、女子だったそうですが、殺かれたことを人伝てに聞きました。皇子は一寸の間、こちらを注意していたようですが、私が相手にならないのですでに注意をそらしたようです。小さなことですが、しかし無論、私は忘れているわけではありません。

皇太子宮に放火があったのは、そんなある夜のことです。西風が吹きつのる大路を物々しく巡邏する警士のため、霊雲師の所から帰る私の牛車もしばしば停められたのですが、そのときはただ、反骨の士の存在に淡い好感をおぼえただけだったのです。

邸についたとき、牛車の後ろにひそんでいる曲者を、下僕が見つけました。叫び声をあげて追いすがる下僕、闇の中に逃げようとする黒い影。

「盗賊か――」

言いかけて私はハッと気づきました。荒事にしようとする下僕を制して、その人物をひとまず家内に入れてみたのです。

推量どおり、只の盗賊ではありませんでした。しかも女。髪をしとどに乱し、泥の臭いを撒き散らす感じの若い女でした。

「私の牛車にかくれていた理由や、今夜お前がしたことを訊ねようとは思わない。黙っているがよい」

私は注意深くそう言い、野を駈ける猪《しし》のそれのように光った女の眸を見つめました。

「だが一つ訊く。お前は宮廷人ではあるまい。関係のない者が、何故、皇子に反感を抱く。彼を失脚させてどうするのだ」

「都の人でなければ関係ないとおっしゃるのですか」

「いや――、無論そんなことはないが」

女は不意に自分の身姓《みじよう》をしゃべりだしました。東国の屯倉《みやけ》の者で、名は小室《こむろ》、三年前に年貢《みつぎ》を持って爺《じじ》と二人で国を出た、父も兄たちも仕丁《しちよう》にかり出されたまま戻って来ないのでそれが彼女の全家族だった、貢はどうやらおさめられたが、爺に長旅の途中で死なれ、一人ぼっちになった、女一人では長旅はできない、かりに首尾よく帰れても次の貢をおさめるほどの田畑は耕せない、そこで都にとどまって父や兄を探す気になった、だが小墾田宮《おはりだのみや》だの難波宮《なにわのみや》だの次々と造営されるので仕丁の任はいつになっても解けそうにない、これでは探し当てても国へ連れ帰れもできない、三年の間、彼女の寝場所は犬猫と同じく大路の隅だった、彼女は若い身空で不幸のすべてを味わった——、

「わたくしは考えました。いったい誰がこんなひどい目に合わせるのだろう。わたくしにわかっているのは、御自分の栄華のために宮殿や寺院をどんどんお建てになる帝や皇子さまの存在です」

「ふむ、したが——」私は努めて磊落《らいらく》そうに言いました。「気の強い女子よのう。其方一人の手には負えまいに」

「とんでもない、一人だなんて——」小室が大きく私を睨みました。「都を浮浪している農民の数をご存じありませんの。何千という人々ですわ。だからわたくしがここで捕まっても平気です。誰かがきっと同じようなことをやりますもの。何千という人を残らず捕えることなんかできませんもの」

小室を放してやった後、私はすっかり考えこみました。百官の中には無いと思っていた反骨の士が、私の知らないところにかくも大勢いようとは。私は彼等にやや好奇心をそそられました。無論、皇子に対する反感、或いは嫉妬がその裏打ちになっていたことでしょう。しかしそ

れだけとは思いたくありません。権力を持たない者同士が、お互い生きてるという認識をし合い、そうして平生学問にまぎらわしている私の孤独感を満たしたかったのでしょう。私は、霊雲師のもとに歩いて通うようになりました。首尾よく小室と巡り合ったのは、それから三日後のことです。お前たちの衆の所へ連れてってくれ、決して邪魔はしないから、と私は頼みました。

小室は探るように私の表情を見ていましたが、やがて、耳無山《みみなしやま》の裏手の藪《やぶ》の中へ案内してくれました。

私が差し出した僅かばかりの黄金のせいで、藪の中は明々と火が燃えだし、濁酒に酔った大声があちこちでしはじめました。野卑な口調で唄い踊り、笑い泣く彼等の様子はことごとく私を驚ろかせましたが、しかし明日をも知れぬ身のくせになんと生き生きしていることでしょう。泥狐のようだった小室がここではなんと美しく見えたことでしょう。宴席嫌いの私もいつか楽しく酔いました。何故といって、彼等は貴人のように悦楽に酔っているのではなかったから。生命そのものに酔っていたのだから。それが私を感動させたのです。

み吉野《えしの》の　吉野《えしの》の鮎《あゆ》
鮎こそは　島傍《しまへ》も良《え》き　え苦《くる》しゑ
水葱《なぎ》の下《もと》　芹《せり》の下《もと》　吾《あれ》は苦《くる》しゑ

こんな俗歌を私も合唱しました。吉野の鮎は澄んだ水の中にいて良いだろうが、俺たちはただ苦しいことばかりだ、そういう歌です。

私はこの連中との交わりを、楽しみに思うようになりました。そうして衆の中に農民ではない官の者が一人まじっているのを見つけました。家格は私よりずっと低いが、守君大石《もりのきみおおいし》という男です。この男に、有間皇子を紹介してもらったのです。

お前は儂の猿だ

その頃は孝徳帝（軽皇子）が薨《みま》かられて、大兄皇子の母君斉明帝（前の皇極帝）が即位されていました。孝徳帝は大兄皇子に御自分の妃間人《はしひと》皇后を寝とられ、百官の誰からもかえりみられず憤死なされたそうです。

御子の有間皇子からくわしくきいたことです。しかしこの青年はひどく神経質で、大兄皇子の批判など一言も口にされないばかりか、睨まれないように物狂いの真似までされている用心深さです。たった一度、ぽつんとこんなことを洩らされたことがありました。

「わたしは人間以下だよ、狂っていなければ生きていかれないのだから――」

その淋しそうな笑顔が今でも忘れられません。後になって何故あんなことをしたのか、どういう魔に魅入られたのか、口にするさえいやなことですが、私は長年嫌い抜いてきた男のために、その男よりはずっとずっと好いていた有間皇子を殺してしまうのです。

それは斉明四年の秋のことです。帝と大兄皇子が揃って紀州の温湯にお出かけになるので、岡本宮の留守を私に守れとの沙汰がありました。或いは、病死した巨勢徳太右大臣のあとを継いでいた次兄の連子《むらじこ》が口添えをしてくれたのかもしれません。ことわれば角が立つところです。農民たちと交わったり、有間皇子と会ったり、日頃の私の反政府的な行動がどういうことで表だたないとも限りません。で、私は引受けました。そうしてはじめて正式に、大兄皇子の前に出ました。

「赤兄か、やっと会えたな。ふふふ、不承々々に出てきたのであろう。よいわ。お前の気持などわかっておるのだ」

皇子は例の陰気な顔に謎めいた微笑を浮かべて私を嘲弄するように見下ろしていました。

「宮廷百官《もものども》の中で一度も儂の前に出てこないのはお前だけだ。お前は家にこもってひたすら学才を養ない、儂の手が届かん所で一人で王にでもなったつもりでいたのだろう。負けん気の男よのう。だが小さいのう。――いつかお前の女を奪ったことがある。そのときもお前は一言も恨みを言わなんだ。出てきた儂と対決して、儂に踏み潰されるのがいやで、じっとだまりこくっていたのだ。お前はそういう男だ」

「心のままに生きて行く、それが私の信条でございます」

「そう生きて、今まで何をした」

「――何もいたしておりませぬ」

「してないのは、できないということだな」

「お言葉ながら――」私はありったけの勇気をふりしぼってこう答えました。「皇子さまは大切な所を聞き洩らしておられます。私は、心に染まぬことをやらずに生きてきたと申し上げたのです」

皇子は破顔一笑されました。

「よく聞け赤兄。ここに李《すもも》が一つあるとする。大人物ならばこれを見て、ただ一言、李、とのみ言うであろう。その李が赤いか黒いか、甘いか渋いか、そんなことを問題にするのは小人なのだ。大切なのは、在る、ということで、その物の価値、善悪を云々することではないのだ。お前にはここのところの差がわからないのだ」

「人間が守るべきことはいつの世にても厳然とございます。理非曲直がなければ――」

「感傷さ。その証拠に、お前の日常で書物がどんな役に立ってくれた。お前の情操が行動を豊かにしたか。お前は益々とじこもるばかりではないのか」

「――」

「儂も心のままに生きてきた。だがお前とちがって感傷的ではなかった。だから儂の行為はあらゆる方面に伸びひろがったのだ。大仰に言わせてもらえば、儂は空だ、水だ、山だ。ときには嵐や洪水もおこすが、結局万民はそれで生きていかねばならない」

「――」

「赤兄、お前は理非曲直が無ければ生きていけないのだろう。お前はただの人間だ。身のほどを知って儂と張り合おうなどとしないがよい。儂の作った理非曲直を守って、小さく生きていくがよい」

私は儀礼を忘れ、床を蹴って立ちあがりました。私は舌をひきつらせて一言も物が言えず、身体が硬直していたため敏捷に歩も動かせませんでした。床が氷のように冷めたく、燭の火が松明のように赤々と眼に映りました。そのときの気持をおわかりいただけるでしょうか。生まれてはじめて、他人に侮辱されたのです。しかも外貌や位官のことではなく私の心の内部を。私のすべてを。

官邸に戻り、冷静になろうと努めましたができませんでした。おのれ皇子奴、私は口走りました。お前は私ばかりでなく人間全体を侮辱したのだ、お前が言うとおり、行動に現われた場所で、宮廷の中で、立派に挑戦してやろう、その気になればただの男だってお前などには負けやしない、見てるがいい、お前が油断しているまに、私はいつのまにか空となり、水となり、山となってお前に吠え面をかかしてやるぞ、私は蘇我家でも二と下らない才覚を備えた男なんだぞ——。

皇子を倒すには、まずその懐ろに飛びこんで、私を認めさせ重視させねばなりません。彼のような男は本当に自分の鳥籠の中に入ったと思いこませなければ隙など見せないでしょう。その結果、私は彼に恩を売る手段を考えつきました。それは日向のやり方と似てますが、奴の轍は踏まない自信はありました。

私は一睡もせず、夜明けを待ちかねて守君大石の所に行き、官についた祝いに平生親しい人たちを招いて月見の宴を張りたい旨を告げました。その夕刻、有間皇子をはじめ、大石、坂合《さかい》部薬《べのくすり》、塩屋鯯魚《しおやのこのしろ》という人たちが集まってきました。皆、反皇子派です。

私は客たちに、帝たちは都を空けて遊山に行かれた、と教えました。すぐに大石が、よい機会だな、と応じ、誰かが、宮室《おおみや》を焼け、と叫びました。兵を集めて都を占領すれば百官は我々のものだ、という者もおり、牟婁津《むろつ》まで行き船師《ふないくさ》を動員して皇子たちの退路を断とう、と言いだす者もおりました。議論が沸騰しました。有間皇子はいつもの神経質そうな表情でぽつんと坐っていました。何か言ったかもしれません。言わないかもしれません。そんなことはどうでもよいことです。このまに、岡本宮の仕丁たちが一同を遠巻きにしてひそんでいました。手勢を持たない私は、仕丁の農民たちを欺いて使うよりほかなかったのです。これだけの事をしておいて、私は単騎、帝の一行を追って紀州路を駈けました。謀反の報を受けると皇子はすぐに兵を出そうとされましたが、しかしその頃は腹心の舎人が昨日までの友人たちを残らず縛って護送している筈でした。そうして私の位置はあっというまに飛躍し、皇子の帳幕下で大きく坐っているのでした。

磐白《いわしろ》の浜松が枝を引き結び
まさきくあらばまたかへり見む

護送の途中で有間皇子がうたわれたものです。有間皇子は藤白坂《ふじしろのさか》で絞《くび》られました。謀反の事実を訊問されたとき、こう答えられたそうです、天と赤兄とが知るのみ――。

その頃になって私に空しさが襲って来ました。大臣入鹿の屍を見たときのような空しさが。私は必死になって自分が立てた大義名分にすがりつきました。真の目的は大兄皇子を倒すことにあるのだ、私が代ってもっとよい政事をし、あの農民たちを幸せにしてやるのだ、私にはその才覚がある、大の虫を生かすため、小の虫を殺したのだ――。

急いてはいかんと戒める一方で、自分のやましさを忘れるためにも皇子に対する敵愾心をあふりたてていたのですが、その私にある日突然、皇子はこんなことを言ったのです。私は自分の卑少さ、馬鹿さを深く思い知りました。それはこんな会話です。どんな気持で皇子の言葉を聞いたかは御想像にまかせます

「面白いな赤兄、人間というものは。儂が今、何を考えているかわかるか」

皇子は、私を重い役目に登用しようとしているのだ、と言われました。そのときまだ私は内心で嘲弄していました。

「お前は日向とちがって使える男だ。儂は気に入っている。だがお前の忠心を愛しているわけではないぞ。お前が儂をどう思っているか、どういう計算で儂の所に飛びこんできたか、それがわからぬ盲目ではない」

「――」

「しかし儂はお前を警戒してはいない。何故か、お前はもう儂に叛けないからだ。儂と本当に張り合う道はただ一つ、有間皇子を守り立ててやることだったのだ。儂を倒すには皇位継承者の一人を旗印にする必要がある。それでなくては百官が動かない。ところがお前はその旗印を自分で消してしまったのだ」

「――」

「無論それはお前も考えたろう。ただ、今闘かっても勝てないから、力を貯えるために儂の懐ろに飛びこんで他日を期しようとしたのだろう。だが儂はお前を重く登用するぞ。お前を儂の影のようにしてしまうぞ。今のお前はその儂のやり方に抗えるか。抗えば消されるばかりだ。そうして儂の弟や、他の皇位を狙う者が成人した頃には、お前は、百官からすっかり儂の助手のように見られていて、叛こうとしても誰にも信用されないのだ」

「――」

「わかったか赤兄。たとえ儂に討ち滅ぼされようとも、有間の側におるのがお前の生きかただったのだ。お前はもはや儂の猿だ。儂の下で、儂と共に栄え、儂と共に消えるのだ。儂の定めた理非曲直を守って、儂より小さく生きるのだ」

「――」

権勢の果てに

私を赤兄と呼び捨てにする者は、今では天智帝（大兄皇子）の他にはおりません。皆は私を左大臣と呼びます。娘が帝の妃に入っているので、院の父君と呼ぶ者もいます。

身体も肥えたし、交際上手にもなりました。若い頃のように些細なことに神経をとがらせもしません。しかし時折り、皇子に以前言われた感傷癖がぐっと頭を持ちあげてくるのです。そんなとき、私は邸を出て、一人で街をぶらつきます。

ある夜のことです。小暗いところを歩いていると突然いつぞやの唄声を耳にしたのです

み吉野の　吉野の鮎

鮎こそは　島傍も良き　え苦しゑ

水葱の下　芹の下　吾は苦しゑ

感慨が心に湧きましたが私は歩を停めませんでした。今の私はまず第一に宮廷の威勢を保つことを考える立場にあります。が、一団の中にいる一人の娘を見て、私は思わず叫びました。

「小室――！」

小室の筈はありません。年月がたっています。けれども本当にそっくりの顔立ちをしているのです。私はすぐにその女のそばに行きました。

「ここに坐ってもよいか」

「まァ左大臣さま。なんでこんな所に」

「なに、只の中老じゃ。儂も、実は苦しい。お前たちと一緒にその唄を唄わせてくれい」

「いやでございます。貴方さまは早くお邸へお戻りになって、御自分お一人でお悩みなさいませ」

「何故だ。儂も同じく不幸だ。不幸な者が不幸を忘れようとしてはいけないのか」

「あたしたちは不幸です。はい、そのとおりでございます。でも不幸を忘れたいとは思っていません。これが自分だと思っています。自分らしくありたいと願っているのです」

小室もそうでしたが、この女も私がまだ聞いたこともないような新らしい言葉使いで熱っぽく語りかけるのです。

「不幸にもさまざまな形がありましょう。幸福にだってそうでしょう。幸不幸だけを問題にしていったら、自分が何を希んでいるのか、何を嫌っているのか、それすらわからなくなってしまうでしょう。あたしたちはたとえ不幸でも、自分で納得のいく不幸でありたいのです。——左大臣さま、貴方はいかが。御自分の生き方を守り抜いていらっしゃいましたか。御自身の幸不幸に責任が持てますこと——?」

私は頭を垂れているだけでした。私は左大臣、権力の座に連なる者。けれども土民の娘に罵倒されて腹も立てることができません。私は世にも哀れな、誇りを失なった男です。


〔1963年「歴史読本」12月号　初出〕

覇城の人柱――安土城――

五層の天守

古い城には埋門と称するものがあって、城が完成すると、内部の設計や機能を秘密にするために、大工棟梁《とうりよう》などを生埋めにしたという。又それとは別に、単に呪禁《じゆごん》的な意味で、民衆の中から犠牲者を選び、その者を生埋めにして城の未来に襲ってくる禍を払った。これを人柱といって、各地の土豪や武将でその風を貴ぶ者が多かったという。妙なものが流行したものである。

こんな話がある。遠藤盛数という美濃郡上《ぐじよう》郡あたりの土着武士が、主筋の東常堯《とうのつねたか》を滅ぼして八幡山に城を築いたとき、人柱を公募したところ、里人の中からおよしという少女が即座に応じて出た。

「わたくし一人の命でお城が栄えるならよろこんで人柱になりましょう。どうぞお役に立てて下さいまし」

感動した盛数は城内に祠堂《しどう》を建てておよしの霊をなぐさめたという。今も郡上八幡地方に残る哀話である。

こういう伝説は美しく哀しく修飾されているのが常だから、どういう筋道でこの少女が犠牲壇上にあがるに至ったのか、真実のところはわからない。およしは神官の娘だったという説がある。遠藤氏が人柱を公募したのはほんのうわべだけで、最初から神官の娘に白羽の矢をたてていたのだと。城主が強権発動して娘を強奪していった事実は、各地に残る狒々《ひひ》伝説などと附合するし、ありえぬこととも思えない。

又、他の一説によると、およしは城主に向かってこんなことを言ったという。

「お城の行末に捧げるこの身でございますれば、このことに免じて、以後、わたくしの親兄弟親族共に御災禍をお加えになりませぬよう。お城と共にわたくしの一族も栄えさせていただきとう存じます」

この説によると自分の身とひきかえに、彼女は一族の安全を保証させたわけである。およしの一族は、おかげである時間、賦《ふ》税を免かれたかもしれない。労役や戦陣にかりだされることから救われたかも知れぬ。彼女の人柱はお城のためでなく、自分たち一族のためであったのだ。戦乱の世の農民たちの弱い生活形体から出た一種の智慧であろう。

しかし、この土臭い智慧は、少女が一人で考えたにしてはあまりに小賢しい。恐らくその親たち、一族たちの発想であろう。娘を犠牲に供することで、ようやく生きのびていった哀れな農民たちにとって、人柱の公募は一族の安全を期する又とない機会に映じたのかもしれない。

ここで又、狒々伝説がふっと頭に浮かんでくる。白羽の矢をたてたのは（つまり娘を人身御《ひとみ》供《ご くう》にしたのは）、狒々であるよりもむしろ、娘の親族たちなのである。だから伝説に登場してくる親族たちは、嘆き悲しみながらも、あきらめよう、娘の存在を忘れてしまおうという方向のみに汲々《きゆうきゆう》としているのだ。しかも、たくさんの城に、似た事例があるのである。恐ろしい、すさまじい乱世が、我々の脳裡に彷彿《ほうふつ》として浮かんでくる。

閑話休題。織田信長が美濃の斎藤氏、近江の六角氏を滅ぼして京にのぼったのち、安土城を築きはじめたのが天正四年（一五七六）の正月。天下統一の挙がやっと具体的になりかけたときであったから、勢威を天下に知らすためもあり、金に糸目をつけず豪壮華麗なものを計画した。

この安土城には城郭史の上で革命的な特長が幾つかある。その一つは、それまでの山岳を利用した城の概念を踏襲《とうしゆう》しなかったことである。鉄砲の伝来で戦術が変化してきていることもあったろう。尾張平野で育った信長が、籠城しての守備戦より野戦を得意としていることもあったろう。安土は水陸の交通が便利で、土地も広く、野戦に適していた。その上に三方が湖水にのぞみ、残る南方は沼という要害の地だった。

もうひとつの特長は、五層の天守である。それまでの城といえば砦のようなもので、天守がないのが普通だったし、あっても住居に物見の望楼がついたようなものだった。信長自身がこう言ったという。

「安房《あわ》の里見と周防《すおう》の大内が三層の天守を持つと聞く。儂は天下に号令する者だから天守は五層にしよう」

そして明智光秀を天守の研究にあたらせている。

城は完成までに三年もかかった。総奉行は丹羽五郎左衛門長秀である。普請奉行に森三郎左衛門、大工頭は岡部又右衛門、石奉行は西尾山左衛門が当り、二万人の人夫を使役し、京と奈良の寺院から装飾品を献上させ、その費用は京の町人で最も富裕な者共に割りあてて出させた。

信長は、虎の皮のむかばきをつけ、白刃を手にして毎日工事場に出かけていたという。そうして、細川邸から藤戸石という名石を庭石として運びこむとき、石を綾錦で包ませ、花を飾りたて、太い曳綱をいく筋もつけ、笛、太鼓ではやしたて、木やりを唄わせながら曳かせたという。上げ潮にのっていたこの頃の信長が、この築城にかけていた熱意のほどがよくわかるような気がする。

人柱の条件

総奉行の丹羽長秀が、ある日、こんなことを言った。

「殿、人柱の儀は、いかがとりおこないましょうか」

「なに——?」と信長は眼をむいた。

「その必要はない。人柱など迷信だ。迷信は、儂は大嫌いだ」

「はい。殿は俗信など歯牙にもかけられない英傑であらせられる、そのことはよく承知いたしております。しかし――」

「それでよい。それ以上、何を話すことがある」

「しかし、築城の砌《みぎり》、人柱をたてることが天下の通念になっております。殿はお信じなさらずとも、下人共は皆、人柱あって当然という心を抱いております」

「よいか五郎、ここは儂の城じゃ。下人共の城ではない。儂の城のことは、儂がきめる」

「されば――」と丹羽長秀は、考えに沈んだような表情でその場を去らなかった。

「まだ何か言いたいことがあるのか」

「殿は天下人であらせられます。天下人というものは、たとえいかほど卑しく愚かなものであろうと下民の心を心となさる祈りをお作り遊ばされなければいけませぬ。それでこそ下民を掌握できるのでござる。――失礼ながら、尾張とちがい、京に近いこの地では、殿の御威勢はまだまだ下民共の中に浸透しているとは申せませせぬ。このお城に殉ずる者がただの一名もおりませぬ場合、下民共はどう思うでございましょう。遠国へのきこえはどうなりましょう」

「小ざかしいことを申すが、つまり、人柱をたてなければ、儂の威勢に傷がつくと申すのか」

「左様――。下民共の胸に、殿のお名前を刻みつけるひとつの逸話が欲しゅうございます。ひとつの逸話が、いつの世でも、下民共を支配するのでございます」

信長は石畳へむかって、ペッと唾を吐いた。それから顔を上げて、晴れわたった大空をにらみつけるように見た。

「それほどに申すのは、五郎、その最も効果的な逸話が、其方の胸三寸にもう出来上がっていると思ってよいのだな」

丹羽長秀は、深く頷づいた。

「では、やれ、但し、元来これは出すぎた真似であることを忘れるな。儂を満足させる結果にならねば、許さぬぞ」

長秀は自分の館に戻ると、夜に入るのを待って一人の若者をひそかに呼び寄せた。その若者は長秀の家士ではない。名を向坂彌平次といって、長秀が隠密裡に使役していた伊賀者、つまり諜者《ちょうじゃ》の一人である。

「彌平次――」と長秀は低く言った。「申しつけておいたこと、首尾整ったか」

「仰せのとおりの女性を得、又その女も仮の人柱になることを承知仕まつりましてございます」

「儂は其方に申しつけたとき、女の身姓について、三つの条件を出したぞ。一つ、未通女《きむすめ》であること、二つ、美形に加えて下民を驚倒せしめるほどの身分の女であること、三つ、係累すくなき者であること。この三つにかなった女を得たと申すか」

「はい。細工は流々、それがしが下地を作ってあります」

「して、どこの女じゃ」

「それがしと同じ伊賀者の女でござる」

「彌平次！　それでは条件に合わぬぞ。土民の女が人柱になったとて、さほど人の眼をひかぬ。儂が申すのは——」

「御安心下さい。この半年ほどの間に近江の下民共で知らぬ者はないほどの高名な女になっております。それに、伊賀者にはとんだ利点がございます」

「どのような利点じゃ」

「女が承知するからには、人柱の儀が終ったあと、穴からそっと逃がしてやらずばなりますまい。伊賀者は身体も強いし、それに家庭を持たぬ身、遠国へひと飛びも出来易うございます。普通の娘ではとても後始末が難儀でございましょう」

「ふうむ——」長秀は考えこんだ。それから気をかえるようにこう言った。

「ひとまず其方にまかせよう。しかし必らず成功させるのだぞ。儂も主君に請けおうておる。儂が主君信長公は、其方も知るとおり果断なお方じゃ。失敗には瞬刻の猶予も下さらぬ。其方もそれを忘れるな」

「それがしを御信用くださいさい。必らず天下一の大がかりな人柱の儀にしてごらんにいれまする。——そのかわり、殿、かねてよりのそれがしのお願いをお忘れなく」

「はて、——金子《きんす》か。よい。其方にも、女にも、落着後つかわすであろう」

「これはお情けない！　金子などではございませぬ。この一件が成功しました暁には、それがしの伊賀者の籍を抜いて、平侍としてお抱えくださるお約束でございました」

「しかし彌平次、考えてみたが、伊賀者の身分を消すことはそう簡単にはいかぬ」

「ですから、こんなにお願いをしているのでござる。それがしも、日蔭者の諜者で果てたくはございませぬ。何としてでも、青空の下で人らしく生きてみたい、誰はばからぬ向坂彌平次として墓石に名を残したい。そのためならなんでもいたします。御恩は終生忘れませぬ。足軽雑兵でも結構、なにとぞ、伊賀者としてでなく、御麾下《きか》の中にお加えくだされ。このとおり、お願いでござります！」

伏した彌平次の頭の上で衣ずれの気配がし、長秀の冷めたい声が遠去かっていった。

「とくと働らけ。働らき次第で、考えてみぬものでもないわ――」

微笑を洩らす謎の人柱

その頃、近江一帯の下民たちの間で、杉守のくにという不思議な美少女の噂が持ちきりになっていた。

その美少女は、長い黒衣を頭から全身にすっぽりとかぶり、細い錫杖《しやくじよう》のようなものを片手に持っている。一寸見ると、ばてれんの妖術師のようだが、無論異人ではない。呪文も唱えない。

しかし、村々の家をめぐりながら、あどけない唇を開いて声高々とその家の吉凶を占なうのだった。それが不思議によく当る。病人がいると、片手を病人の額にのせて、しばらくうつむいている。二、三日するとその病人はけろりとなおっているのが常であった。

いつ頃から現われるようになったのか、誰も知らない。身姓を知っている者もない。村人にきかれると、くに女はいつも、こう答える。

「山寺の、者です」

東は佐和山のあたりから、西は京近くの大津の庄あたりまで、その出没は変幻をきわめた。そうしてくに女の現われる時刻はきまって夕刻であった。闇が迫る頃になると、忽ちどこかへ消え失せてしまう。うす闇の野ずらの小道を、恐ろしいほどの勢いで山の方に走っていく彼女を見かけたものがある。

生神様だ、と誰かがささやきだした。山の神様が美女の姿を借りて世直しをなさるのだ、と言いだす者もいた。噂は忽ち拡がり、単なる噂の域を脱して、どっしりとした真実感を生じさせてきた。くに女の姿を見かけると、下民たちは土下座して拝みだすのだった。

ある日、突然、くに女はこう言った。

「天下の水気が、安土のお城に集まっています」

「――それは」と農民の一人が言った。「どういうことでござりまっしょう」

「安土のお城こそは、天下をみそなわす場所です。わたくしは安土へ行かねばなりません。行って、お城の土になります。この天下を栄えさせるための犠牲になります。そうするために、わたくしはこの世に生まれてきたのです」

「お城の土に？　では、人柱におなりになるのでございますか」

くに女は重々しく頷づいた。それから遠くの山の端を指さしてこう言った。

「貴方がたはすぐに山の神木を切って、輿を作ってください。そうしてわたくしを乗せて安土まで連れていってください」

輿ができあがると、くに女は小さな身体をその上に横たえた。人々の唱える念仏が一段と高くなり、村の女たちは手に手に野花を輿の上に投こんだ。くに女は野花の中で謎の微笑を洩らしていた。

くに女の行列は静々と安土に向かっていった。ひとつの部落を過ぎるたびに、行列の人輪がふくれあがり、くに女の身体は野花で埋まった。安土に着いたときは、国中の下民たちが残らず集まったかと思えるほどの人波となっていた。彼等は丘という丘を残らず黒々と埋めていた。そうして誰も彼もが城の方を注視していた。

天守の下の広場の所に、くに女の輿が小さく見えた。風が、彼女の黒衣をはたはたと揺すっていた。白い小さな彼女の顔が、群衆との別れを惜しむように丘の方に向き、片手が高々と打ちふられた。ドッと感動の声が湧き、念仏の大合唱が四方にこだました。

くに女の輿は、あらかじめしつらえられた石室の中に静々と運びこまれた。室の戸がぎしりと閉められ、足軽たちが土壌や大石をその上に積みあげはじめた。輿をかついできた人々はそのまわりに伏して、懸命にくに女の往生を願っているのだった。その夜、向坂彌平次は、丹羽長秀の居室に畏まっていた。

「人柱の儀、つつがなく終りまして祝着《しゆうちやく》に存じまする」

「うむ。信長公のお覚えもめでたかった。所期の効果をあげえたように儂も思う。大儀であった」

「拙者、新らしい名を考えつきました」

と彌平次は言った。

「杉田彌助という名です。拙者はもう伊賀者ではない心算です。杉田彌助、如何でござる。よい名でございましょうが」

「うむ――」「殿、どうなさいました。――それとも何かまだ御疑念が?」

長秀はむっつりとして答えなかった。

「くに女のことならご安心下され。あれは口の固い女でござる。今頃は首尾よく石室をのがれて、伊賀の草深い在所に向かっていることでございましょう」

「その儀なら案じておらぬ」

「はい。あれは、実を申すと、それがしの弟の想い女でござる。大任を果していただいた黄金で、伊賀一の世帯を張って暮らすのじゃとそればかり申しておりました。今後一生を伊賀の外へ一歩も出る女ではありませぬ。御安心くださいい」

「うむ。安堵しておる。あの女は未来永劫、あの石室から出られぬのだから」

彌平次の顔が、ツと上がった。

「石室は鼠の通るすきまもない。儂は卑しい者を信じておらぬ。それが、武将たる者のとるべき当然の方策じゃ」

彌平次の肩ががっくりと落ち、首が徐々にうなだれていった。かと見るなり、急に又彌平次は顔を上げ、ぎらぎらした眼つきで長秀の方を見た。しかし、それは怒りの眼でも、憎悪の眼でもなかった。その両眼は、色濃く恐怖の色を湛えていた。

「殿は、くにをお信じにならなかった――」

と彼はうわ言のように呟やいた。

「では、それがしのことも、必らずお信じになっておられぬ。拙者はどうすればいいのだろう。どうすれば、拙者を信じていただけるのだろう」

「今は、人を信ずる時代ではない」

「では、拙者をお断りなさいますか」

「この件の秘密は、守りたいな。前にも申しきかしたであろう。信長公は果断な方だ。万が一にも失敗はできぬ」

「よろしゅうござる！」

彌平次の、ぎらぎらと光った眼が、長秀から、側に赤々とおこっている火鉢の中の炭火の方に移った。

「失礼、御免！」と彼は叫んだ。束の間、彌平次の身体は跳躍して火鉢に飛びつき、炭火の中に顔を突っこんでいた。

「何をする、彌平次、狂ったか！」

絶叫と共に、めらっと焔が燃え立ち、異臭が鼻をついた。

煙を吐かせたまま、赤黒くふくれあがった顔を振りたてて、彌平次は長秀の前に手を突いた。

「このとおりでござる！　この面相ならば誰が見ても向坂彌平次とは気がつきませぬ。拙者は杉田彌助でござる。生まれかわっているのです。これまでのことは全部忘れ申した。くに女のことも露おうらみには思いませぬ。お願いでござる。御家中にお加え下さい。拙者、どんな忍従でもいたします。どんなことでもやりとおす所存です。お願いでござる。お願いでござる――！」

伊賀者の宿命

向坂彌平次改め杉田彌助は、ある夜、主君丹羽長秀に召し出された。

もう伊賀者ではない筈だったが、例によって、深夜、人ばらいをした座敷に、ひっそりと長秀と向かい合うのだった。

「彌平次――」と長秀は彼の旧名を呼んだ。

「其方と会わせたい人物が、牢に入っている」

「何奴でござりましょう」

「下柘植《しもつげ》の次郎と名乗っておる」

「下柘植の次郎！」と彌平次は反射的に答えた。「それは――！」

「其方の弟であるそうだな」

彌平次の身体が小きざみに震えてきた。

「このあたり一帯をうろつきまわって、上柘植のくにという女を探しておる。すでに何事かを知りはじめた疑いもある。捨ておくわけにはいかぬ。斬ってまいれ」「――」

「きこえぬのか。斬れと申している」

「その儀はお許しねがいとうござる」

「いやか。其方、儂に何と誓ったか忘れたわけではあるまい」

「実の兄弟なのでござる。兄が弟を――」

「其方は生まれかわって杉田彌助になったのであろう。もう兄弟ではない筈だ。又、その面相では、向こうも兄とは気づくまい。其方の心だけの問題だ。伊賀者の其方が、そのくらいの制御の出来ぬわけはあるまい」

彌平次はふらふらと立ちあがり、うわ言のように呟やいた。

「拙者は杉田彌助、でござったな。伊賀者とは縁が切れた身、でござったな。拙者は生まれかわった、——筈でござったな」

彌平次は廊下に出た。斬る、と大きく呟いた。続いて、斬られる、と叫んだ。斬らねば斬られる、彼は足音荒く廊下を進み出し、ほとんど呆けたような顔つきになって叫んだ。

「斬って捨てる所存でござる！　拙者は伊賀者との縁を斬りまする！」

裏庭から牢小屋に入った。龕灯の灯をかざして牢内を照らしだした。

縛られたままきっと居直った下柘植の次郎の姿が、灯の中に浮かんだ。次郎は、牢の中にもぐりこみ、刀の鯉口をきって自分の方に迫ってくる人間をまじまじと見つめていた。

「おのれ、俺を殺しにきたのだな。そうはさせないぞ」

血をわけた弟の肉声が、彌平次を更に乱れさせた。彼は刀を抜き、逆手に斜に構えて、一気に飛びかかろうとした。それは伊賀者独特の構えだった。次郎の顔が不意にひきつった。「あッ、兄者！」

ほとんど同時に、ううう、と彌平次は狂ったように唸り散らし、我が身を次郎の身体にぶつけていった。

弟の身体が板にぶつかる固い響きがし、血が、彌平次の頬にふりかかった。

「兄者！　何故俺を殺す。くにをどうした。くにを人柱にしたのは兄者のたくらみだったのか。兄は鬼か、乱心したのか！」

「許せ！」といってから彌平次はすぐ強く頭を振った。「いや許せとは言わぬ。俺をうんと恨むがよい。ひょんなことからお城の企てにのってしまった。俺は何としてでも並みの武士になって出世がしたかった。乱破《らっぱ》の身のままで人の道具になって朽ちたくなかった。俺の墓石には立派に自分の名を刻みつけたかった。仕方がなかったのだ。こういう俺を恨んでくれ。俺たちを生んだ伊賀者を、こういう世間を、うんと恨むがよい！」

彌平次は目茶苦茶に刀を振った。次郎の声がぐっと弱まっていた。

「兄者はひどい。大馬鹿だ。俺を斬ったとて、出世ができるものか」

「お前はくにを知っている。それだけで斬らねばならぬ。いやといえば俺も斬られる」

「くにを知っているのは俺だけじゃない。忘れたのか。俺とくにの間には当歳の赤子がいるのだぞ。くにの老父も、柘植郷の皆も、残らずくにを探している。——きっとそのうち安土へやってくる。——誰彼なしにくにのことをしゃべってきただす。——兄者はその人たちを皆斬れるか。——人間の数は多い。いくら城持ちの大将だって、——斬りつくせるものじゃない——」

彌平次の身体も返り血でぐっしょり濡れていた。その血の生まあたたかさが、首締縄のように彼の心をしめつけた。彌平次はその頃になってようやく、弟の身体にがくっと首を埋めた。許せ、許せ、と叫んだ。その同じ言葉を彼は百万遍のように叫び続けた。

ふと背後に人の気配を感じて、彌平次が顔を上げてみると、牢屋の外にいつのまにか丹羽長秀がひっそりと立っているのだった。

「彌平次――」と長秀はあいかわらず冷めたい声で言った。

「其方は、嘘を吐いていたな」「――」

「あの女は未通女ではなかった。係累もたくさんあるし、子供まで産んでおる。儂の出した三つの条件のうち、二つも裏切っていた」

「伊賀は遠国でございますし、その上口の固い者たちでござる。かの地のことに関する限りさほどの支障はあるまいと思っておりました」

「しかし、現に支障は起こっておる。やはり其方は嘘を吐いたのだ。嘘で、儂の顔に泥をなすりつけたのだ」「――」

「自分の嘘の仕末をつけてくるがよい。すぐに伊賀へ行け」彌平次は、弟の死骸から身をおこそうとはしなかった。

「伊賀へ行って綺麗に仕末をつけてくるのだ。天下晴れて杉田彌助を名乗るのは、それからのことにしたらよかろう」

そう言い捨てると、長秀は後をも見ずに居室の方へ去っていった。

この時が天正七年（一五七九）の三月。丹羽長秀が安土城の総奉行を解除されて、羽柴秀吉、明智光秀と共に丹波平定に出陣する直前のことである。向坂彌平次は、出陣する本隊と別れてただ一人、伊賀に向かった筈だが、その後のことは全くわからない。伊賀柘植郷で事件をおこした事蹟もないから、途中で逃げ去ったか、長秀の派した別の刺客に仕末されたか。いずれにしても、我が顔を焼き、弟とその恋人を手にかけてまでした努力を水泡に帰してしまったのだろう。

安土城の方は、くに女の霊が祟ったか、三年たたずして織田信長が本能寺で急死し、その後城に入った明智光秀が敗戦の連続で、信長の子信雄に攻められて城を撤退するとき、兵士のつけた火のために灰燼《かいじん》に帰した。現在、田圃の中に安土山のみが、低くうねうねと残っているばかりである。そうして、あれほど望んでいた向坂彌平次の墓石は、無論どこにもない。

〔1964年「歴史読本」5月号　初出〕

笑って死にたい

一

事務所の隅を曇りガラスで仕切った小さな社長室から、首うなだれたままの押尾幸吉《おしおこうきち》が出てくると、昨日までの若い同僚たちは椅子から腰を浮かせて、口々にこう云った。

「お元気で」

「チョイチョイまたお顔を見せてくださいな」

「お幸せを祈ります」

皆が彼に笑顔を向けていた。でもその笑顔は営業部副主任押尾幸吉にというより、通り過ぎていく他人に向けられたほんの儀礼的なものだった。その証拠に、いささかの感概をこめて時間登録器《タイムレコーダー》にカードをさしこみ、最後の退社時刻を押さんとしている彼は、もう皆の視線の外に居た。

送別の宴が張られるわけでもなく、記念品を贈られるでもなかった。零細なこの会社では誰もそんな配慮をする余裕はない。停年退職というと聞こえはよいが、実際は、彼の無能をとうから気づいていた経営者が、その日を待ちかねたように石もて追い出した恰好だった。給料袋の他に、御礼、と書いた封筒をくれたのが（それさえ大会社の社員にとっては半期のボーナスに毛の生えたくらいの額でしかなかったが）めっけものというところだった。――そうして押尾幸吉は、三信商事ＫＫと金文字の入った扉を押し、夕風の人となった。

彼は自分の孤絶《こぜつ》した状況を全身で味わいながら、十五年間通いなれた道を駅前通りの方に歩いた。明日からどうするか。

どういうふうにして生きていくか。――銀行の接客掛だの、ビルの守衛だの、雑役夫だのになる気はなかった。近頃は口も満足にきいてくれなくなった冷たい長男夫婦のお荷物となって余生を送るのもいやだった。彼はまったく別な未来図を考えていた。あるいは笑うべき未来図だったかもしれぬが、それはつまり、死、だった。

（――ゆき）と彼は亡妻の名を呼んだ。

（儂もそろそろ、お前のそばに行こうと思うよ）

この人生なんか、少しの未練もない。だが、どうせなら、笑って死にたい。これまでの自分には許されなかったこの世の快楽をたっぷり味わって、豪華な気分のまま死んでいきたい。

押尾幸吉は、駅の便所の中に定期券を捨てた。それから内ポケットの封筒の封を切って二十七万三千円の現金をそっくりひきぬいた。

×　　×　　×

押尾幸吉をとりまく世界が一変した。糸の千切れた奴凧《やつこだこ》のように空に舞い上がったとたんに、まるで別の世界になったのだ。

彼のまわりではドイツ人ばかりの楽団がゆるい旋律を奏していた。この店ではボーイもウエイトレスもすべて白人だった。まるで日本ではないみたいだ――。

押尾幸吉の卓には、深皿のスープと前菜とビールが並んでいた。でも彼は、まだ充分にこの雰囲気にとけこんでるわけではなかった。誰かが自分を見てる気がする。場ちがいな自分を責めているような視線を感ずる。

彼は立ちあがってそそくさとトイレに入った。そこの鏡に自分の姿をうつして見た。新調の服、新調のネクタイ、新調の眼鏡、新調の腕時計――、それ等に飾られたまるで他人のようにピカピカ光った自分がそこにあった。両肩にさらさらと何かが触れた。制服を着た老婆が刷毛《はけ》で服の塵を払ってくれているのだった。

「ありがとう――」

彼は重々しく頷ずいて小銭を渡した。老婆が恭々《うやうや》しく扉をあけてくれた。それですっかり自信をつけて、彼は胸を張って席に戻った。

「押尾君――!」

がくっと膝が崩れるところだった。彼はゆがんだ表情で、彼の方に大股に近づいてきた初老の紳士を眺めた。

「押尾君だろう。奇遇だなア。先刻から見てたんだが、おい、わたしを思い出さないか」

その紳士が大学時代の級友正木竜平《まさきりゅうへい》とわかるまでにかなり手間どった。なにしろ三十年も昔のことだ。久闊《きゅうかつ》の挨拶がすみ、お互いの地位の話になったとき、彼は用心深く故郷《くに》の方に居るのだ、といった。

「故郷って、たしか君は静岡県だったね」

正木は丁度連れもないらしく、そのまま押尾の席におちついてしまった。

「うん――、戦後株で当ててね、今向こうで四つ五つの会社をやってるんだ」と彼は思いきって云った。

「ほうそりゃすばらしい。わたしなんかおはずかしいがしがない宮仕えさ。君の足もとにも及ばないな」

しかし押尾幸吉にはそうは見えなかった。正木は白く肥え輝いている。快楽という養分を充分吸いとっていることが一見してわかる。押尾は小さい。新調の服を剝いだら、骨だけだ。貫禄がちがう。どうしても気押《けお》される。架空の成功譚をたてつづけにしゃべっていないと気が休まらない。

うんうんと、正木は忠実なきき手に廻ってくれた。

「ところでね――」と正木は云った。

「丁度、今日は一人で呑みに行くところだったんだ。もしよかったら君の成功を祝って乾盃しにいかないか。もっとも君みたいな金持には、銀座の女なんか珍しくないだろうけどね」

「是非お願いしたい」押尾幸吉はすぐに応じた。渡りに舟だった。「田舎者だし、それに今までは事業一本槍だったんでね。とんと遊びには不案内なんだよ。今時間をもてあましていたところなんだ」

「なんだ、君の身分で遊びのひとつも知らないなんて笑われるぜ。来給え、いい所を紹介するよ」

待たせてあった正木の社の車らしいのに乗りこんで、押尾幸吉もネオンの波の中に飛びこんだ。クラブやバーを四、五軒まわった。どの店も映画のシーンのように豪華で、豊潤《ほうじゅん》で、脂粉の香りに満ちていた。酔いがまわるにつれて最初の不安がなくなり、生え抜きの特権階級の人間のように振るまうことができた。それにどの店でも、正木は彼に勘定を払わせなかった。マダムに向かって、やあ、といえばそれですむのだった。四軒目の時には彼はすっかり御機嫌で、どこに居るかもわからなかった。両脇にぴったり女が吸いついて居、酒があれば、どこに居ようとかまやしない。彼は大声で笑い、そして唄った。

正木が彼の肩を叩いた。

「そろそろお目当ての時間だ。ここは出ようぜ」

「まだ、どこかへ行くのか」

「まだって、これからが問題なのさ」

ここでも正木はママに向かって、やあと片手をあげた。

車に乗りこんでから押尾は訊ねた。

「いつもあれですむのかい」

「月末に接待費で伝票をおとすんだ。だがねえ押尾君、こんなことも来月からは出来なくなるんだ」

「――何故」

「社をやめるのさ。停年でね」

押尾幸吉の体がびくっとふるえた。

「宮仕えなんてはかないものでね、まったく君がうらやましいよ。――そこでひとつ頼みがあるんだがな。君のその会社のどれかに僕を世話してくれないかね。当節、役人でもないと横すべりは仲々むずかしいんだよ。そんなにいいポストじゃなくてもいい。恩に着る。忠勤をはげむよ。ね、ひとつ頼む」

「うん――」彼はしどろもどろに答えた。「すぐに返答はできかねるがね、――まア帰ってから努力してみよう」

「頼む。是非ここに電話をくれたまえ。なんなら静岡の方へわたしが出向いてもいい」

車がとまった。正木はすぐに陽気な表情に戻ると、眼の前の料亭風な建物の地下を指さした。

「会員制のクラブでね、紹介者がないと入れないからその筋には絶対安全だよ。さア君、中へ入って、一番気に入った娘を、そっと僕に教えたまえ」

二

その女はすみれと名乗っていた。大柄で、白いイヴニングを豪華に着こなしていた。ボックスの美女たちの中でもひときわ光っていた。でも押尾幸吉が本気で惹かれだしたのは、彼女の本名が亡妻と同じゆきだときいてからだった。彼は自分からは何も云い出さなかったが、クラブを出ると車置場の所に彼女がちゃんと待っていた。恐らく正木の計らいであろう。

彼女のベンツで深夜の高速道路を吹っ飛ばした。夢ならば醒めるな、そう彼は本気で祈っていた。たとえ醒めてももう離さないぞ。女の背中にまわした腕に思わず力が入った。

「ゆき、――ゆき！」

「いやッ、おじさま、危いわ。夜はまだ長いのよ！」

彼女の部屋は見上げるように大きなマンションの七階だった。エレベーターを出、自室の扉の中に入ると、すみれははじめて彼の方に体をすり寄せて、こう云った。

「さアどうぞ、ここからは治外法権よ、なんでもお好きなようになさって」

押尾幸吉は放心したようにその部屋を眺めていた。彼女の衣裳と同じく真っ白い大きなベッド、ふかふかとしたソファー、等身大の姿見、厚い絨毯――、彼の首を斬った社長だってこんな部屋には住んでいないだろう。

「一寸訊くが、儂は、本当にこの部屋に泊まっていってもいいのかね」

「そうそう、御紹介するわ」すみれはベッドカバーをはねのけながら云った。

「これ、大きくて素敵でしょ。特別製よ。ロックフェラー三世って名前なの。私の一番の親友」

「ロックフェラー三世か、金持の名だな」

「ええ。この部屋のものには大概名前がついてるわ。そうだ、おじさまの名前もつけちゃおうかな。おじさま静岡一の事業家ですってね。あたしお金持好きよ。あたしも今にきっとなってみせるわ」

「ねえ、訊いてるんだが、儂のような者とじゃ、お前さん、気がすすまないんじゃないのかね」

「何故？　ビジネスですもの。喜んで新妻にならせていただくわ」

「ビジネスか、なるほど」

押尾幸吉は部屋の中央に進みソファーに腰をおろした。彼女はビジネスであり、自分は客なのだ。毎夜のようにこの快楽をむさぼって当然のように思っている男たちだって居る。死ぬ気の自分が一度ぐらいその仲間入りをしたからって、なんのばちが当たるだろう。

チラリと、郊外のすすけた我が家が頭に浮かんだ。ほとんど同時にすみれの柔らかい体がはらりと膝の上に落ちてきた。

「もっと呑む？」

「いや」

「じゃあ、脱がせて——」

彼は年齢を忘れ、亡妻を忘れ、長男夫婦を忘れて、熱い血の塊りになっていった。

——眼ざめたとき、のめりこむように柔らかいベッドの上に居ることが、一瞬理解できなかった。意識をとりもどすなり烈しく寝返りをうち、うめきながら手を伸ばした。

「すみれ——！」

何の手ごたえもなかった。そのかわり、背後でさっとカーテンが開く音がし、朝の光がまぶしく射しこんできた。

「お眼ざめね。風呂《バス》の支度もできてるけど、先に朝のコーヒー召しあがる？」

「すまんが、コーヒーを」

すみれは起き直った彼の足の上にコーヒーとトーストののった小卓を置いた。香りの高いコーヒーだった。彼は一滴残さずすすった。

「うまい——」

「いかが、御感想は。満足なさって？」

「云うところなしだ、何もかも。こんなに楽しかったのははじめてだよ。儂は、君をもうずっと忘れないだろう」

「嬉しいわ、それなら」

朝の光の中でも彼女の表情は生き生きとしていて若い張りを失っていなかった。それに、眼が意外に澄んでいた。押尾幸吉には、この女が高級娼婦だとはどうしても信じられなかった。

「——お前さんはいくつだ」

「二十三、信用しない?」

「いい年だな。結婚はせんのかい」

「お金と結婚してるもんね。それにおじさまのような人が居るから、淋しくなんかない」

「お金か、——そういえば」彼はベッドをおりて自分の服をつかんだ。

「どうなさるの?」

「帰るのさ。お前さんのビジネスももう終わったろう。——いくら置けばよいのかな」

「お金なら、正木さんの方からいただいてるわ。——ねえ、ゆっくりなさって。今度はお仕事でいらしたんじゃないんでしょう。お楽しみにいらしたんでしょう」

「まア、そうだが」

「だったらいいじゃない。お風呂も湧いてるし」

「そうもしておれんさ」彼はまるで死に場所を探しでもするかのように窓の外を見た。「儂だってまだひとつぐらい用事は残っとる。それに、いい思い出も貰ったしな」

「そうかしら、あれがいい思い出? それにしちゃ昨夜のおじさま、ちょっと意気地なしだったわね」

すみれはいたずらっぽく笑った。

「ありゃア酒がすぎてたんだ。――儂だってまだそんな年じゃないさ」

「どうだか、――ならもう一度、あたしを負かしてごらんなさいな」

「馬鹿いっちゃいかん。朝っぱらから」

「でもおじさま好きよ。おじさまってかわったお金持だわ。ときどきに陰気な眼をして何かを考えこんでるの。すみれが今にお金持になっても、きっとそんな眼をすると思うな」

「何故、すみれがそうなるんだね」

彼女は小さく笑った。

「だって、小さいときから、苦労性だったもん」

押尾幸吉は、意を決したように云った。

「本当に、もうしばらくここに居てもよいのかね」

「ええ、どうぞ」

「もうひと晩泊めてくれと、儂が云ったら？」

「大歓迎よ。お気に召したらいつまでもどうぞ」

彼は封筒の中味を全部引き抜いて卓の上においた。

「今、持ち金はこれだけなんだが、一応預けとくよ」

「いいわよそんなこと、気になさらなくたって」

押尾幸吉はすみれの奇妙な優しさにすがりつくように、ふたたびベッドの中に倒れこんだ。

三

「ねえ、おじさま」

三日目の夕食のときだった。

「最初の晩、お店でしてくださった話の続き、してよ」

「何の話だっけ」

「ホラ、おじさまの財産のお話」

幸吉は眼を伏せた。「くだらんよ、そんな話」

「あたしそういう話きくの大好きよ。ええと山林が何千町歩っていったっけ」

「さア、儂にもはっきりしたことはよくわからん」

「時価でどのくらい？　三千万？　それとも五千万？」

「そのくらいかもしれンな」

「そう――、じゃアおじさまの全財産は？」

「想像にまかせるよ」

「十億？」

「うん、まア」

「十億って、もう想像できないわ。三千万ぐらいなら手頃だけど。あのねおじさま、あたし、お店のママを失脚させてあそこのママになる計画を練ってるの。それを手始めにしてもっと大きなお金儲けをするつもりなんだけど、三千万今あったらもっと手っ取り早いわね。どっかから降って来ないかな」

「やめてくれそんな話、馬鹿馬鹿しい！」

「アラ、嘘よ、空想だわ。本気でおねだりするわけがないじゃないの。ただ空想してるだけなのよ」

「大きな声だして悪かった」と彼は云った。さらにいっそう猫なで声で唄うようにこう続けた。

「すみれにならば何もかもあげたっていい。出来損《そこ》ないの息子の奴や、冷血動物みたいな嫁に残すくらいなら、その方がよっぽどいい。儂は本気でそう思ってるんだ。この気持ちだけはわかってくれるか」

この部屋に長く居すぎてしまった、と幸吉ははっきりとさとった。もっと早く飛び出して死んでしまえばよかったのだ。

面白おかしい思いをして、パッと消えるつもりが、かえって濃密な関係を産んでしまっている。一番思い出さねばならない筈の郊外の我が家のことや、亡妻のことの方がはるかに遠くなっている。ここ数日間の幸吉の生命は、ひと筋の糸ですみれとだけつながっていた。

実際、すみれはよくつくしてくれた。あたしは当分おじさま専属よ、と笑って二日目の夜は店も休んでしまった。くるくると小まめに立ち働くかと思えば、沈みがちな幸吉を飽かせぬためにいじらしいほど気を使う。料理もうまいし、酒の相手もする。ベッドの中では魔女になる。

むろん、すみれには彼女なりの思惑があって、彼の気に入るように懸命に努めていることは明瞭だった。しかし思惑やビジネスの底の方に、一点ぽっと暖かいものがあって、それが幸吉の孤絶した状態を癒やしてくれる。一方で彼女をあざむいている胸苦しさとなり、また一方でどうにもこの部屋を脱け出せない未練にもなっている。

「すみれ、今夜はお店へ出たらどうかな。儂だけがお前さんを独占してるのはママにも悪いしな」

「お店は平気よ。でもそうしたらおじさまが居なくなっちゃうような気がする」

「そんなことはない。一生ここに居るわけにはいかないがね」

「ええ、でもせめて今夜は居てね。なんだかまだお別れしたくないの。きっとどこへも行かないってお約束してくださる?」

幸吉はうなずいた。

彼女が仕度をして出かけていったあと、しばらく彼はロックフェラー三世に腰をおろしていた。それから部屋の灯を消した。

幸吉はわざとエレベーターを使わずに、階段をおりた。地の底におりていくようであった。動悸《どうき》が烈しくなった。惑乱《わくらん》はしてないつもりだったが足がもつれて二、三度階段をころげおちた。

(これが、生涯の終わりなのだ)

彼は笑顔を作ろうとした。笑顔のまま、近くを走る国電の土堤に這い登るつもりだった。

マンションを出て、二、三歩足を動かしかけた所に、思いがけずすみれが立っていた。

「ホラ、おじさま、出ていく！」

彼女の顔がゆがんでいた。

「下から見てたら、部屋の灯が消えたんで、ここで見張ってたのよ」

「すみれ——！」

幸吉は反射的に、通行人の視線もかまわず大手をひろげて彼女を抱きしめていた。

「部屋に戻っておいで。お前さんが一番喜びそうな贈り物がある」

嘘に嘘を重ねると知りつつ、彼はそう云わずにはおれなかった。

部屋に戻ると、すぐに封筒と紙片を要求した。

「ちょっと向こうを向いてなさい」

彼は卓の上で何かを書き終えると、丁寧に糊をつけて封をし、

「さアいいよ、これをあげる。大切におし」

「なんなの、これ」

「欲張りのすみれが喜ぶものだ。わかるだろう」

「わからないわ。教えて」

「儂の遺書だ」

「遺書？」

「儂が死んだら、お前さんに例の山林をあげる、とそれに書いてあるかもしれない」

「本当？　嘘でしょ。からかってるのね。そんなうまい話ってあるもんじゃないわ」

「信用しなくてもかまわない。そこが夢だ。お前さんに夢をあげるんだ」

「じゃア、本当なのね」

「開けて見ちゃいけないよ。儂が死ぬ前に開封すると、遺言の効力を失う」

「おじさま、ありがとう！」

いきなり彼女は幸吉の首っ玉にかじりついてきた。

「これですみれもいつかきっとお金持になれるのね。――でもおじさま、長生きしてよ。おじさまが早く死ねばいいなんて思ってなんかいないわよ。ね、ね、信じてくださる？」

幸吉の顔に、ゆがんだ笑いが浮かんだ。

×　　×　　×

ロックフェラー三世の上で、幸吉の眼がぽかっと開いた。

かすかな寝息を立てているすみれの気配を、彼はじっと見守っていた。それからそろそろと起きあがった。

足音を忍ばせて扉をあけ、廊下に出た。階段をおりかかって、彼ははじめて気づいたようにひょいと上の方を見た。今度は少し急ぎ足で昇りはじめた。

すぐに屋上に出た。夜明けの風がシャツ一枚の身を刺すように吹いていた。太い息を吐き出し、屋上の端までひょろひょろと歩いた。

眼の下数十米のところに内庭の植込みが黒々と拡がっていた。彼は眼をつぶった。先刻武者振りついてきたすみれの体臭がまだ首筋のあたりに残っていた。自然に彼は笑顔になった。

幸吉の体が前のめりになった。悲鳴がおこり、横手から黒い塊りがすさまじい勢いで飛びついてきたのはその瞬間だった。彼はその塊りといっしょに屋上の端に沿って大きくのめった。

「何するのよ、おじさま！」

「離してくれ、儂ア死ぬんだ。死ぬより仕方がないんだ」

「いい年して馬鹿なこといいなさい。此方へ来るのよ。さ、早く！」

大柄な彼女の方がわずかに力が強かった。それより前に幸吉の気力が萎えてしまってもいた。抱きかかえられる恰好で部屋に連れ戻された幸吉は、放心したように絨毯の上に坐っていた。

「前から変だなとは思って居たのよ。妙な予感がしてたの。でも、おじさまみたいなお金持が、なんでまた死ななきゃならないの？」

「すまん、許してくれ――」彼は涙声になった。「これだけはお前さんに知られたくなかった。儂アこっそり死にたかったんだが、白状するよ。儂は静岡の事業家なんかじゃない、停年で職を失った一文無しの老人だ。死ぬ前に一度楽しい目を見てと思ってな。つい深入りして嘘ばっかりつくことになっちまった」

すみれは突っ立ったきり動かなかった。長いことだまっていた。それから不意に口を開いた。

「――じゃ、あれは？　遺書ってのも嘘？」

「ああ、あれは詫状だ。儂のことが書いてある。だが山林などむろん無い」

彼女は姿見の横の小抽出をあけ、封筒をとりだすなり破って中を見た。半分も読まぬうち、くしゃくしゃに丸め潰した。

「出て行ってよ！　あんたの顔なんか二度と見たくないわ！　こんな無駄働きしたことってはじめてよ」

「許してくれ、だが持ち金は全部置いていく。それで勘弁してくれないか」

「こんな金受けとったら寝ざめが悪くてしょうがないわ」彼女は札束をほうりつけた。「それを持ってとっとと出ていくのよ。死にたかったらもう一度屋上へ行くがいいわ。死にぞこないの老いぼれを誰が助けるもんですか。早く出ていかないと、塩をぶつけるわよ！」

ベッドにうつ伏せになって身をもむように泣きはじめたすみれのそばで、押尾幸吉は手早く服とズボンを身につけ、だまって部屋を出た。虚脱したように廊下を歩いていった。

「――おじさん」

すみれの声を耳に入れて、階段の所で振りむいた。彼女が扉から半身をのりだして此方を見ていた。

「一寸相談があるんだけど、戻ってこない」

幸吉は逡巡した。すると彼女の方から出迎える形で彼の腕をとり、部屋に誘いこむのだった。

「悪いことといわないから息子さんの所にお帰んなさい。そのお金を渡して謝まっちゃうのよ」

「相談てのはそのことかね」

「ううん、ちょっと面白いことを思いついたのよ。お店のママを誘惑してみたくない。同じやり口でさ。ママは噂をきいてるから一も二もなくのってくるわよ。金持と見ると離さないんだから、あの人。まだ若いし、ちょっと魅力的でしょう」

「何故、そんなことをすすめるんだね」

「ママを失脚させたいんだって、あたし前に言ったでしょう。あンたとできたら此方でマスターに知らせるのよ。ね、家の方が一段落ついたらお店にいらっしゃいよ。お金なんか一銭もいらないし、だまって坐ってればあたしが全部段取りをつけるわ。遊ぶだけ得じゃない」

「そううまくはいかない。ばれたら今日と同じことだ」

「それも大丈夫。ママはあんたが一文無しと知って荒事《あらごと》をするような馬鹿じゃないわ。きっとあたしと同じような知恵を思いつくわ。この社会の女はね、蹴落としてやりたい同性の二人や三人きっといるものよ。ママはマスターの他のお妾さんの所へあんたを送りこむわ。ねえ、面白いじゃない。あんたったら、ずうっとロハでいろんな女と遊べるかもしれないわよ」

「まア考えてみよう。だが今は、とてもそんな気になれんな。――じゃ、さよなら」

幸吉は一寸会釈《えしやく》して扉の方に向かった。

「あたしがどんな気持ちでこういうことといってるかわかる。誘いでもかけとかないと、あんたまた死ぬ気をおこすでしょ」

幸吉がわかったというふうに手を振った。そのあとを追ってすみれは廊下まで行き、男の背中に大声で叫びかけた。

「生きてりゃ面白いことなんかたンとあるわよ。苦に病むだけ損なのよ。きっとまたお店にいらっしゃいねえ。死んじゃ駄目よオ――」

押屋幸吉が後日、すみれの店を訪ねて行ったか、それとも初志どおり別の未来図を実現してしまったか、それは知らない。


〔1964年「週刊大衆」12月17日号　初出〕

【エッセイ】

未明

中学校の入学式であった。若しかすると小学校だったかも知れない。新入生が一堂に会して、荘厳な式が終った後、担任に紹《ひ》き合わされ、それ〲の教室に落ちついた所であった。

他の室の喧騒が遠く汐騒のようにどよめいてきこえる。みんな希望に燃える眼ざしで明日からの級友を探ぐり合ったり微笑していたりした。程なく担任がイロハ順に生徒の名前を呼び始めた。ハイ、ハイ、という声がそれに和した。瀬田、近江、の二人の返事がなくて僕等は空しく周囲を見廻した。入口に近い席が二つ並んで空いていて黒い風呂敷包みと新らしい帽子があるきりだった。おかしいな、全部揃っていた筈だのに。という響きを残して教師が探しに出た後、近江は、額と耳の後からドス黒い血を流して入って来た。

「瀬田、おい、君、瀬田‼」

教師が荒々しく入って来て、近江の後にかくれるようにした子を呼んだ。

「なんで、友達をなぐったりしたんだ。君はいったい……」

瀬田はフッと教師を見上げて意味なくモジ〱した。背は小さかったが、つぶらで大きい眼が絶えず微笑しており、恐らく八重歯であろう並びの悪い歯が白く目立って、少女のように弱々しい印象を受けるのであった。

「何で笑ってるんだ。君!!」

するとと近江が、ハキ〳〵した声で、

「先生、病院に電話して下さい。すぐに瀬田を送りこんで下さい」

「馬鹿、近江、あんまり昂奮するな。何だそんな傷、一寸血が流れてるだけじゃないか。早く

……然し弱ったな。今日は医務室に誰もいないんだ」

しかし教師の方が、何しろ入学式当日の事で慌てているようであった。傷はそれ程深くなかったにしろ、その時は既に顔中血だらけだったのである。

「僕は平気です。先生、それより……瀬田!!……病院へ行っちまえ。お前なんか……二度と出てくるな!!」

うなだれていた瀬田が、フッと顔を上げた。口が微笑に崩れて、又可愛いい歯が白く見えた。

「今朝だって、お前の母さんが云ってたぞ。もうすっかりよくなったんだから、近江さん一緒に連れてって下さい。大事な入学式だから、此の子だってチャンとわかってる筈ですって。

……うそをついたぞ、お前の母さんは……」

「君達、何でまた、喧嘩を……」

「喧嘩じゃない。先生。瀬田は小さい時脳病院に入っていたんだ。此奴、……」

教師も一寸鼻白んだ。

「本当か。本当なのか。フウム……」

瀬田は熱心に教師の顔を見上げていたが、この時、ピリ〳〵と唇がふるえた。アタフタと教師が出て行ってからも二人はその場を動かなかった。

不意に。……瀬田が手を上げて軽く、近江の頰を二三度打った。瀬田の手に血がついてギラ〳〵光った。

「瀬田君、今、家の人が見えるそうだから、とに角、一度お帰りなさい」

先程とは打って変った優しい声で教師がいった。瀬田は足を一寸曲げて顔を赤らめながら下を向いていたが、その時、近江がギョッとして身をしりぞけた程、勢いよく走り出すと、机の間の細い通路をグル〳〵まわりはじめた。遠くから見ると微笑しているようだったが、僕の傍を通った時に、全身で震えているのがわかった。然し、まるで野原であそんでいるように、自由に、いつまでも走りまわっているのだ。

「瀬田さん。お利巧だから早くお帰りなさい」

「わかったわね。いい子はチャンとききわけるわ」

僕の背後でそんな声が湧き起った。それは見も知らぬ大人の声のようでもあり、僕の母の声でもあった。――フッと眼がさめても、僕はひどくうなされた今の夢が忘れられずに寝床の中でため息をついた。夜明けにはまだ間があるようである。


〔1956年2月「文学生活」第三次創刊号　初出〕

一つの提案

抱負と会への注文を書けとのお達しですが、抱負は、無いわけではありませんが、今、口の外に出してしまいたくない気がいたします。

で、会及び「新日本文学」誌に対するひとつの提案ですが、外国の若手の文学者（プロ作家であるなしにかかわらず）と緊密な連絡をとり合って、お互いが当面している問題を検討しあう機会を（誌上でも）作っていただきたいと思います。往復書簡で同一問題を論じ合うもよし、短かい作品を手交し合うもよし、或いはお互いの状況を知らせ合うだけでも、同質のものや独自のものがいっそう明瞭になってくると思います。色々隘路《あいろ》はあるでしょうが、御検討ください。

〔1963年4月「新日本文学通信」第2巻第4号　初出〕

野放図と無と

北陸を故郷に持つ知人が、従妹の結婚式に参列するために、十数年振りでその地に帰った。もう何年も前のことである。

その町には古い倦怠のようなものが色こく漂よって居、東京風の鮮烈な生活意識など表側にはほとんど現われていなかった。知人はその古さに興味を抱かなかったし、初対面といってもよいほど遠い関係の従妹の結婚についても何の感懐も持てなかった。

夜、従妹の父親の酒の相手をした。儂は今度の婿を気に入って居らんのだ、とその老人が云った。しかし完璧な婿なんて居やアしません、と知人が答えた。老人はだまった。それから婿に対する不満をくどくどくりかえした。老人の酒は長かった。知人はいいかげんの所で席をたとうとした。すると酔い痴れた老人が涙を浮かべてこういうことを云いだした。

「今日で子供たちは全部片ずけた。儂はもう隠居の身だ。長い間、自分の務めはきちんと果たしてきたし、先祖からの物もちゃんと守りとおしてきた。こうするために生きてきたのだというそのことはすべてやってきたつもりだ。しかし考えてみると、自分がやったことのどのひとつにだって満足しちゃアいなかったんだ。うまいことといったためしなんぞ一度でもありゃアしなかった。儂は自分の人生に、その周囲に、当り散らした。そのくせに、惜しんでるのだ。自分が望んだことが何ひとつ果たしてもくれなかったのに、まだ其奴に執着してる。早い話が、お前とももうこれきりかもしれないし、くそ面白くない夏や秋ももう二度と見られないかもしれない——」

知人は帰京してこの話を特筆大書してきかせてくれた。僕は笑った。老人の、云わば生命がけの繰り言を笑ったわけではない。知人の話しぶりにセンチメントをやや感じたからだ。人は皆死ぬさ、と僕はそのとき冗談を云ったけれど、そのくだらぬ冗談までを、ときおり、ひょっこり、思い出す。

話が飛ぶようだが、モアブの地でモーゼが死ぬ直前に、民衆に向かって長いおしゃべりをする。民衆がいかに頑なであったかを蒸しかえし、又今後もその頑なさはなおらないだろうと予言し、神の戒律と自分が定めた律法を守るようにとくどくどと訓す。旧約聖書五十頁あまりを費して、祝福と呪いを交互に浴びせかけた果てに、

「これだけ云ってもお前達は、儂の云ったことを結局守れやしないだろう。カナンの地へ入って肥れば、とたんに神を忘れ、私のことを忘れてしまうだろう。私の死んだあとが思いやられるが仕方のないことだ——」

そんなことを云っている。北陸の老人の繰り言と、どこか意外によく似ているのである。モ

ーゼは死んでいく人間である。いかにはがゆく思おうと、いかにすべてが洞察できようと、自分の力ではもうこの民衆をどうすることもできない。いくら教訓を垂れたところで他人の生は別のところにあるので、それぞれ自分勝手に生き抜いていってしまうにちがいない。たとえその末に滅びようとも。

元来、このイスラエル人たちは、エジプトを脱出したときから、それが自分たちの意志ではなかったかのように感じている。脱出行は神とモーゼとの間に成立した契約なので、自分たちは彼等に買われたのだというふうに。しかしいくら自分たちの意志ではなかったにしろ、いったんエジプトを出てカナンの地を目指してしまえば、それを人生の目的にするより仕方がない。荒野を移動する間、彼等に襲いかかるのは苦痛ばかりだが、ブツブツ不平を洩らしながらもモーゼに従がってくる。

その不平が極まってとうとう神を怒らせてしまう。もう面倒はみないぞ、と神が云う。契約を実行しなければ神の存在を疑われますよ、というモーゼの言葉に対し、それではお前たちの子孫をカナンへ入れよう。だがお前たちは駄目だ、荒野で死ぬがよい、と神が云う。モーゼを含めた六十万のイスラエル人は荒野で全滅するのである。

しかしここで民数記の悲劇性を云々する気はない。いったい何のための苦労か、苦痛の果てに何が結実したのか、と問うてみたところで、それは終った人生に対する生者の感慨にすぎない。荒野で死なずにカナンの地に入って安住した後に死んだとしても、それにどれほどの意味があろう。いかに安定しても老人の繰り言はやっぱり出てくるだろう。四十年も荒野をさまよっていたことを徒労とするならば、イスラエル人自身の生はそれより以下のはるかにつまらないことになってしまう。

カナンの地を目前にして、荒野に朽ちよ、と神から宣告されたとき、一部のイスラエル人はモーゼの制止するのもきかず、カナンの地へ走りこみ、忽ち全滅してしまう。自分たちがあれほど罵しった神なのに、そう宣告されてみると、その神との契約、ひいては自分たちの生の目的化していたことの成就に向かって、衝動的に爆進してしまうより仕方がなくなるのである。

じっとしていても全滅、進んでも全滅、しかし進むよりほかに仕方がない。それをするより仕方のないことの積み重ねが、人生だと云えないだろうか。

去年の秋、北陸の話をしてくれた知人と久し振りに会って、一杯呑んだ。渋谷だった。酔った末、盛り場のはずれを二人でぶらぶら歩いた。ビルの建築現場の隅っこで、虫が鳴いていた。

「このこおろぎの野放図さ！」と彼は僕の方を振り返って云った。「鳴かなくたってもうすぐ死を迎えるのにかわりはないのに、でも死ぬまで鳴き続けねばいられないように出来ているんだからね」

僕の中にも一匹の虫が棲んでいる。それはたしかに、在る。あるときカナンの地へ飛びこんでいくような無鉄砲ぶりを発揮するかもしれないし、神に小便をひっかけるようなことをするかもしれない。何かにつかれて夢中で生きていくかもしれない。

だが、仕末がわるいことに、同じ僕の身体の中に、いつだって例の繰り言が同居しているのである。

「なにもかもやってるつもりなのに、まるでやってないのと同じようなンだものなア。何をしても飢え死はしないけど、何をしたら充足するのかわからないんだものなア」

この繰り言がいつも僕を解体させるらしい。僕はどうしても先頭きって生きていくことができない。僕はじっとうずくまって、終末が早く来るのを待望しているばかりだ。


〔1964年7月「円卓」第4巻第7号　初出〕

力士より検査役。怠け者の発想だね。

東京生まれだから、相撲は子供のときから見ている。子供は皆そうだが、大きく強くなりたいと私も思っていた。けれども同時に、自分の体力や膂力《りよりよく》では、とてもあんなに強くなれないと思っていた。

だからお相撲さんは、なりたくともなれない夢の世界の人だった。私は銭湯に行って裸になると、洗い場のタイルの上で、四股《しこ》を踏んだり、蹲踞《そんきよ》の姿勢になってチリを切ったりした。

当時の力士の土俵上の癖もだいたい見覚えていて、頭部を両肩に打ちつける巴潟《ともえがた》、顔が右に傾いでる桂川、ノソッと歩く大浪《おおなみ》、ダブダブ歩きの鹿島洋《かしまなだ》、仕切ってカマ首をあげると大関清水川、いろいろの恰好をしてその力士になった気分を味わったものだ。

お前は何になりたい、ときかれると、……………

「お相撲の検査役——」

と答えることにしていた。力士になる、とはいえない。私が強くないことは皆が知っている。力士になる気だと思われて、あいつはうぬぼれが強いといわれたくなかった。

「検査役だって、ほう、どうして？」

「なんだかぼんやり坐ってるだけで、楽そうだから」

「ははァ、やっぱり怠け者が考えそうなことだな」

といって相手は笑う。検査役というものは、まず関取に出世して、相当の人気地位をかちえてから資格が生ずるので、最初から検査役というわけにいかない。それは承知していたけれど、ちょこちょこ手先でごまかしながら相撲をとっているうちに、何かの拍子にベタ運がついて関取にでもなれたら、もう他のことは考えず、さっと引退して株を手に入れ、検査役でなくてもいいから平年寄でぼんやり暮したい、というようなことを考えていたのだからやっぱり怠け者の発想なのであろう。

もっとも、見物客は軽く、褌かつぎ、などというけれども、三段目といったら強くて強くてしようがないものである。幕下まで進めば、もうこれは才能であろう。そうすると私などはベタ運がついたところで、関取になれるわけがない。

で、年寄になって相撲協会の飯を喰うのはどのみち無理だと思う。けれども、弓取式ぐらいなら、あるいはやれるかもしれない。あれは、古手の下積み力士の小遣い銭稼ぎになっていて、私が子供の頃は、幕下の周防洋という力士が長いことやっていた。周防洋は色白の美男力士で、いかにも花柳界方面でもてそうなタイプだった。

弓取りは、ああいうふうに水もしたたるタイプでないと駄目かな、と思っていたが、その後は、特に美男ばかりではない。弓取りをやったら出世しないといわれたが、大岩山《おおいわざん》や大田山は弓取りをやりつつ幕内にあがってきた。そのうち私も成人して、もう今となってはすべて往時の夢となりつつある。

〔1978年「週刊文春」11月23日号　初出〕

〝離婚〟を発想した日のこと

数年前に「スラップ・ショット」という映画があった。私の〝離婚〟という小説は、実はこの映画を見ているうちに発想したのである。

「スラップ・ショット」はG・ロイ・ヒルの作品で、解散寸前の弱小プロサッカーチームがルール無視の邪道的演出でわずかに活気をとりもどすが、そのため実質的にはさらに荒廃を増していくというお話で、西欧市民社会の行きづまりをパロディックに描いていた。

それで、サッカーチームの代りに、夫婦という単位で、今日の不毛の状況を喜劇にしてみようかと思いたったのである。

ちょうどその頃、私はカミさんと別居していて、その映画も、友人兼秘書のような存在であったアンという女性と見に行くつもりだった。ところがその寸前に、別居しているカミさんが洗濯物を持ってやってきた。アンは人妻であり、べつに怪しい関係ではなかったので、無用の誤解をさけるためにも一度会わせておいた方がいいと思って、カミさんも映画に誘った。

三人で映画を見、街で食事してから、カミさんのマンションに送っていった。私の仕事場がアン夫婦の隣室だったのでそういう手順になったのだ。

アンは日本に来る前にロンドンで、デヴィッド・リーンとかポランスキーとかの助手をしていたことがあるそうで、映画はくわしいから自然に私とアンの話がはずみ、カミさんがやや話の仲間はずれになった。

それでカミさんが怒った。

「あんたたち、見せつけがましくべたべたして、もう帰ってよ！」

私たちは離婚しようとしていたところだけれど、その最中に嫉妬の情がおきたとしても、それもわからないではない。これは私がちょっとまずかったと思い、黙って退散した。

そんなこともあって、ますます構想が強くなった。けれども私としては特に力をこめたというわけではない。

雑誌の短篇を書くときの平常の調子で、二三日で軽くまとめた。

取柄は、発想が観念的であるわりに、叙述が力みかえっていないというところだろうか。

一人称で記してあるけれども、べつに私小説ではありませんよ、というつもりで、最初の一行に、主人公夫婦の名前を記した。しかし私たち夫婦の日常のディテールをだいぶ応用して使ってある。そのせいか、発表後、観念小説としては読まれず、私たち夫婦の楽屋裏をのぞいたような視線の方が強かった。

多分、肉づけが強すぎて話が個別的になり、作者が指向したテーマが下に隠れてしまったのであろう。

この小説は、第79回の直木賞をいただいたが、以上の理由で作者としては、あまり成功作とは思いにくかったので、賞は望外のことだった。
決定の夜、吉行淳之介さんにその旨をいうと、その前にノミネートされて落ちた〝怪しい来客簿〟とトータルの綜合点だろう、といわれたことを覚えている。

〔1979年「週刊文春」10月4日号　初出〕

処世学を学ぶとしたら

私は学業放棄者で、中学の中途までしか教室に居らず、それも教師のいうことなどまるで聞いてもいなかった。だから、人に物を習う、という機能がほとんど育っていない。そのうえ、そういう不行跡をあまり反省していないので、誰に、何を教わりたいか、などと訊かれるのが一番困る。

もう一生、誰にも、何も、教わりたくないというふうに意地を張って思っているわけではないし、これまで先輩友人たちから、おりおりに大切なことをたくさん教わっている。ただ、教師をあてにする習慣がないから、教師のイメージが浮かんでこない。

私がやっていることは、小説にしても、ばくちにしても、徒弟で技術を身につけていくという種類のものではない。勝手に自分で執着して居坐っているうちに、周辺を喰って育っていくようなところがある。もし師にしたいような、自分より大きな存在があれば、なんとかして喰い殺そうと思うのが自然であるまいか。

だから、この設問には、かりに、といわれても、どうも答えにくい。だいいち、私は他人にあまり関心を寄せない。

思いきってちゃらんぽらんに考えてみて、たとえば武田信玄のところの山本勘助、あの手の兵術家には、小説書きとしてもばくち打ちとしても、あまり学ぶところがないように思う。

争い事に関する万象は相対的なもので、あらゆる特長は背と腹が一体になっている。また八方で他の特長とも相対しあい、球体の中を気まぐれな風が吹くような状態になっている。なにはともあれ、特長をセオリーに固定するようなことをれいれいしく書き残すようでは、勝負師としては二流であろう。

但し、ばくちとちがって、戦争は集団を動かすものであり、集団をてきぱき動かすには、浅くとも特長的なセオリーが必要であろう。この意味で、兵術家というよりは演出家であり、黒沢明などと同じである。今のところ私は、演出家の弟子になる気はない。

たとえば、世阿弥、この人などは、勘助あたりとちがって、ばくちを打たせても、かなり強いのではないかと思う。セオリー書にまがうものも書いてはいるが、けっして演出本ではなく、認識の書になっている。〝花伝書〟はばくち打ちが心して読むべき本である。

そのうえ、実践者としてもいい素質を持っている。まず第一に、認識は多様であるが、発想、表現は自己流に徹し、円に対し線で斬りこむ。ここが至難のところである。第二に、ハングリーな幼時体験があり、長じても不安定な足場でバランスをとることにすぐれている。風吹けばカメレオンのように色を変えるが、節を屈しているわけではない。

もっとも、一級のばくち打ちは、たいがい認識力は秀抜だが、精神が低劣なものである。これに対して、山本勘助のような武に立つ者は、やはり五十歩百歩であろう。世阿弥の場合も、けっこう生存競争の烈しいところで将軍お抱えの位置を守っていくのであるから、生存のために手段をえらばないか、或いは手だてを必要としないほど魅力的な人物だったか、どちらかであろう。さすれば、人格破産したばくち打ちと戦っても、どうにかしのいでいくのではないか。

では、世阿弥の弟子になりたいかというと、べつにそうも思わない。私は小生意気な男で、力もないくせに、教わるより教えたい方である。

歴史の中の隅の方に、精神的な人物がぽつりぽつりと居る。私も、もう少し高尚な男に生まれ変りたくないわけではないが、精神というものは、教えを乞うて矯正できるものでもあるまい。だから弱る。せっかく指名され、引き受けた以上、誰ぞ、弟子入りしてもいいという人物をみつけたい。

とつおいつ考えた末、極め手は欠くが、やっと考えだした三人を記しておく。

出雲の阿国《おくに》。女役者という存在は、とにかく気が強くなくては叶うまい。不安定な路線をまっすぐ生きていくところが学ぶべき点だが、もっとも現在も花柳幻舟が居る。

曾呂利新左衛門。嫌な人物だが、精神はどうせ受けつげない。学ぶとすればあっけらかんとした技巧。

岸信介。これも嫌な人物だが、どうすれば災いを避けて長命できるかという点を学びたい。

自分が関与していない技術は、いずれも神業のように見える。

〔1980年「文藝春秋」3月号　初出〕

〝本物男性〟講座

一

俺、ずっと昔から、ばくちと小説と、両方やってるんだ。へんな男だろう。小説の世界の人が、ずっと昔にひとつ、近年になって二つ、賞をくれた。それから昨年ね、暗黒街の人が、ばくち大賞ってのをくれた。これは、新聞に出なかった。

こういういい方は、きざだねえ。けれども俺、文章を書くときは、わりに照れないんだ。お互いに、顔が見えないからね。講演とかテレビとか、そういうのはいっさい駄目。知らない人の前に出ると、舌がひきつっちゃう。だからこんなふうに自由にしゃべるのは原稿の上だけさ。

女の人に向けて何かしゃべれって注文だ。婦人雑誌には俺みたいな奴はあまり登場しないからね。俺は知識人みたいな物いいはできない。乱暴だぜ。俺流のしゃべり方で、わかりにくいかもしれないぜ。そのかわり、自分で感じ、自分で考え、自分で血肉にしてきたことしかいわない。一生懸命そうするつもりさ。で、さて、何をしゃべろうか。

あのね、人生相談、あれは百害あって一利なし。答える奴もしかつめらしく無責任だが、訊くほうも訊くほうだ。人生に限らず、物事というものは、ただそのときの便法で割り切れるような答があるわけはない。ひとつひとつの物事に答らしきものがあるけれど、それは、たとえば、東の二局に満貫をあがったようなものだな。点棒が増えたというだけで、次の局面でどうなるかわからない。半チャン終わってみなければ、定着した答にはならない。

そうだ、貴女は、マージャン、知らないだろうな。男の人にでも訊いてごらん。

別のたとえにしよう。川の水が流れているでしょう。一滴の水が谷間に集まって流れをなし、瀬をつくり滝となり、曲折し合流し、やがて海に流れこむ。瀬のところでも滝のところでも、それぞれに問題があり、答も割りだせないことはないけれども、部分は、あっというまにすぎてしまう。河にとって、本当の設問は、いかにして海に流れこむかということだ。そうして、瀬の問題も滝の問題も、海に流れこむところまできてみなければ、本当に河の身に沿った解答だったかどうかきめられない。

勘ちがいしないでくださいよ。人生はゴールだといっているのじゃないよ。ゴールには死があるだけだ。人生は、そんないい方できめつけるならば、プロセスです。プロセスを充実させることです。

けれども、プロセスの問題は、トータルなものから推し量っていかなければ、処理できないというふうに思うべきなんだな。それはとてもむずかしくてなかなか答が表れにくいんだけれども、それでも、部分の便法で割りだせる答など、答じゃないんだ。

俺、とうとう五十歳になっちゃってねえ。子どもでもいるとだんだん育ってきて、日常いやおうなく自分の年齢を納得させられるんだろうけど子どもがいないから、ふだんはまだグレていた若い頃みたいな気分でいるよ。正月とか、誕生日とか、そんなときに不意に、自分の年齢と向き合わされるのね。あっ、と思う。で、今の実感としては、一生というものが短すぎる、ということさ。本当に、あっという間だな。三百年くらい生きられれば、一生という言葉の質量も納得いくかもしれないけどね。貴女は多分、まだ若いだろうから、俺がどんなにこういってもぴんとこないだろうけれど、でもこの言葉おぼえていてよ。一生は短いよ。

そんなに短い一生で、もうゴールが近いってのに、自分のこの先のことは、よくつかめない。ゴールインしてしまえば、トータルという観念がはっきりした形になるんだけれども、そこでわかったってもうおそいんでね。競馬とおなじで、前もって予知できなければね。

ただ、ふだんから、トータルを軸にして物事を判断しようと努めていると、少しずつ、トータルという観念の中身も濃くなってくるんだね。貴女のように若い頃からそうしていけば、ずいぶんちがうよ。

人生問題ばかりじゃなくてどんな小さなことでも、そんなふうに考える癖をつけるといいんだがな。

そうすると、便利には生きられなくなる。不便でしようがないよ、答が簡単に出ないんだからね。諸事、もたもた、なやんで、迷って、恰好わるい生き方になる。そうして、肉の分厚な人生をすごせる。

俺、人生相談の解答者じゃないからね。なやむよりしようがないことは、なやむ以外に道はないんだ。迷ったり苦しんだりするよりしようがない。特効薬なんかない。そうやってちゃんとなやんでいると、トータルで不毛の道と、結局は実のなる道とのちがいが、ひょっこりわかったりすることがあるんだ。

なんだか、坊さんみたいな物いいだなァ。

たとえば、水道がこわれるとするでしょう。あっ、水道屋さんを呼べばいい、と思う。水道屋さんを呼べば、なるほど、水道はなおって、水が飲めるようになるわなァ。けれども、水道がとまって不充足だった時間まで復活させてくれるわけじゃない。そうすると、水道屋さんを呼べば万事解決して、その一件はあとかたもなく片がついたと思うのは早計でしょう。

そんなこといったって、失われた時間をとり戻すのはむずかしい。そりゃそうだ。そこで多くの人は、一番たやすく解決できる一面だけを手がけて、解決、ということにしているんだよ。ひとつひとつの物事に関して、そういう未解決の借りを残しながら生きているんだ。

そんなふうな未解決の借りは、できたら残さないほうがいいんだけれど、そこに気をとめているのは面倒くさいからね、そのうち気をとめなくなって、未解決の部分なんかないと思っちゃったりする。

女の人は、身体は丈夫でしぶといし、直感直覚も男より発達しているけれど、頭がわるいからね。どういうふうに頭がわるいかというと、物事は混在だ、というふうに、すぐに黒白をつけたがるんだ。いいか、わるいか。有利か、不利か。甘いか、辛いか。というふうにね。答を出して、一時的に気楽になるんだ。

作用と反作用、というのがあるでしょう。物事は、そのバランスで成り立っているよ。作用あれば必ず反作用あり。作用を軸にした答、反作用を軸にした答、いずれも答としては不正確もいいとこさ。それどころか、黒、白、青、赤、いろいろと混在していて、ひとつとして簡単な答はない。

決断、というのは、こういうことを踏まえたうえでするものだよ。決断は重要で、大切なことだ。誰しも、小さな決断、大きな決断を、いつもしていかなくちゃならない。貴女は若いうちに、重たい、正当な決断を将来くだすことができるように、そこのところを鍛える必要があるんだね。

まだ、続くよ。これからしばらく、いろんなことをおしゃべりするつもりだ。逃げないで、この次、また集まっておくれよ。

二

男がほとんど使わない言葉で、女はわりに頻繁に口にする言葉があるね。——幸せ、って言葉。女の人は口にするだけじゃなく、その言葉を、ハンドバッグの中身みたいに、いつも気持ちの中にしまいこんで持ち歩いているように見えるな。

もっとも、男も、例外として、プロポーズのときなどに、「君を幸せにするよ――」なんていう。ただの浮気で、ハメ手に用いる場合をのぞいて、多くの男は、相手を不幸にするために一緒に暮らそうというわけじゃないだろうから、その時点で、根も葉もないことをいっているわけじゃない。

けれどもね、男は、幸せ、ということについて、あまりはっきりしたイメージを持っていないんだよ。君を幸せにするよ、と男がいうときの内訳は、自分の女房子供を養っていく、そのためにがんばる、というふうなことをいっているんだな。もちろん、他よりもよく、という気持ちはあって、それががんばるというところにこめられているわけだけれども、どういうふうに、よく、なのか、そのへんの具体的な絵柄はあまり考えてないんだ。

女の人は、幸せ、というものに関心が深いから、それぞれが具体的なイメージを持っているし、そういうこととして受けとる。

いざ、結婚してみると、約束がちがう、となるんだな。男は、女が受けとめたような具体的な幸せを約束したつもりはないんだが、言葉としてはたしかに言質をとられているから、困惑する。

だいたい、男には、これでいい、という生き方がないんだ。

女にだってないというかもしれないけれど、女には、誰にも笑われないような生き方というものがあるよ。結婚しました、といって誰が笑うかい。子供を生みました、といっても笑う奴は居ない。

ところが男は、どんなふうに生きても、いつも誰かに笑われているような気がしてるんだな。東大に入学しました。

ああ、よかったね。

しかし本人は、勝負はこれからだと思っている。なんとか身分が安定して喰えるようになった。だがそれで満足できたわけじゃない。その安定を続かせ、上の安定に持っていこうとする。日本一の存在になった。だが、世界一の奴からみればまだ赤ン坊だ。世界一になった。だが史上一の奴からみれば――。

女はそうじゃないだろう。世界一の美人にならなくとも、美という概念にあてはまれば、自分は美しいと思うだろう。

男は、滑稽で、悲しいよ。何ひとつ、定着した値を得られないんだ。いつも相対的で、流動的で、明日の変貌につながっていく道筋でしかないんだ。だから、昔から男は、なんとかして物事の不変の値をみつけようとする。真実、なんてものを探しまわる。哲学者は、たいがい男だ。

人生とは何ぞや。汝は結局、何を求めているのか。

いろいろな男が、いろいろな説を取沙汰するが、男には結局わからないんだよ。

女だったら、人生とは、結婚して子供を産むことさ、それで片づいてしまう。あとはそれを実現し充実させる努力をするだけだ。

もともと、種族保存し、子から孫へ、生命をバトンタッチしていく、それは生物の第一課題で、女がその軸になっている。男はそのまわりを飛びまわって、何か役に立とうとしているだけだ。

で、男は、幸せ、という言葉をあまり自分のために使わない。幸せについて、まずその観念がはっきり手でつかめないのだね。

それでも、不幸、というものについては、いくらかつかんでいる。自分がやりたくないこと、嫌なことに直面するのが不幸だ。

自分がやりたくないことが、何と何かは、比較的わかる。

自分がやりたいこと、というのが、むずかしい。今、コーヒーを呑みたくとも、呑んでしまえば煙草を吸いたくなる。煙草を吸い終われば、本が読みたくなる。

昔、食糧不足だった。腹がふくれると、テレビを買いたいと思った。それから冷蔵庫、洗濯機。しかし、それが揃ったとき、欲しいのは、車だ、家だ。

そうなることが男にはわかっている。いや、物心両面で、そういう果てしのない欲望にまきこまれて、いらだってばかりいたから、何か具体的なイメージを描いても無駄だと思っている。

そうして、ときどき、基本的なところに戻る。女房子供を養えればいいじゃないか。なんとか生きのびていれば、良しとしようじゃないか。しかし、そこでもおちつかない。

それが、なんだい——。

男が、平生、頭の中に抱いている生き方の概念は、要約して、二つだね。

不幸な生き方——。

不幸でない生き方——。

不幸でない、というのと、幸せ、というのとは、ちがうんだ。

不幸でない生き方というのは、果てしがないと知りつつ、当面の目標に向かって、じたばた、攻めこんでいる状態をいう。

竹刀を振りまわして、敵の一人を倒した。で、次の敵に向かっていき、それも倒す。でも本質的に何も変わらない。その場所にはまた新しい敵が立っている。竹刀の動きを停めるわけにはいかない。また一人倒す。次の敵が居る。また倒す。まだ居る。きりがない。

しかし、この竹刀を振りまわしている状態が、不幸でない生き方だ。

竹刀を振りまわせなくなって、どかっと腰をおろしてしまう。これが不幸な生き方。まわりには、最初と変わらない状態で、ずらりと敵がとりまいている。

男って、かわいそうだろう。それにしちゃ、おとなしいと思うだろう。

男はときどき無茶をするよね。女から見てまったく馬鹿なことをする。それを理解しろなんて、俺はいわない。男も、女について理解してないことが多い。ただ、男と女は、ちょっとちがうところがあるんだ、というだけ。

男も女も人間だから、普通は似たり寄ったりの基準で生きていると思っている。

男は、軽い気持ちで、女の言葉である〝幸せ〟なんてことを口に乗せる。その結果、いつも強烈なしっぺ返しを喰う。

女はまた、自分と同じようなヴィヴィッドな使い方で、男が〝幸せ〟という言葉を口にしたと思っているから、裏切られたと怒る。

でも、女の生き方にも、泣きどころがあるんだ。女は自分の存在がそのまま真実さ。工夫改良の余地があまりない。極端にいうと、考えることも、なやむことも、あまり必要としない。ただ生きていればいい。

男のように七転八倒しないかわりに、退屈だな。女の課題は、いかにして退屈を処理するか、これに尽きる。

三

新聞をみていると、この無頼の俺ですら、たまげるような記事にときどきぶつかるなァ。小学生の男の子が、父親に、会社など休んでどこかに遊びに連れていけ、と脅迫したという。それで父親は困惑しながら、その子のいいなりになってしまう。

子供はまた、ハワイに行きたい、といって両親を責め、聞きいれられないと、母親を組み敷き、馬乗りになって刃物などをふるう。で、両親はしかたなく、子供一人をツアーに参加させたという。

俺がおどろくのは、子供じゃなくて、両親の方にだ。どうして小学生のふるう暴力がとりしずめられずに、無限にその子のいいなりになってしまうのだろう。

昔、岡部冬彦の漫画で似たようなのがあった。ちびっこが母親にピストルをつきつけて、夜半に冷蔵庫をあけさせていたりして、キャプションに曰く〝コーラが呑みたい〟。

新聞記事の小学生は、度を越していて可愛げがないが、それでも、遊びに連れてけ、なんていうところが、やはり小学生ならではのいいぐさだ。しかし、この両親は気味がわるい。

子供をここに至るまでに荒ませたのが自分たちだということを忘れて、いったい何を困惑しているのだろう。俺だって、こんな主体性のない両親のもとで育ったら、きりなく無理難題をふっかけてみたくなるだろう。

子供は、限度を心得ることができない。それで限りなく自由かというと、ハワイへ行っても、ヨーロッパへ行っても、たとえ月に行こうがきりがないだけで、心が満たされることにならない。

今、小学生の子供を持つぐらいの親たちの世代は、戦後の乱世に育ってきた人々だな。あのときは、戦争に負けたり、お互いまる裸だったりして、周辺の大人が自信を失っており、それまでの教育を反省したりしていて、子供たちに何も教えることができなかった。その子供たちが育って親になって、やっぱり自分の子供に何も教えることができない。

自分たちはなんとか生きるうえでの概念を身につけた。それは生きるということの本質ではない。そうして、子供も放っておけばそのうち概念を身につけてバランスをとっていくだろうと思っている。だが、今は窮乏していないからね。喰う物も着る物も当然のごとく有るように見えるご時世だ。

親たちは、生きのびられたのは運がよかったせいだ、という思いがあった。今の子供は、生きているのが当然だと思っている。

概念というものは、運でもなんでも、一定の枠をはめることから生じるので、その枠が生じなければ、本質をさとるのでない限り、盲めっぽう暴走するほかはない。そうして、本質を教える者がない。

俺は、もう少し年齢が上だけれども、グレて、学校へ行かなかったからね、やっぱり他人からあまりものを教わっていないんだ。

けれども、年少のころから、運よくというか、暗黒街でばくちをやってしのいでいたからね、自分で本質を探そうとする。ばくちは概念ではしのげない。他人と同じような考えでやっていたら、力の強い者に負けちゃうよ。もちろん、だから貴女に、ばくち場に行けっていっているわけじゃない。

なんでもいいから他人に教えられるようなしっかりしたものを、なんとかしてつかみたまえ。少なくとも自分の子供に教えられるようなものをね。親が子供にする贈り物として一番すばらしいものだ。

じゃ、本質ってなんだ――？

本質にもいろいろ種類があるし、むずかしい。特に現在は、事物の権威が地に落ちて、固定していないように見える。でもそうとも限らないのさ。それに、むずかしく考える必要もない。俺みたいな無学なごろつきがこんな話題をもちだすくらいだから。むしろ、初元的な、やさしい場所に戻ってみることがコツなんだ。

昔、貧乏人は麦を喰え、といった宰相が居たね。その言葉は、あの時点で、窮乏を乗り切る現実的な方法論を含んでいたのだけれど、多くの人は反発した。そりゃそうだね。宰相はまかりまちがっても自分が貧乏人に落ちる可能性はない。自分はぬくぬくとして他人にばかり要求する。そんなふうに聞こえる。だから誰も素直に聞かない。

競馬馬は苛酷に使い捨てられて、最後にと殺される。生まれかわることは信じられないから、一度人間に生まれた以上、自分が馬の立場になることはない。だから、馬には苛酷でも人間の都合で処理する。

病気となると、ちょっとちがうな。今は他人の運命でも、いつ自分も病気になるかもわからない。だから、真剣に、病気の研究をする。

対家畜の関係と、対病気の関係と、二通りあるように見えるけれど、実際はもっと微妙にいりまじってるんだ。それが、うっかりしてるとなかなかわからない。人は、現在の自分を、自分だと思いこみがちだからね。まさか、あれが自分の運命でもあると思えないことがある。他人の状態に自分をダブらせることをしない。そうなると、冷え冷えとした荒んだ毎日になる。

子供は、いつの日か、自分が責めている父親と同じような存在になるんだという、そんな当然なことすら気がつかない。それにはまず自分がどういうものか、どんなふうな可能性までがあるのか、それをちゃんと知らなければならない。まァ、自意識というやつだな。

女の人は自意識がうすい、なんていう。けれども、男だって似たようなものさ。男の日常の方が波乱に富みがちだから、自意識が概念で固定しない例が多いということだ。

ちゃんとした自意識を育てるのは、簡単にはいかない。でも、速成法があるとすれば、自分には、すべての可能性があると、まず思うことだね。どんな幸運にも、どんな不運にも遭遇する可能性があるということ。

家畜には生まれかわらないだろうが、しかし断言はできない。万一、家畜に生まれかわったときのことを考える。それは少しも無駄なことじゃないよ。お互いに、皆がそう考えていくと、お互いの弱い立場を自分の立場としてあつかえるようになる。他人の心に自分の心をダブらせる。自分が傷つかないために、他人を傷つけないようになる。

俺の知っている若い女の子がね、単身、アメリカに移住したんだ。その女の子は、見ちがえるように優しくなったよ。異国で、弱い立場を経験して、他人の弱い部分をいたわるようになったんだな。

けれども、そんな経験をしなくて、そうできれば一番いい。それには、日常でまずそう考える癖をつけるんだ。

それは理屈じゃないんだ。覚るということは、身体や心が、自然にそう動くことなんだ。今回は、いろいろな本質の中の一例だけれども、貴女が子供をつくったら、教えて無駄にならないと思うね。

四

小学生の姪っこが、誘拐事件のテレビを見ていていった。

「えっ、女が女を殺したの——うわァ、すごいんだ」

女は優しくて、男は荒々しい、という概念が、小さな子供にもある。でもそれは、皆が、女に優しさを求め、男に剛《つよ》さを求め、その要求の線に沿って、半分以上は気持ちを造っていくからそうなるので、生まれたまま放りだしておいたらどっちがどうかわかりゃしない。ライオンの雌はいざとなると雄より強いぜ。

歴史上女の王さまは、男より乱暴だった。女形の役者は、女より女っぽい。

つまり、それは〝立場〟なんだな。自分が社会から、あるいは相手からどういうことを要求されているか。自分はどういう形で、社会に、あるいは相手に、タッチしていけばよいのか。

それをまず、さとって、造らなければならない。

それが自分の立場さ。なんだか不自由に思えるかもしれない。それから、古風なことのように思えるかもしれない。もっと無原則に、好きなことをのびのびとやって、生きたいと思う人も居るだろうね。そうだ、そうして生きられれば理想的なんだけど、それはできない相談なんだ。何故って、自分一人で生きているわけではないし、また一人では生きられない。集団は個々人それぞれの立場があって、はじめて成立する。これは原則さ。原則は、規則や道徳とちがって、数学の公式のようなもので、昔も今もかわらない。有史以来、人は空気を吸って生きているけど、空気を吸うことを古風だとは思わないだろう。それが原則だからだ。

そうして自分の立場を造ってみると、それは財布を持ったようなもので、他人の立場を要求し、買うことができる。個人的な貿易のようなもので、他人が欲しがっている物を売り、自分の欲しい物を買うわけだね。

自分の立場を造らずに、あるいは、造ることを知らずに、生きていこうとすると、貿易ができないわけだから、奪わなければならない。

奪えば、奪われるよ。これも原則だ。しかも、立場なしの自分は裸同然で、その裸を奪われるしかない。そのとき、財布を持って銭で買う方が比較にならぬほど安く買えるということに気がつく。これは男だって女だって同じことだ。

昔は、親が、他人が、その人の立場というものを教えたり造ったりしてくれた。実をいうと、これも一長一短あってね。なんであろうと立場ができれば、喰いはぐれはすくないかわりに、自分が望んでいた立場じゃなかったりする。

お前は医者の妻として生きなさい——。本当はスチュワーデスになりたかったのに。

自分の望みに蓋をされがちだ。それからまた、恵まれない者は、恵まれない立場にしかありつけなかった。

近頃は、強制によって自主的なものに蓋をしなくなったかわりに、親も、他人も、生き方を教えてくれなくなったね。

だから、よく考えて、自分で立場をつかみとっていかなくちゃならないのだけれど、これがそうやさしいことじゃない。

自分は、いい恰好をして暮らしたい——。

そう望んでも、望んだだけでは実現を見ない。いい恰好をして暮らすためには、世間と貿易をして、それに見合う自分の持ち物を輸出していかなければならない。だから、輸出できるような品物を蓄えなければならない。

その手順、ルールを、先輩が教えてくれないんだ。

むしろ、そんな手順なんか踏まなくても、世間には欲しい物がなんでも転がっているように見える。ショーウィンドーにはきらびやかなものが並んでいるし、喰いたい物もたっぷりある。銭さえ出せば買えるんだ。そうして、子供のときは、親がかわりに、その銭を出してくれる。

そこで、本当は考えなくちゃいけないんだな。自分は何も貿易をせずに、欲しい物を手に入れたけれども、実は、自分のかわりに親が貿易をしてくれているんだ。

子供にはそれがわからない。そりゃそうだ。誰かが教えてやらなきゃ、そんな大人の世界のからくりなんか見とおせるものか。それで成人して社会と接触しはじめるときに、大なり小なり、手傷を受ける。

俺も馬鹿だけれどね、十五、六の頃、偶然がそれを教えてくれた。

その頃、大戦争の最中で、俺たちは皆、二十歳かそこらで戦場に行かされて死んでいく運命だと思っていた。どうすればその運命を避けられるのか、その方策がない。俺の同級生で、すでに少年航空兵になって、東京の空の上で空中戦をやっていた奴もいる。

それが、突如、無条件降伏で戦争が終わった。予想もできなかったことだが、もう兵隊に行かなくてもよろしい。寸前のところで俺たちは助かったんだ。

だから、実感として、ただ生きのびているというだけのことが、すごい幸運の結果だと思っている。

今の若い人は、生きる権利が、当然あると思っているだろう。

だから、無条件で生きていけると思っている。すくなくとも、生きていけて当り前だと思っている。立場や、貿易のバランスのことを、抜きさしならないこととして考えようとしない。

昨年の暮れ、顔見知りの若い娘さんが、ヨーロッパに行くので、お金を貸してくれといって来た。

「何しに行くんだ」

「何しにって、行きたいのよ」

「じゃ、お金を貯めてから行けばいい」

「なかなか貯まらないのよ」

「そりゃそうだが、それじゃ、借金してもなかなか返せないぜ」

「だって、まごまごしてると年をとっちゃうもの。若いときに行くんじゃなくちゃ、意味ないでしょう」

彼女にとって問題なのは、どんな具合に生きるかということで、生きていること自体はもう既成事実だから、考えるまでもないことらしい。

でも、生きる権利なんか、実は、誰も持っていないのである。

天災に押しつぶされ、殺されてソーセージにされたって、特に不思議なことはなにもない。

ただ人間社会の中で相互保証のために、生きる権利をかりに主張しているだけである。

だから、ただぼんやりしているだけでは、貴女の今日は、運まかせで存在するだけなので、ルールにのっとり、セオリーを駆使していく必要があるのである。

五

貴女がたは若いから知らないかな。それとも子供のときに見ていたかな。昔、テレビの児童番組に、〝ブーフーウー〟というのがあった。黒柳徹子さんたちが声の出演で、縫いぐるみをかぶった人間が動くやつ。作者は飯沢匡《ただす》さんだが、この人はすごい作家でね、あんなに本質的な主題を子供にもわかりやすく見せてしまうんだから。蛇足だが、飯沢さんは俺の叔父貴だと近年になって気がついて光栄に思った。ペンネームなのでわからなかったんだ。

主人公は、三匹の豚の兄弟と、その友人の狼なんだ。豚は、草食、乃至《ないし》雑食の動物だから、毎日の食糧を、なにも殺戮しないで、つまり平和にととのえることができる。ところが狼は、肉食動物なもんだから、平和にしてたのでは餓えてしまう。本当は、豚も狼も、平和を欲する気持ちは変わりないんだ。それなのに狼は、腹がへってくると矢も楯もたまらずに、友人の豚の兄弟たちを喰おうと思ってやってくる。

狼は、いつもそういう自分を反省し、自己嫌悪におちいっている。そうして豚の一家の平和な賑わいをうらやましく眺めている。腹が一杯の時は狼だって善き隣人で、愛さえ訴えるんだが、長続きしないんだよ。狼はいつも結局、軽蔑され、孤独がいやされない。

男も女も、働いている。近頃は共稼ぎも多いけれど、総じていえば、男は外で、女は家庭で働く。

男は外で戦争ばかりしているわけじゃないけれど、まァ生存競争をして喰べる糧をえて帰る。殺人こそしないが、お互い少しずつ喰い合い、しのぎ合っているわけだね。

これに対して女の立場は、家庭を保ち、子を育てる。家庭経済の第一線に居ないから、生存のために直接手は汚さないが、なんとなくその働きが眼に立ちにくい。

男は肉食動物、女は草食乃至雑食動物、そんなふうなたとえもあてはまるだろう。そうして家庭というものは、お互いの総合によって成り立っている。

男も女も、平和を欲し、お互いの幸せを望んでいる点ではそう変わらないんだ。

女は、ある意味で平和の象徴だが、それはこれまでの女の役割が肉食的なものでないからそう見えるので、戦争より平和、喧嘩より友好、男だってその方がいい。

ただ男は、役割のうえで、そうばかりはしてられないんだ。他人に優しくしたいけれど、優しくしているばかりでは一家は養えない。

〝ブーフーウー〟の豚と狼は、それぞれべつの生き方をしているんだけれど、人間の場合は、豚と狼がお互いに役割を分担し合って共同生活をしているんだからね。

一見、肉食は狼だけのように見えるけれども、狼に殺戮をさせて、豚は自分も肉を喰っている。狼に肉をとってきてもらわなければ豚も困る。優しいだけで甲斐性のない亭主を持ったら、妻君の方が、男女の両面を兼務せざるをえないだろうよ。

また逆に、肉食だけで、人間の生活が成り立つものか。どんなに強い男だって、女に支えられている。

俺なんか、かねがね女嫌いで、女の居ない生活を夢想しているけれど、だから口惜しいが、女が居てくれなくては、河童の頭の皿に水がなくなったようなもので、手も足も出ない。

もっともね、〝ブーフーウー〟では、豚と狼がべつべつの生き方をしているために、お互いのポイントを知らないんだな。

豚は、狼が恣意で肉食を好んでいると思っている。だから、自分たちのように平和裡に生きられないのは、狼の意志の弱さ、志の低さ、だと思っている。

一方、狼の方も、豚たちの明るい汚れのない生活に対して劣等感を抱くと同時に、肉食動物の物尺《ものさし》ではかって、だけどあいつら、いくじなしじゃねえか、と軽んじたりしているんだ。で、いつまでたっても、彼等の間柄には緊張が横たわっている。

新聞の広告なんかで、女性誌の記事のたてかたを眺めていると、女の自立、ということがさかんに提唱され、検討されているな。

自立って、なんだろう。

女の役割を、再認識、再評価させて、女そのものの価値を高めていくことなのだろうか。

それとも、女が、男の役割にまで侵入して、女だけで生きていけるようになることをいうのだろうか。

「そりゃもちろん、男に隷属しないで、女がイニシアチブをとって生きることよ。自主独立っていうでしょう」

「そうすると、女一人で男女二役を兼ねるということかね」

「そうなんでしょうね。でもそうなったら、あたしは、下男を使うけど」

俺も、女の自立に、賛成だよ。俺だって勝手な生き方をしたいもの。女の人たちだってそうだろうよ。

でも、大変だぜぇ。

自主独立となるとね、まず外交がむずかしい。四方八方に、適当に笑顔を送らなければならない。

「あいつ、感じわるいわ――」

なんていってられない。

通商産業、大蔵、文部、厚生、となんでも兼ねることになる。まァ、確実に痩せるね。

男が男の持ち味だけでは暮らせないように、女だって、女の持ち味だけでは暮らせない。必ず男女二役を兼ねることになる。

自由を手に入れたようにみえるかもしれないが、それを味わうヒマと余力がなくなるね。

それでも、俺は賛成だ。自立に向かいたまえ。奴隷の安楽に堕するくらいなら、その方がいい。

俺なんかね、勝手な生き方をしていて、形をととのえなくたっていいと思ってるから、ある意味で気楽なはずだが、それでも、ゆったりした気持ちで寝ることなんかめったに無いよ。

原稿の〆切を忘れた夢、何も書けなくなった夢、恥をかく夢ばかり毎日見て飛び起きる。努力や気力で解決できるならまだ楽なんだ。どこから飛んでくるかわからない弾丸に備えて、無限の緊張が続く。皆、なんで死ぬかというと、結局、疲労だよ。

それでいて、男だって、女が思うほどに自立してやしないんだ。精一杯、女と分担し合っていて、こうなんだからな。

やっぱり、俺たち、お互いにもっと話し合って、提携し合おうよ。

六

俺ンところにも、ときおり若い衆が遊びに来る。先日現れた高校生の娘ッ子は、今一番関心事は男性心理だといった。

「そうか、でもそれはそんなにわかりにくいことはないだろう。今どきの男の子は女みたいだから」

「女性が逆に男みたいになってるのかしら」

「いや、そうでもないな。女は依然として女だ。だから女も男も似てきてるんだよ」

「近頃はね、女の子が男の子を追っかけるんですよ。ちょっとかわいい男の子のまわりにはたくさん女の子が集まって、それで皆が彼を自分の専属にしようとするの」

「それは昔からそうさ」

と俺はいった。

「特に十代の頃はね、俺たちの若い頃も、女の子の方が積極的だったよ。十人居ると、積極的な女の子が七人、全然消極的で待っているだけの女の子が三人。そのくらいの比率だったかな。もっとも実際は、そう見えるだけで、五対五ぐらいのところだったかもしれないけれど」

「おとなしくて、気持ちの優しい女の子は全然モテないの」

「うん。若いときは、面白い女の子に眼を魅かれるな。ちょっと扱いのむずかしいジャジャ馬みたいな女の子と遊びたい。そのうち年をとってくると、だんだんと、手のかからない優しい女の子がよくなるんだ。男はなににしろ、仕事やなにかで疲れてよれよれになってくるからね。学生時分は気楽だし、男も女も同じような条件だからな」

「男の人は、結局、どんな女の子を求めているんでしょう」

「自分に都合のいい女だろうな」

娘ッ子は俺の言葉を冗談と受けとって笑った。

「でも女だってそうだろう。総合的にいって、自分の未来に都合のいい男がいい」

「好きとか嫌いとかは別ですか」

「嫌いじゃ駄目だろうな。お互いに好きな異性の中から選ぼうとするんだ。しかし結婚の相手であれば、好き嫌いだけで定めるわけでもない。

普通の男の子はね、何人かガールフレンドが居て、その中から暮らしよさそうなのを自然に選ぶよ。勤め人ならば、勤め人の暮らしにはまるような、商売家であればその商売をしていくうえで便利な女を考える。そういう生活形態の問題ばかりじゃなしに、性格とか、お金の感覚とか、いろいろな面で自分との釣り合いを考える。

物事の判断はすべて総合だからね」

「夢がないですね」

「夢ってどんな夢？」

「しびれるような恋をして、お互いにこの相手しかないという納得でゴールインしたい」

「それはそうだ。烈しい恋の相手が前いった条件に当てはまっていれば理想的だな」

「暮らしにくい女って、魅力ないですか」

「魅力はあるさ。魔性の女ってのはいいよ。ただし、普通は結婚相手には考えないんじゃないか」

「でもそういう女の人って居ますね」

「居る。居るというより、そういう魅力で生きとおしていけると考えている女が居るな。大勢の男からチヤホヤされて、そのくせあまりプロポーズはされない。

男は内心で、ありゃァ遊び女だよ、なんて思ってる。彼女と所帯を張る男が出てくると、誰も口に出してはいわないが、あんな遊び女と結婚するなんて、よっぽどドジかウブなんだなァという眼で見てる」

「じゃァ平凡な結婚を望んでるんですか」

「普通のインサイダーはね。仔細に眺めたり一緒に暮らしだしてみると、それぞれ個性があるんだが、大ざっぱにいって似たり寄ったりなんだよ。その似たり寄ったりの中から選ぶんだ。でも一度選んだら、自分のパートナーなんだし、一緒に暮らしていくうちに、かけがえのない存在になっていくんだね」

「結婚なんてしたくないわ」

「うん。最初は一種の冒険だからな。小学校から中学校に入るようなもんだ。親もとで育ってきた今までの生き方からすりゃァ、ペアを組んで自立するというのは不自然に思えるだろうね。でも、いつまでも小学生じゃいられないということもある」

「あたしの姉なんか、結婚がきまって、挙式の数日前に、突然、死んでも嫌だ、なんていいだしたんですよ」

「そういう気持ちの揺れは男にもあるだろうよ。女の方が感情的だし、その場の気持ちに左右されがちだろうけどね」

しかし、近頃の若い男は変わったな。この二十年で、女より男が変わった。すっかり管理社会になってしまって、男も管理された生き物になっちゃった。

今、主として学校教育で、十代の男の子たちが習うのは、調和、だよ。他人と融和したり、社会の気風にうまく染まっていくことを仕こまれる。だから、彼等は個人であるより、数の一員なんだ。そうでないとおそろしく生きにくい。

昔は、底辺の人たちが、そういう損な役割をになって、消耗品であり、員数だった。今は、中流意識、という小ぎれいな名前になったが、内容はそっくりそのままで、中流とは、底辺ということなんだ。

それから、昔は女の人がしいたげられていて、順応を要求された。純白の花嫁衣装を着て、相手の家風に合わせてなに色にでも染まります、という具合にね。

今は男の子が、純白の花嫁衣装で社会に加わっていく。それで家庭内でもそうだが、外でも一生懸命に調和していく。

生まれながらに周辺とぴったり調和した人物なんてのは珍しいからね。調和していくというのは、技巧が要るんだ。あまり表面には目立たないけれど、外の社会で調和していくというのは、かなりの小技巧が要るんだよ。

ところが、いくら技巧を身につけて調和したって、女の人の眼には、凜々しくは映らないんだ。うちの亭主は平凡だと思えてしようがない。こと順応力に関しては、女は昔からの伝統で、順応の熟練工だからね。順応選手同士のコンビなら、女の方がしぶとくて強い。

男はますます哀れな存在になるだろうね。男性心理なんていったって、今はもうほとんど独特な色は影をひそめているよ。大多数の男の子は、女の腐ったようなもの、と思えばまちがいないだろうね。

七

昨夜、ひさしぶりに新宿二丁目の呑み屋街に呑みに出かけたら、昔から知っている年増のママがこういうんだ。

「新宿もすっかり変わってしまったわ。なにしろこの一郭だけで、ゲイバーが二百軒もあるっていうんですからね。今、客が入っているのは例外なしにそういう店ね。あたしたちのところは、皆、がらがら。どうしたンでしょうねえ。世の中、おかしいわね」

普通の、というのは、男が男の、女が女の役割を普通にしている店は客が集まらなくて、そのへんの矩《のり》を踰《こ》えている店がさかる、という。もっとも当今のゲイバーは、昔とちがって、俗にいう変態のお店ではなくて、一言でいえば男芸者のお店なんだな。うす化粧してたり、おねえ言葉を使ったりするけれど、それは軽みを発するためのひとつの衣裳で、べつに親の因果が子にむくい、という結果じゃなさそうだ。

若い漫才師たちが、大童になって客を楽しまそうとしているのをテレビで見ると、ゲイバーの雰囲気を思いだす。昔から、もっともコクがある遊びは幇間《たいこもち》を連れて歩くことだというけれど、それでいてべらぼうに金がかかるわけじゃない。

こういう店を喜ぶのは、まず第一に女客で、女の子が行きたがるから、男たちが連れていく。いうならば、女客が男性ホストのサービスを手軽に味わえる場所なんだな。いわゆるホストバーというのもあるけれど、そこには男客が行かないからね。女たちはまだ手銭で呑むことに慣れていない。

だから年増のママが慨嘆するほど変態的な現象じゃないんだ。

歓楽街の在り方が、世の移り変わりにつれて変化するのは当り前のことで、しかしその歓楽街の中にも、変化を嫌う保守派が居るというのが面白い。

俺はゲイバー愛好者ではないけれど、でも、娯楽小説の世界なんぞは、将来、ゲイボーイ的な作家がもっとはびこってくるかもしれないな。これまでの小説家はそれで飯を喰っているくせに、サービス精神がうすいし、自分だけいい恰好をしている。普通バーと同じく、もうすぐかえりみられなくなるだろうね。

だいたいね、プロならば、その部分で普通ではないはずなんだ。平凡なものなんかに誰も金を払わないからね。そのくせ、普通人の顔つきもしたい。そのためにサービスが半端になる。小説家の場合は本人たちのわがままで、そのわがままをとおしてしまうところが世間の方にもあったのだけれど。

この前、歌手の卵だという女性に会ったが、そう紹介されるまで歌手だとわからなかった。まるで普通人の声なんだ。

「唄うときと、ふだんとじゃ、声の出し方がちがいますから――」

それはそうかもしれないけれど、プロフェッショナルとは、そういうものじゃありませんよ。

歌手ならば、声質といい、声量といい、普通人とはちがう鍛え方をしているはずで、たとえふだんの声でもどこかに特徴が迫力となってあらわれる。そのくらいでなければ一人前に飯は喰えないね。

で、声という点で、二度と素人には戻れない。それは実は哀しいことなんだ。誰だって仕事の場から一歩外に出たら、無色透明みたいな人間に戻りたい。プロということは、それで生きるために、どこかを歪ましているわけだからね。その歪みを、ふだんは元に戻したい。

けれども烙印を押されたように、その歪みがとれないんだ。それがプロです。特殊な職業ばかりじゃない。サラリーマンだって、商人だって、その世界に本格的に入れば、皆そうなんだよ。一生に近い間、その種目で飯を喰うとなると、無色透明じゃ居られない。鍛練して自分のどこかを異常な状態にしなければならない。

一方でその哀しさや不充足があって、また一方で欲しいものが手に入る。

若い貴女にそうしたことがどのくらい実感できるかなァ。結婚前の数年間、勤めるというのじゃなしに、もう少し深くその職業にたずさわっている女の人を眺めてごらん。長いこと主婦の座に居る貴女のお母さんを眺めてごらん。

いかにも魚屋さんらしい魚屋が居るだろう。大工さんらしい大工が居るだろう。それが本当の魚屋であり、大工なんだ。よかれあしかれそうなんだ。一見して、主婦に見えないような主婦なんか、本当の主婦じゃないいんだよ。

あたしはそうなりたくない、生まれたままの素直な自分ですくすくと生きていきたい、貴女はそう思っているかもしれないけれどね。

そうして、男たちも、無色透明のままの貴女を望んでいる面もある。けれども、その望みをちゃんと満たすとなると、無色透明に関してプロフェッショナルになる必要が生じる。それはそれでどこかを歪ますことなんだ。今のこの社会でちゃんと自立するためには、お互いにどこの部分かで、プロにならなければならない。

だから、歪んでいない人間なんか、一人前の社会人には居ないんだよ。

この前、佐良直美の同性愛のニュースが流れたとき、貴女は彼女たちを、嘲笑したろう。なんとなく顔をしかめたろう。

俺、不思議なんだよな。一方でウーマンリブを主張していたりする女性たちが、どうしてああいうことに顔をしかめたりするのか。

たしかに佐良直美は、健全ムードを売る歌手だった。けれどもプロが仕事の上で見せるものだからね。なんであれ、自然発生のままのものじゃないんだ。ボーイッシュな彼女を材料にして、変形し箱づめにし、典型的な健全に歪められたものなんだ。

彼女だって、箱づめでない元の自分に戻りたい気持ちもあったろうけれども、プロだからね、あと戻りはできない。それに、プロになったために、他の多くのものを得ているから、それを手放して元の普通の女の子に戻る気持ちもない。

こういう場合に女性が困るのは、結婚すると、主婦にならなくちゃならないんだな。亭主とちがって、主婦は一種の職業だからね。

彼女はすでにプロで自立しているから、家庭を持ちたいが、主婦でなく、亭主になりたいと思う。こういうことはべつに突飛な空想じゃないと思うけどね。

亭主的存在を希望する女が居たっていいじゃないか。よしんば彼女の気質に、普通ではないものがあったとしても、その特質を凝固させてプロになったんだし、自分の責任でその歪みを処理していけばいいんだ。

それを笑うのは、プロでない、いうところの女子供というやつなんだ。

彼女を笑う女性がゲイバーで男のサービスを楽しむじゃないか。だけど男に銭を払わしてただ楽しむのは客としてもプロじゃないね。プロの哀しみを知らない奴は、たとえ手は汚れていなくても一人前の人間とは思えないよ。

八

近頃の若夫婦は、夫婦喧嘩にもルールや罰則をちゃんと定めているんだね。

昨日会った共稼ぎの編集者は、暴力をふるった場合、以後一週間、食事、洗濯、掃除を担当する。

「暴力ってのは、亭主の方がふるうんだろう」

「まァ、その方が多いでしょうね」

「カミさんが一方的に暴力をふるうこともあるの」

「あり得ますね。器物を投げたり――」

「ああ、そうか」

いずれにしても、公平にするってのは、いいことだな。

べつの若夫婦は、暴力、暴力、といわれるんで、ご亭主は女房を殴ることだけはしなくなった。それで、怒り心頭に発すると、女房の洋服をタンスからとりだしてきて、鋏でずたずたに千切っちゃうんだそうだ。

女房の方は、そういうことはしないらしい。

「もったいないから、しません」

といって笑ってる。

「じゃァ貴女は、どういう怒り方をするの」

「亭主が嫌がる用事を、つぎつぎにさせますよ。それで、すっとします」

なんだか、時代が変わったなァ。俺たちの頃は、男がこんなにいじけてなかったよ。

それでも、俺なんかの父親たちの時代とくらべると、俺たちはぐっとおとなしい。

俺は、内心はひどくわがままなんだけどね。でも家じゃほとんど文句はいわない。本当だよ。

べつによい亭主だとも思っちゃいないが、父親の世代を思うと、我ながらよく耐えている。

今のカミさんと約十二年暮らしていて、暴力をふるったことが、二度、いや、三度、あるんだな。

ところが、ふだん殴りつけていないから、手加減がうまくいかない。怒髪天をついているせいもあるんだけども、たとえそうでも夫婦喧嘩なんか全力を出す気はない。

俺は暴力をふるうふるわないにかかわらず、若いときから人と喧嘩できないたちでね。ところが不良少年で、暗黒街を徘徊していたものだから、自分からはしかけないが、しょっちゅう危ない目に遭ってたんだ。

素人の喧嘩とちがって、暗黒街のやつは殴り合ったり取っ組み合ったりしない。先手をとった方が一発入れて終わりさ。一発で相手をへたばらして、逃げちゃう。だから、どうしても襲撃を避けられないと思うと、逆に機先を制して、一発入れる。

暴力というと、そんな経験しかないからね。手加減のコツがわからない。

一度は、一発で、カミさんの肋骨を折っちゃった。もう一度は、やはり骨にヒビが入って、病院行きだ。あとでまったく救われない気分になった。

女が、暴力というやつを目の敵にするのはわかるね。男と女じゃ、体力や腕力がちがうから、どうしても、女は弱い。努力すれば強くなるというのじゃなくて、こりゃ生まれづきの力だからね。生まれつきのもので差をつけられるんだから腹が立つだろう。

カミさんもそうだが、父親によく殴られて、それで父親を憎んでいる女の人が多いみたいだね。

けれどもね、物事には〝有形無形〟というやつがあるんでね。暴力にも、有形の暴力もあるし、無形の暴力もある。

前述の、洋服を千切る旦那の奥さんも、一週間の罰則を定めている奥さんも、二人とも、訊いてみると、夫婦喧嘩の原因は、被害者の奥さんの方にあって、

「どちらが悪いかといえば、もちろん私」

というんだ。

「こういったら、暴力でくるな、と思うことを、いってやるんです」

「どうしてそこまでいっちゃうの」

「だって、腹が立つから」

女性の方も、無形の暴力をふるってるんだね。でも、言葉や行為で心に傷をつけるのは、世間じゃ暴力とはいわない。

世間というより法律がそうなんだな。法律は有形のものにしか適用されない。

近く実刑判決が出るだろうと予想されている花柳幻舟の刃傷事件でも、法律が問題にするのは、ナイフで切りつけたという事柄だけだ。それ以前に、家元という制度が持っている無形の暴力のようなものに対しては、法律に触れない限り、いかんともしがたい。

女性は腕力に対しては被害者だけれども、それだから、無形の暴力を、セーブしないでふるうところがあるね。男のほうがかえって、腕力を持っているために、ぎりぎりまで我慢してい

る。まァそれで五分五分に近いのかなァ。

一週間の家事労働をペナルティに科せられる若夫婦の家庭では、ふだん、炊事も洗濯も掃除も、半分ずつ受け持つのだそうだ。

共稼ぎだから仕方がない。子供は、託児所に預けて、奥さんは出勤する。

「——だって、一度勤めをやめると、子供が育ってから復職しようとしても、現在の条件では勤められないわ」

「なるほどね。しかし、出版社はおおむね好況なんだし、旦那のサラリーだけでは、やっていけないのかね」

「あたしの方が収入が多いんです。旦那の会社は小さいから。それに旦那は、将来、苦しくても会社をやめて自立したいらしいし……」

今は、男女格差が職場でもなくなりつつあるから、夫婦というものも、単に二人の人間が共同で暮らす、というだけのことに近くなっているのかもしれない。

男ができないこと、女ができないことを、お互いに埋め合っていく、という形はうすくなっているようだ。

けれども俺は思うんだけど、子供というやつが居るからね。子供を主体にして眺めてみると、やっぱり母親という存在が必要なんだなァ。

託児所へ預けて、それは合理的かもしれないけれど、やっぱり母親は子供と一緒にいてやって欲しいと思う。

自分の腹をいためた子に対する母親の愛というものは、無上のものですよ。父親では真似ができない。

これはもう無償の行為の最たるもので、そういう愛を身体でたっぷり知ることによって、子供は、無償の行為というものを本当に知っていくんだ。大きくなって理屈でおぼえても駄目さ。愛されなかった子より、過保護の子の方がずっとスケールの大きい人間になる。

収入が落ちて、いっとき不便かもしれないが、子供の将来のためには、母親の肌が必要なんだけどねえ。

九

俺はほんとに筆不精で、手紙なんてものは年に一度、書くかどうか。

手紙を出したい人、出さなければならない人はたくさんあるのだけれどね。それに、手紙を書きはじめると楽しいから、長くなって、ひと晩かかりきりということになってしまって、仕事ができなくなる。毎日、原稿用紙に向かわざるをえない生活ってやつが、いけないんだ。私信を書こうとする新鮮な気持ちを、押し殺してしまうんだ。

来る日も来る日も、半分義務感でやっていることってのが誰にもあるんだけれど、そこでみずみずしさを維持していくってのが、大変なんだね。

たとえば、料理、洗濯、掃除。女のひとを眺めていると、さぞ面白くないだろうなァ、と思う。で、料理だって、私信の味が抜けてるね。パンフレットに印刷したような料理が膳の上に出てくる。俺も、自分が筆不精なものだから、文句はいえないよ。だまって、そいつを喰うんだ。俺は手紙は書かないけれど、手紙を貰うのは大好きだ。俺のところは商売柄、雑誌や単行本がたくさん送られてくるから、郵便受けの大きいのでないと入りきらない。毎日、郵便受けに郵便物を取りにいくのが楽しみなんだ。

雑誌類なんかの間に、私信が混じっていると、胸がわくわくする。

毎月この雑誌に書かせてもらうこの文章も、実は私信を書くようなつもりで記そうと思ったんだけどね。でもどうしてもうまくいかなかった。

誰に向かってしゃべってるのか、どうも実体がつかめないんだ。若い女性、OL、新妻、そういうものを一応頭に描いても、それは観念でね。一般性という観念を軸にしてものをいっていると、それはもう理屈なんだ。セオリーをいってるだけなんだ。

セオリーなんか、ちょっと経験をつめば、誰でも悟っていくものね。

ほんとうに実《み》になることは、個人が個人に向かっていう言葉の中にあるんだな。Aという人と、Bという人が、同じような問題で悩んでいる。で、そこで、理屈やセオリーは基本的には同じなんだけども、実際の対症療法は、Aに対してとBに対してとでは、ちょっとずつちがうのね。

理屈やセオリーが骨組だとすると、実際の人間は骨組だけじゃなくて肉がついてる。Aには Aの肉のつきかたがあるし、Bだってそうだ。肉のつきかたは千差万別で、個人療法でなければ効能がないことが多い。

そういえば、ちょっといい話があるんだ。花柳幻舟が、例の小事件をおこしたあと、俺も陰ながら何かと相談相手になった。彼女とはおたがい無名に近いころからの友人だし、そのうえ彼女の行為には、俺たち口舌の徒がギクリと胸を刺されるようなものがあって、どんな意味でも知らぬ顔をしていることはできない。

もっとも、あの一件については当初から何も知らされていなかった。幻舟は誰も巻きこむまいとして、ご存じの湘南に住む老学者をはじめ、俺を含めた二、三の親しい友人の誰にも黙っていたらしい。あとで聞くと、気持ちが弱まって迷っていた日があって、そのとき俺の巣のまわりを往ったり来たりしたときがあったという。相談してみようか、どうしようか、ためらいながら近くから電話して、俺が居なくて、そのまますっと帰ったらしい。そのとき俺が居たら、どんなふうに話相手になっただろうか。

それはともかく、公判の間も、ぽつりぽつり、俺たちは会っていた。会うと半日くらい、いろんなことをしゃべりあう。俺がお説教をしてるというのではまったくないよ。なにはともあれ、自分の行く道の中途で立ちどまらないで、行為にふみきってしまう彼女を見ていると、俺はなんだか自分がはずかしいんだ。

彼女と同じ道を行くというのではないにしても、俺は俺の抱えている問題を、あれやこれやしかつめらしいことをいいながら、やっぱり中途半端にしながら生きているのでね。

俺は、処方箋に書かれた俺個人の薬を服用するようなつもりで、彼女と会っている。幻舟は幻舟で、彼女の立場から、俺と会って個人療法の必要があったんだろうな。俺たちは一度も手紙を書いたことはないが、私信を交わしあうような時間だったね。

未決勾留から出てきたとき、彼女は俺の顔を見て、笑ってこういった。

「やっとあたしも前科がついたよ、先輩」

「そうだ。前科者同士だな」

俺は子供のとき、ばくちの前科があるからね。でも彼女の立派なところは、刑の軽重では争わないんだな。

彼女の立場を、裁判所がどのくらい認めるかどうか、その点だけにこだわる。

「とにかく、ナイフを持って人を襲ったんだもの。無罪じゃないわよ。あたし、その点は覚悟してるわよ」

珍しい罪人だな。

法律違反には文句なく服するけれども、本質的には自分の立場があって、それは変えるわけにはいかない。セオリーはセオリー、私信は私信。こういう罪人というものは、実は体制側にとっては一番重く処罰したい存在なんだね。それは金大中氏の例を見てもおわかりのとおり。

ちょっといい話というのは、ここからなんだけれど、そんなわけで、裁判所にも完全には頭をさげないものだから、心証が悪い。本来は示談ですんでしまうくらいの事件なのだけれど、彼女自身も、俺も、実刑を予想し、執行猶予もつかないだろうと思っていた。

幻舟には年老いたお父さんが居て、親一人娘一人だ。他に身寄りはない。お父さんは旅まわりの役者で、今は老いて娘の世話になっている。

実刑を予想していたころ、幻舟は女子刑務所で、一面これは生活の苦労はない、と考えていたようだ。

彼女のことだから、あっけらかんとして、逆に女囚を自分のほうへ巻きこんだり、けっこう楽しく（?）やっていくだろう。けれども老父は困る。さしあたりこの父親の身の上を、彼女にかわって心配しなければならない。それがこの場合のセオリーだ。

「俺のところの電話番号と地図をね、お父さんに教えといておくれよ。相談事をなんでもいってきてもらいたい」

「ありがとう。それがねぇ……」と幻舟がいった。

彼女の父親は、顔見知りの植木職人と仲よくなって、一緒に職場に出かけていっているという。もちろん職人仕事はできないが、庭を掃除したり、雑用をやって、手間賃を貰ってくるのだという。

「俺だって、メシは喰えるよ。安心して、一生でも行ってこい」

といったという。この明るさ、ふてぶてしさ。

俺は感心したが、同時に、一人一人の問題になると、セオリーなんかじゃ考えおよばない絵柄というものがちゃんとあるということを悟ったのである。

十

夜半近くお茶を呑みに階下におりてきたら、テレビで越路吹雪が唄っている。

おや、と思った。彼女は入院してるときいたが、だから今、どこにも出演しているはずはない。すると——。

「おい、死んだのか」

カミさんがうなずいた。

俺は越路吹雪の唄も芝居も個性も、特に好きじゃなかった。カミさんがLPの何枚組かを持っていて、以前、彼女のロングリサイタルに連れていってくれ、といっていたことがあったが、うやむやのままにしてしまった。けれどもあの生き方は、女として立派だったと思っている。

彼女は女優としての姿態に恵まれていない。どちらかといえば山出しの顔、身体も大柄だし、既成の芝居にすっぽりはまりきらない。女優というものは、日本では要するに相手役で、相手男優の持ち味にマッチすることが望ましい。

初期のレビュー時代をのぞいて、彼女は使い方のむずかしい、不便なタレントだったと思う。

どこにでもスポッとはまる、坐りのいい女優はまわりにたくさん居て、彼女たちは既成の道を歩いて恰好をつけていく。

世間に名を定着させるまでの越路吹雪は、多分、ひどく苦労しただろう。はた目には順調に見えたかもしれないが、自分固有の道をうちたてることでしか生きない素材だと、誰よりも彼女自身が承知していただろうから。

そうして彼女は意志的に、それをやりとおしてきた。あの魅力は、ひとつまちがえば、キザでいやみで、調子が全部はずれるてぃの危なっかしいコースだ。普通は、危険な道は狙わない。そこのところを彼女は立派に演じきった。そうして坐りのいい女優たちをしのぐ位置をつかんだ。人はそれを才能という。しかし俺は、彼女がわき目を振らずに、自分の備品をひとつひとつ手を伸ばしてつかんでいった、その意志の強烈さを大きく感じる。

仕事とはそういうものなんだな。人がくれるチャンスを口にくわえるというようなものではないんだ。

ある女性が、何年か小出版社に勤めて、もう疲れたからやめる、といいだした。

喰えるならそれもよかろう、と俺はいった。

彼女は親の庇護もあって、しばらく遊んでいた。

半年ほどたつと、また勤めた、という。

「だって、ブラブラしてても退屈なんですよ。一人で部屋に居ると心細くなってね」

早くいい男でもみつけて結婚すればいいのに、と思ったが、なかなかそうもいかないらしい。

そこで俺はいった。

「勤めるというのは二通りあってね。ひとつは給料だけのお勤めだ。結婚するまでのちょっとの間、遊び半分に勤める。或いは、子供が生まれるまで共稼ぎをする。これはまァ、どんな勤めでもいいやね」

学校を出て、就職しようというときに、ほとんど一生を保証してくれるような大企業に勤める。これも給料を貰って、身体をその会社にゆだねるようなものだから、消極的にでも実直に働いていればよい。

「ところがね、そのどちらでもなけりゃ、つまり新卒の若者でもなし、大企業でもないとすると、給料だけの勤めなんざ損だね。ただの員数でしか認められないし実績にもなっていかない。といって中小企業じゃ、一生まかせられるかどうか安定感がないだろ」

そういうときは、まず自分で計画を立てて、将来こういう仕事で自立しよう、とか考えるのさ。それで、その仕事を身につけ、その世界に通暁するために、勤める。もちろん給料分以上働いて、雇い主のためにもなる。同時に、自分も給料以外の、将来の保証を自分でとりつける。男でも女でも、こういう勤め方でなきゃしょうがないよ。その月の喰い扶持を稼ぐだけじゃね。

「それがねえ、何をしていいかわからないから、計画が立てられないんですよ」

「それじゃ駄目さ、前勤めていたときと同じように、疲れるだけで何も残らないよ」

「ええ、でも、今度は社内の空気もよさそうだし」

「どこだって同じだよ。もし一つの会社に合わせて、ぴったりやっていくことができるんなら、そういう結婚相手をみつけた方がまだいいね」

俺は、現在のような形で女性が外で働くことに、あまり賛成しない。それは男の給料が安いから、共稼ぎの必要があるのはわかるけれど、収入を多くして生活器具を買ったり、広い部屋に住んだりしてそれで幸せになるとは限らないからな。

女性の働き方は、大部分が、アシスタント程度で、ただ時間と身体を売っているようなものだ。そんなの仕事でも、働きでもないよ。

男のとってくる給料を基本にして、女の稼ぎで生活に飾りをつける。例外もあるだろうけれど、だから、一生それでメシを喰うための姿勢になっていない。疲れればやめちゃえばいい。それでも皆、勤めたがる。中途半端に外へ出ていた方が、家の中に居て家事をしているよりは楽しいからな。

女が横着になっているんだよ。ここが自分の持ち場というところで、自分の世界を造っていこうとしない。

男と同じく働いているんだから、というけれども、そいつはちがうんだ。この何年かの間、男とおっつかっつの金を外から貰ってくるというだけなんだ。

家の中のことというものはね、掃除ひとつでも、洗濯でも、ちゃんとやるのは大変だよ。いいかげんにやるのと、ちゃんとやるのとでは、まったくちがう。

でも主婦業というものは、家族の中だけの問題だから、あまりきびしく勤務評定しない。いいかげんにやっていたって、離婚というまでにはならない。

そのかわり、家族の心の中に空洞はできるけれどもね。

一生の仕事というものは、疲れたからやめるというわけにもいかないし、絶えず前進していかないと、他人におくれをとってしまう。家事とちがって、世間は、その実力に応じたあつかいしかしてくれないから。

女の人は、結婚するなら、なるべく家事に専念してほしいな。それがいやなら結婚しないで、一生の仕事をみつけて、それでノシていけばいい。

女房の仕事をちゃんとできる女性を、俺は尊敬するがなァ。

〔「新鮮」1980年3月号〜1981年1月号　初出〕

戦争中のおシャレ

私が育った頃は戦争だったから、衣食住すべて、意にまかせない。着ている物は、国防色（カーキ色）の作業服。戦闘帽とゲートルだ。中学生でも学校に行かず、勤労動員と称して工場に行っていた。ちがう洋服を着ようとしても、全体の規律を乱すようなことになるし、だいいちすぐに工場で油まみれになってしまう。それに、衣料切符というものはあったが、いくら切符があっても洋品などどこにも売っていなかった。

それでは誰もおシャレをしないかというと、そんなことはない。不良生徒はまず帽子をわざと足で踏んづけたりして泥々とし、工場の油を塗ってテカテカに光らせ、不良だけに通ずるような独特の型をつける。それからゲートルだ。ズボンを極端にたくしあげて巻いたゲートルの上に垂らすようにする。

これはどこの学校でも共通の不良スタイルで、学業成績のいい生徒は、ズボンをたくしあげずに自然な形にゲートルを巻く。

不良のスタイルは、ニッカボッカをはいた土建屋みたいな感じだったが、かといって優秀生徒のスタイルは、いかにも気が利かなくてヤボったい。

私は不良劣等生徒だったが不良の主流派ではなくて、議会でいうと無党派みたいな存在だった。だから、主流派不良とおんなじような恰好をしてもつまらない。けれども、優秀生徒のようにヤボったいスタイルにしたのでは、優秀でもないくせに体制派になりたがっているようで面白くない。

で、やっぱり私は私独特のスタイルにしたい。もっとも服装が限られているのだから、なかなかむずかしいのである。

もともと私はテレくさがり屋で、おシャレの方ではなかった。はずかしいからなるべく他人の視線をひかない平凡な恰好をしたい。あるいは、自分はおシャレなんかではないんだよ、と絶えず呟いているようなふうにだらしのない恰好を好んでいた。

ところが、戦火の最中で、命令一下、同じような作業服を着せられていると、どこかで他人とちがうところを示したくなる。あれは不思議なものだ。

私はわざと、ゲートルをゆるく巻いて、歩きまわっているうちに、ゲートルがずれさがるようにしていた。きつく巻けば巻けないことはないのだけれど、それでは他の者と変らないことになってしまう。

教師から毎日のように叱責される。それで巻き直すけれど、やっぱりゆるいからすぐにずりさがったり、ほどけたりしてしまう。

ゲートルばかりでなく、洋服のボタンがとれてもそのままにしておく。シャツも変えない。

帽子の記章もとれてしまったりしている。まるで敗残兵のようで、客観的にはずいぶん見苦しかったろう。けれどもそれが私のおシャレで、当時、そういうだらしのない恰好をしていなければ、生きた心地がしなかった。

〔1981年「週刊ポスト」4月22日号　初出〕

いとえん

一席おつきあいをねがいます。

日本語を目茶苦茶にする会というのがありまして、あいつがこちらに惚れてさえくれれば、あいぼれであり、おいらの方しか惚れてないのが、おいぼれである、なんて申しますが——。

お若いうちはご婦人の心をつかまえるのが、やたら巧い方がある。かと思うと、大仕事に思っている方もあります。

「半ちゃん、お早よう」

「——うん」

「いい天気だね」

「——天気はいいが、暑くなりそうだ」

「暑い。夏だからな。が、これがいいんだ。カラッと暑い中で一ン日まっくろになって働くてえなァたまらなくいいなァ。男でなくちゃわからねえ味だ」

「——けだるくって、昼寝もできねえや」

「ふうん。夏は駄目か。体質が冬向きなんだな」

「冬も嫌だな。寒いのはごめんだ」

「なんだなァ。夏冬に不平をいっちゃアお天道さまにばちが当るぜ。お前みたいに、その、ふさぎこんでちゃアいけねえ。物は気合だ。気合をいれりゃアなんだって楽しい。おなじ一ン日なら楽しくすごさなくちゃ損だぜ。その若さでよ、患らってるわけじゃアなし、まわりを見廻してみろ、花鳥風月、みんな生き生きしてる。まるで天国だ」

「兄哥《あにき》の前だがね、そりゃお前さんはいいよ。惚れたお静さんを手に入れて、近々新世帯だ。働いたって楽しかろう。気合も入るだろうよ。チェッ、面白くもねえ。あんまり見せつけるない」

「おや、へんなことをいうねえ。俺がいつ見せつけたんだ」

「お前は一人で楽しがってるがね、花鳥風月、暑いにつけ寒いにつけ、そこにお静さんが一枚加わってるから気合が入るんじゃねえか。お静さんをとっぱらってみろ。花鳥風月のつまらねえこと、味もそっけもあらばこそ。お前の説教は説教にもなんにもなっていねえ。ただ女ができたってことをいってるだけなんだよ」

「そうなら、お前も女をつくればいい」

「簡単にいうない。俺に女ができると思うか」

「——そりゃアまァ、俺とはちがう」

「お前は男前だよ。これまでだって近辺のちょいと眼に立つ女といそがしくあれこれしやがって、そのうえ今度は小町娘のお静ちゃんだ」

「相手の方から寄ってくるんだから――」

「なにをいやがる。俺ァやっかんでるわけじゃねえぞ。友だちだ。お前が楽しそうなのはいいや。俺に見えねえところでやれ」

「こりゃア悪かった。なるほど、俺はもてる。お前はもてねえ。そこを気づかないで説教なんかしたのは、俺が悪い。どうもすいません」

「謝まられたって、嬉しかねえや」

「お前とは餓鬼のときからの友だちだよ。なァ、いっぺんだって喧嘩なんかになったこたァねえや。一本の焼芋がありゃア、俺が頭ンところをかじって、お前が尻尾ンところをかじるって仲だ。今だってそいつァかわらねえよ。一人の女がここに居りゃア俺だけで喰うもんか。俺が頭ンところをかじって、お前が尻尾ンところを――、こいつァまずい。こうしよう。お前は頭の方にしねえ。俺が――」

「なにをいやがる。女のわけっこができるかい」

「よし、こうしよう。俺が女をめっけてやろう。まァ待ってろよ。蓼《たで》喰う虫も好き好きてんだ。お前は積極性がないからいけませんよ。女なんてものはね、じっとしてたってらちのあくもんじゃねえんだ。まァいろいろいったってしようがねえ。まかしておきな。俺が町内をひとまわりして打診してきてやるから――」

　まァしかし、あの野郎にも呆れたもんだね。二十四にも五にもなって女がつかまえられねえんだからな。もっとも、餓鬼ンときから手のろだったよ。トンボ捕りに行ったってそうだ。トンボが逃げ場を失なうと、野郎の竿にとまりにいくんだよ。トンボに避難場所と思われて、それでも一匹も――。

縫い物のお師匠さんのところだ。ちょっと寄ってみよう。

「こんちは、おや、お雪ちゃん、あンた、恋人は居たっけ」

「アラ、そんなもの、居ないわよ」

「ちょうどいいや。男の出物があるンですがね。お安くしておきますが、いかが」

「――どんな人?」

「それがね、あんたも知ってるよ。屋根屋の半公――」

「まあ――。せっかくですけど、まにあってますの」

「まにあってるって、今、男なんか居ないっていったぜ」

「あたしがいくらおかめだって、ひどいわ」

「――お照ちゃん、屋根屋の半公、あいつどう思う」

「誰――?」

「半公さ」

「うらなりの半ちゃんね、興味ないわ」

「――お秋ちゃん、屋根屋の半公、あんたと似合ってると思うけど、どうだい」

「――馬鹿にしないで！」

「馬鹿にしないで、はひどいな。いい奴なんだがな。女の見る眼と男の見る眼はちがうってのはこれかな。仕事はできるし、酒も遊びもほどほどだし、妹は嫁に行っちゃって、舅《しゅうと》小舅《こじゅうと》が居るわけじゃなし――」

「本人が居るじゃないの」

「そりゃ本人は居るさ。本人が居なきゃもぬけの殻じゃねえか。――どうだい皆さん、誰か半ちゃんとつきあってやろうという気のある人は居ないかねえ」

「――――」

「おーやおや、反応なしか。こいつァちょっと、大仕事になりそうだな」

「竹さん、どこに行ってたのよゥ。お隣りできいたら朝っぱらから出たままだっていうし、せっかくおでんを煮てきてあげたのに冷めたくなっちゃったわよ」

「お静ちゃんか。ああ、疲れた。町内だけじゃたりずに、隣り町からそのまた向う町まで廻ってきちゃった」

「何かあったの」

「屋根屋の半公のことでよ。あいつにも女友達をみつけてやろうと思って、それで飛び廻ってるんだ」

「ご苦労さまね。あんた、そんなことといって自分の浮気の下見をして廻ってるんじゃないの」

「冗談いうねえ。俺にはお静ちゃんてものがあるじゃねえか。なに、野郎は生まれてこのかた、まだ女の手ひとつ握ったことがねえんだ。餓鬼のときからの友達だ。半公の淋しい顔なんかみたくねえよ。あいつにも誰かみつけてやって、お互い機嫌よくつきあいてえじゃねえか」

「それで、みつかったの」

「居ねえ。かけらもねえ。こう居ねえとは思わなかったな」

「そうでしょうねえ。へしおれの半ちゃんていうくらいだから」

「いろんな呼び方があるんだな」

「でも竹さんの友達ならあたしにも大事な人よ。あたしもお友達にきいてみてあげるわ」

「すまねえ、ひとつ頼まァ」

「でも、半ちゃんにだって好みはあるでしょ」

「好みはあるだろうが、そんなことがいえる身分じゃなさそうだよ。女ならどんなんでもかまわねえ。とにかくどっかから生け捕ってこなきゃ」

「竹さんみたいに、ただ半ちゃんを売り歩いてたって、女は、それじゃァってわけにいかないわ。ただなんとなく会わせて、口をきいたりしているうちに親しくなって、好きになったりするんでしょう。手順がちがうのよ。こんなことは最初はごく軽く運ばなくちゃ」

「そんなものかな――」

あのゥ、もてるもてないというよりも、なんか女に縁遠い人というのが居るもんですな。私なんかもそうでしたが。気おくれがして、すっと手が出ないんです。ちょいといい女を見ても、あんないい女はもう誰か居るだろうと思ったり。

それじゃ誰でもいいかというと、こういう人に限って、理想が高いもんで。ふだんから思いがしこってますから。ずうっと逡巡してきたうえに、いまになって妥協したンでは、いいとこがないですからな。

「半ちゃん、お前にもどうも呆れたね。いいかげんにおしよ。あの娘は気持が暗い。この娘はとうがたちすぎてる。じゃアうんと若いのを連れていくと、どうもねんねでぴんとこない。神経質なのは苦手だてえから、ゲラゲラ笑ってばかりなのを探すと、虫歯が多そうだという。キンキン声でいけなくて、ノッポで駄目で、女っぽすぎるから信用できないっていう。お前なに様だい。俺に女ができるわけはねえっていってた奴が、えらくぜいたくをいうじゃねえか」

「うん、俺も自分でびっくりしてるんだ。けどなんだね、女って奴ァ、遠眼で見ると皆よく見えるけど、いざ自分の女にしようと思うと、ろくなのがいねえな」

「すぐにカミさんにしようというんじゃねえ。女友達だ。気軽に行こう」

「それがこういうことになるてえと、気軽になれねえんだ」

「縁物だからなァ。昔からいうだろう。眼に見えない赤い糸が一本、縁のある男女の間につながっていて、それで広い世間の中から一対の夫婦ができあがるんだ。まァ心配したもんでもねえよ。誰にだって一本はあるんだから」

「赤い糸がかい」

「ああ」

「嘘だろう。そんなものついてない」

「あるんだよ。信用しろ」

「じゃアお前は、その糸をたぐって、お静さんを引き寄せたのか」

「俺はそういうわけじゃねえが、ま、赤い糸でつながっている以上、どんなにむずかしく見えたってきっとお前に添ってくるよ。ひょっとしたら相手はもうそのへんまで来てるかもしれねえぜ」

「竹さん、俺は死にてえ」

「なんだ籔から棒に、どうしたい」

「俺は死ぬよ。とめないでくれ」

「――まんざら冗談でもねえ顔つきだな。だからいきなり死ぬといわれたって、ああそうかいといえるかい。わけをいいな」

「わけは、きかないでくれ」

「じゃなにか、半ちゃん、わけもいわずに、餓鬼ンときからの友達のこの俺を見捨てて死のうてえのか」

「そうなんだ」

「水臭えじゃねえか。おい、俺とお前はそういう仲かよ。一本の焼芋がありゃア俺が頭をかじって――」

「駄目なんだ。お前には話せねえ」

「何故――?」

「何故って、それをきいてくれるなてんだ」

「それで、どうでも死のうてえのか」

「どうでも死ぬ」

「――金か。女か。いやお前は、女じゃねえな。ほかにどんなわけがあるんだ」

「竹さん、まァなんにもいわずに帰ってくれ。俺はお前の顔を見てると、辛い」

「――てえと、俺が、その原因にからんでるのか」

「からんでるもなにも、主人公だ」

「――なんだい、そうきいて帰れるかい。いってくれよ、兄弟以上てえ仲の俺たちだ。遠慮はいらねえ。俺に悪いところがあったらきっと直そうじゃねえか」

「本当か」

「本当だとも」

「――いや、これぱっかりは駄目だなァ」

「そんなことはねえ。俺だって男だ。お前が死のうとまで思いつめたものを、なんで放っとくものか。話してみな」

「――いや、やっぱり話せねえ」

「じれってえ野郎だな。話さねえと殴るぞ」

「だがね、こりゃアお前が悪い、というようなことでもねえんだよ」

「じゃあ、何だてえんだ」

「要するに、その、俺は因果な生まれつきなんだ」

「ははァ。よく見たら、へそでも二つあるのか」

「そうじゃねえ。この間、お前から赤い糸の話をきいたろう。それで、ようく心を澄まして俺の身体を見廻したら、尻っぺたのところに、細い糸がかすかにくっついていやがった」

「うん――」

「そいつァどこかに伸びてる。どこに伸びてどの女につながってるんだか、しばらく俺はわからなかった。ところがどうだい。この前、竹さんとお静さんが二人揃って八幡《はちまん》さまの前を歩いてるところに出っ喰わしたろう。あのとき、俺ァびっくりしちまったよ」

「――どうした」

「竹さん、こうなったらいっちまうが、俺の尻っぺたの赤い糸は、ずうっと伸びてって、お静さんの尻っぺたにくっついてたよ」

「なんだと」

「俺にも縁のある女が、この世に一人居たんだが、そいつがよりによって、お前の女なんだ。他の奴ならなんとしてでも権利主張して奪ってくる。またそういう運命になってるんだろう。だがお前の女が奪《と》れるものか。俺はあきらめるよ。赤い糸は一本しかないんだから、俺は生涯、女はできねえ。俺は淋しく一人で死ぬよ」

「ちょっと待て。おい、これは大変なことになったぞ」

「ああ。——だがもういいんだ。相手がお前なら、俺は腹も立たねえ」

「するとなにか。俺は、お前の未来の女房をたらしこんでいたことになるのか」

「そう気にしないで、俺のいったことは忘れてくれ」

「そうはいかねえ。知らねえうちならともかく、そうきいて今のままでいられるか。芋の尻っぽをかじりあった仲だぜ。すまねえ半ちゃん、ちょっと待っててくんねえ」

竹さんが、まっ青になって、お静さんのところに飛んできまして、

「やいッ、この莫連女《ばくれん》——！」

「あッ、竹さん、どうしたの」

「どうしたもこうしたもあるものか。俺が知らねえと思って浮気をしやがって、すんでのところで俺ァ、友達の女房を寝とるところだったじゃねえか」

「何をいってるんだかちっともわからない。竹さん、おちついてくださいな」

「そりゃア半公は男前はわるい。お前が未来の亭主を袖にして俺とちちくりあいたい気持はわかる。だが半公だって男だぞ。現在の、女房が——、女房というよりこいつァ許婚《いいなずけ》か、いや、そこまでもいってねえか、なんだか知らねえが、定まった縁がある女が自分に寄ってこずに俺とくっついてりゃアどんな気がする。しかも手前は、俺と半公の仲を知っててそうなんだ。手前はそういう女なんだ」

「未来の亭主って、誰のことさ」

「とぼけるない。手前の尻っぺたの赤い糸にきいてみろい」

「赤い糸がどうしたって」

「手前と半公は糸でつながってるんだ。わかりきったことを説明させるな。おい、これからすぐに半公ンところへ行こう。手前は浮気性だから放っとけねえ。俺が罪ほろぼしに動きまわって、半公と手前を、こうなったらすぐに祝言させちまう。逆らったって無駄だぞ。それが縁というものなんだから——」

乱暴な話があるもので、昔の女の人はおとなしかったんですな。何がなんだかわからないうちに、仲人が立って正式に話がすすみ、半公とお静さんが晴れて夫婦になる。半公もこれが糸でつながった唯一の女と思うから、お静さんを大切に、なめるようにかわいがります。おかしなもので夫婦仲は至極円満で。

一人浮きあがってしまったのは、色男の竹さん。

「お早よう、いい天気だな」

「ああ、お早よう――」

「なんだい竹さん、元気がねえじゃねえか。どうかしたかい」

「半ちゃんのとこはいい天気だろうな。どうだい、うまくいってるかい」

「竹さんの前だが、女房の居ない暮しなんて考えられねえな」

「あんなことといってやがる。どうもね、俺もこないだうち昂奮して、うわっと一気に動き廻ったけれどね、一人になって、ようく考えてみると、――いや、俺がお前にこんなことをいえた義理じゃねえんで、腹ァ立てないできいてくれよ。なんとなく、どこか損をしちゃったような感じがするのさ。ははは、まァ未練てえ奴なんだろうなァ。うすら淋しくて仕方がねえ」

「だったら早く代りをみつけねえ」

「駄目だよ、あれ以来、気が抜けたようになっちまって」

「あんなにいろんな女に手え出してたじゃねえか」

「なんかこう、けだるくてね、世の中が味もそっけもねえ、もういつ死んでもいいような気分だい」

「そいつァいけねえな。なるほど、俺はもてる、お前はもてねえ、そこを気づかないで放ったらかしといたのは俺がわるい」

「なんだと――」

「お前とは餓鬼のときからの友達だよ。竹さんががっくりしてるのを俺が放っとけるかい。よし、こうしよう、俺がいい女を見つけてきてやろう。女なんてものはね、じっと家に居るだけじゃ寄ってこないよ。待ちな。得意先に行っていろいろきいてやるから」

「あ、半ちゃん、駄目だ、俺ァあれからね、隅々まで調べたんだが、どこにも赤い糸が見えねえ」

「お前はいろいろ女に手を出すから、どこかにおっことしたんだよ。よく調べてみな」

「そう思ってあちこち探したが、見当らないんだ」

「そんなわけはねえだろ。そうかい。――まァまァいいよ。俺にまかせろ。お前が落っことしたって、先方の女が持ってら。どこかに糸の先っぽ持って、しくしく泣いてるような娘が居るよ」

「どうだかな」

「信用しろよ、友達じゃねえか。待ってろ待ってろ、今探してきてやるから」

今度は半ちゃんが、方々へ行ってよさそうな女を探してくる。男前の竹さんということで、半ちゃんのときのような苦労はありませんで、

「竹さん、どうだろう、こんなところは――」

おーってんで、水入らずでじっくりつきあってみる。

竹さん、娘の身体をくまなく調べてみましたが、赤い糸のかけらも見えません。

竹さんが感心して、

「ははァ、半公も案外、気がきくなァ。今度はどこからも苦情が出ないように、あらかじめ糸を切って連れてきやがった――」


〔1981年「小説新潮」10月号　初出〕

パッケージされた至芸──「イヴ・モンタン」ショウを観て

音楽も鳴らなかったし、開始を示すどんな気配もなかった。幕はずっと開きっぱなしで、奥の暗い紗幕だけの倉庫の中のような舞台に、突然、上手から彼が小走りに走り出て来た。あッ、と思った。彼は結晶されたような微笑を浮かべ、上手近くでいったん立ち止まって、老人らしくない華奢なこなしで一礼し、中央に進み出た。

実をいうと、当夜で一番大きな衝撃を受けたのはこの一瞬だった。私はすぐにもう一度、現われたときからの彼を反芻した。映画やレコードや、新聞の噂などでうっすらと知っている(私のは貧弱な、恣意的な知りかただったが)イヴ・モンタンと、この一瞬の印象とが、少しちぐはぐになった。私の概念的なイヴ・モンタンは、もう少し、男っぽいというか、普通の人の風貌をたたえていたような気がする。

突然上手から小走りに出て来た彼。全身に媚びをたたえ、パッケージされたようなおじぎをした彼。一瞬おくれて拍手がおこり、音楽が鳴りはじめ、中央に進み出て唄う。その声が、思っていたより太めのダミ声で、しかも朗々としている。充分に鍛えられた声量ではあるけれど、私には、それもいくらか品格を欠くものに感じられた。

が、しかし、これこそが芸、乃至芸人の挙動であり、声音なのではないか。もともと（たとえどんな種類の芸であろうと）人前で何かを見せるということは一種の品格を欠く行為であり、それからまた、何かを見物に行くということも、品のいいおこないではない。私の小さい頃は、そういうことになっていた。それゆえ見られたり見たりすることに、スリルが加わり、情緒が加わった。一瞬そのことを思い出す。

つまり私は、まるで当然のことをするように客席に坐り、普段の気分でものしずかに何かがはじまるのを待っていた。私は彼も、当然のごとく、つまり彼のあるがままの姿勢で登場するとばかり思っていた。

ところが彼はそうしない。彼はまず、自分を官能的な塊りに塗り変えていた。人前で何かをやるということがすでにして官能的なことであるのだけれど、そのためいやがうえにもうさん臭く、下品だった。さすがに凄い。あの出は精髄の一瞬で、私まで反射的に、（恐れ気もなく）他人を眺めるときのうさん臭さをよみがえらせた。私とイヴ・モンタンとの関係は、そういう手順をへたために、非常にまっとうになっていた。すくなくともまっとうなものになるきっかけをつかんでいた。なんであれ、まっとうなものに回帰させるということは、すごい力が要ることだ。

私は、唄を聴くという立場から少し離れて、自分が小説を書いたり読んだりするときのことを少し思い起こしてみた。それから、食事をしたり、トイレに行ったり、ジョギングをしたり、年齢相応の服を着たり、そういうなんでもない日常のことすべてが、生を持続させていることである以上、等しくいくらか品格を欠くことであるはずだのに、もうずいぶん長いこと、生活の表層からそういう感触が遠ざかっていた。私は当り前のようにして生きている自分を恥じ入った。ただそれだけのことだけれども、思うより思わない方がまっとうに近いので、こういう機会に感謝をしたい。

JE VAIS A PIED（歩きながら）L'ADDITION（青春の決算）BATTLING JOE（闘うジョー）——。二、三曲きいているうちに、私の姿勢もいくらか定着してきて、いくらか下品な野太い声も気にならなくなった。それどころか、柔かい声音のように思えてきた。ああ、これだ、と思った。従前のイメージにあったイヴ・モンタンの大きな特長は、この柔かさだった。もっとも、厳密にいうと、やはりかつての柔かさとはちがう。以前は彼の（まっとうな）感性や配慮によって生じる柔かさだった。今だってそうでないことはないが、今は、そうしたものを吹き消すまいという決意の方が強く作用しているように思う。で、芸の中に練りこめようとする。意地悪くいえば缶詰だ。彼はあくまで、決意と鍛練で、缶詰の缶の方をみがこうとする。

その点ではまことに見事というほかはない。舞台はやや遠眼になるけれども、老いは、頬や顎の肉のいくらかのたるみと、気になるほどではない声の変質ぐらいにしか現われていない。官能的な姿態、型にはまった動きの切れの良さ、声のツヤ、流暢な言い廻し、二時間に近い一人舞台を持続するパワー、どれをとってみても寸分も隙がない。しかし、彼が六十一歳だということを、彼自身も含めて皆が知っている。彼自身が緊張を持続するために、寸分隙のない演出構成がぜひとも必要だったように、必死で老いを外側に出すまいとしていることがどうしても缶になる。それは感動的なほどだ。必然的に、申し分のない形で、品格を欠くことになる。いいかえれば、ものの見事に、芸にしている。

私はわりに小さい時分から（リュシエンヌ・ボワイエやダミアの頃から）シャンソンにはいくらか馴染んでいた。フランス語がわからないから、シャンソンには深入りのしようがないと思って、いつも遠くから眺めるだけだった。私の中のシャンソンは、だからメロディだけのシャンソンだ。

その私ですら、あ、知ってる、と思われる唄が出てくる。〝闘うジョー〟がそうだったし、LES MIRETTES（レ・ミレット）LUNA PARK（ルナ・パーク）LE CHAT DE LA VOISINE（隣りの女の飼猫）など。

実をいうと、私は自発的にこの席をとったのではなかった。仕事で、ここへ来たのだ。（なんであろうとここに来ることを同意した以上、自発的に来たも同然だったが）そのため、イヴ・モンタンに対してのみならず、客席に対しても、もっとも冷たい客だったかもしれない。私はホールの前に駐車している（客を乗せてきたらしい）ピカピカの外国車をまず眺め、それから失われた過去をなつかしんでいるらしい中年の女性たちとその伴《つ》れを眺めた。彼女たちは例外なく、中流の上かそれ以上の生活を楽しんでいる人たちだった。ここに来た以上、私もその一人にすぎなかったけれども。

私に与えられた席は、一階の中央部に近い列の左隅だった。隅っこで、客席を横眼に眺めながら舞台を見る。それが私にふさわしい位置のように思えた。イヴ・モンタンはしいたげられた者の味方だというけれど、その芸で慰められる機会を持つのは、こういう客層にすぎないじゃないか。

私のその考えをまずぶち破ってくれたのが、例の出の精髄だったが、それ以後、彼は微妙に表情を変えながら、私を柔かく揺すってくれていた。彼は、人生を、愛を、決意を、回想を、華やぎや失意を、唄ってくれているようであったが、私には、終始、私のいかがわしさのために唄ってくれているような気がしてならなかった。

妙な気分だった。四十年以上もかかって、唄うことを完璧に我が物にし、たしかに人前で芸を見せる権利を手にしている数すくない男を目前にして、その唄を快く聴いているはずなのに、まだ半分にもいかないうちに尻や腰が疲れ、じっとしていることが窮屈になってきたのだった。六十一歳の老芸人が、あらん限りの力を発揮して唄い踊っているのに、ただじっと坐って見ているだけで腰が痛いとは、なんと勝手で、贅沢な物言いか。

けれども私は、たとえば小説を書くということであっても、どんな種類のものでも、たとえ読み手の快感におもねってサービスしているだけのものにしろ、読み手よりは書き手の方が面白がっているのを知っている。絵画でも、演劇でも、音楽でも、見るよりはやった方が面白いように思えてしかたがない。もちろんそのための鍛練が必要だけれども、たとえ至高のものであっても、眺めてだけ居ることはなんとなく不幸だ。

習慣とはいいながら、何故、金を取って見せるのだろうか。小説でも、芝居でも、招待して恭々しく見ていただくか、或いは、客席にしか居られない者の不幸を埋め合わせるための代償を、作り手や演じ手が支払おうとしないのだろうか。

何故、客が拍手しなければならないのか。作り手演じ手の充実感につきあってくれた客を、彼らが拍手で送り出さないのは何故なのだろう。

すばらしい内容を含んでいればいるほど、客席は圧倒される。以前は完璧に近く圧倒してくる芸人が、いろいろのジャンルの中に居たし、客も圧倒されるのを至福と思う人が多かった。私もその一人だった。

今は、腰が痛い。どうしてだろうか。せまい小さな客席に身を縛られて、じっと拘束されていなければならないことが、どうも苦痛に思える。

私は、椅子に拘禁されてまで、至芸を見たいと思わない。一方的に作り手に先行された形で、人生の指針を与えられたいとも思わない。はたしてそうかどうか、真底のところにはいくらかの疑問が残るけれど、日常的にはどうもそんなふうに思っている。自分が、たとえどれほど苦労しようと、或いはうさん臭くすまそうと、印税や稿料を貰うことを恥じ入っている。

小説を読むくらいなら、誰も読んでくれなくてかまわないから、自分が書きたい。唄を聴くくらいなら、誰も聴いてくれなくてもいいから、自分で唄いたい。

私はテレビをほとんど見ないが、テレビのようなものが座右にあるから、そういう気持が強まってきたのだろうか。或いは、表層に見えるさまざまな権威が弱まってきているので、何かに一本気に説得されることを欲しなくなったのだろうか。

こんなことは厳密に内心にたしかめたわけではないけれども、見たり読んだりすることは、伴奏でよろしい。実際、近頃は、伴奏か、乃至はパロディか、客席を圧倒しないように、侮蔑しないように、作り手演じ手の方が退屈で傷ついて、やっと代償を受け取る態のものばかりになってきた。

おおむねの客が昔と変ってきた。儀礼上、作り手演じ手に讃嘆の眼を向けているが、客としての私は、面白がろうと思っていない。伴奏程度にしか彼らの存在を許さず、つまらんことをやる連中だ、と思いたい。本や劇場は、そこの主人公を侮蔑して、自分に活力をつけるためにだけつきあいたい。

イヴ・モンタンはもう絶えかけている至芸の世界の大物だが、彼自身、そのことを柔かく実感しているふしもある。神経質なまでに演出構成して一人舞台を保ち、人々に語りかけると同時に、自分の世界をパッケージしようとする努力も、それと無縁ではないように思われる。彼は今、強引に個人芸の価値を死守しようとしているのではないか。

当夜、私が手渡されたプログラムの中に印刷された紙片があり、花束はステージ終了後のカーテンコールの際までご遠慮ください、と書いてある。もうひとつ、立上って拍手するスタンディング・オベイションの説明がわざわざしてあって、今夜のコンサートがご満足いくものでしたら――、ぜひそうしろ、と書いてあった。

私は物を知らない男だが、たまたまスタンディング・オベイションのことは知っていたので、なんだか厭味な押しつけに思えた。多くの客がねじまがった気分にならねばよいがと思っていた。それから、こうも考えた。この押しつけも、演出のうちかもしれないな――。

しかし、すくなくとも当夜の客は、他人を尊敬し、自分を無にするためにわざわざ劇場まで出向いてきたらしく、いっせいに立上って心からの拍手を送りはじめた。アンコールに応えない、というイヴ・モンタンが、そのとおりもう唄おうとせず、しかし何度も出入りして拍手だけを受けとめた。その価値はたしかにあったと思う。だが私は客としての意地で、拍手はしない。

ホールを出て来た人波は、女性ばかりでなく男性も、いちように満足の笑みを浮かべていた。私は玄関の隅っこで、しばらく、陶酔した人々を眺めていた。その中に顔見知りの婦人が居た。私は当夜の主人公をごくさりげなく交替してみるつもりで、「どこかで飯でも喰わないか」と誘ってみた。

「駄目――」とその婦人はいった。「もう疲れたし、今夜はまっすぐ帰って、一人でイヴ・モンタンの夢でも見るの——」

〔1983年「世界」1月号　初出〕

野田秀樹のお芝居

野田秀樹さんのお芝居は、ジャズなんだけれどもトータルアレンジのサウンドなんだな。ぼくはどうも古風で、編曲で聴かせるジャズは、いかに流麗でも、或いはいかに突飛で面白くても、あまり好みじゃない。はじまって五分もすると作者の姿勢がわかってしまうような気がする。

夢の遊眠社の俳優たちは古風な模写演技をしないようにかなり鍛えられていて、作者のオブジェになってよく動いているけれども、そのために作者の意図が整然と伝えられる結果になり、平板になる。模写演技を捨て去るところまできたら、役者はただの役者では存在理由がない。役者それぞれが作者を兼ねなければならない。場末のストリップ劇場のコント役者たちは、無台本で、泥棒とか巡査とか役割だけをきめて、なかなかヴィヴィッドな即興芝居をやるけれど、あの形式をもっと意識的な芝居にとりいれて、せめて前面の数人の役者ぐらい、作者を兼ねたらどうだろうか。無台本でなくても、台本作成中にそれぞれのセリフは自分で考える。むろん、そのことに耐えられるだけのメンバー構成にしなければならない。野田秀樹＋a＋b、という芝居ができると、小さな衝突や起伏が劇中におこって、もっと緊迫してくるだろうな。今のままのワンマンショーでは、この先の発展がむずかしくなって、ナルシシズム芝居の色が濃くなるのではないかな。

けれども、野田秀樹さん個人についていえば、やはりこれは相当にすぐれた人なのだろうと思う。昔、朝の次は昼、昼の次は夜、夜が明けるとやはりまた朝が来る、というようなことぐらい、わかりきっていた時代があった。ところが今は、なんだか知らないが、直感的に、地球がもうすぐばらばらになるかもしれない、と多くの人が感じはじめているのだな。だから夜の次は朝が来る、というふうに情緒安定したいけれど、それには例の直感がどうも邪魔をする。

虚、という言葉は、以前は、虚無とか世紀末とかいうふうに使われたけれども、今は、虚、というものが、空気、と同義語に近い使われ方をされてきた。そこのところを舞台の上に掬《すく》いとっている。

唐十郎も、つかこうへいも、実に注意深く虚の世界を設定して世間を照射するけれども、野田秀樹という人は、もうただひたすら虚という空気を劇にしているのだな。

何も終らない、何も規定できない、終るとすれば、地球がばらばらになるときで、それはどうやらもうすぐらしい、という唄声なんだな。そのうえ、そこで我々は生きていかなければならぬ、という声も含めて。

もっとも、ぼくはこうした劇に追従しようとは思わない。この劇は試みとして一つあれば充分だ。野田秀樹氏の課題は、虚の空気の中でいかに衝突を造るかにあろう。末筆ながら、本多劇場はいい小屋だ。

〔1983年「群像」6月号　初出〕

吉行さんはいつも吉行さん

昔、三十年ほど前のことになるが、私は小出版社の編集小僧で転々としていた頃がある。その頃の勤務先が、吉行さんが若い頃一時期、編集者をしていた雑誌社とほぼ隣り合わせていたことがある。私の方は印刷屋がヤレ紙を利用して造る軽便雑誌だったが、あちらは小出版社とはいえ、源をたどれば筋目の正しい社だった。編集代表は昭和初期の作家牧野信一（これも私の好きな作家だ）の弟さんだったと思う。もっとも吉行さんはその当時、もう退社されて居て、療養所におられたのだと思う。

だから当時の吉行さんを私は知らない。私はいつも他の遊びばかりにかまけていてあまり読書というものをしないのだが、どうしてか（なにかが匂ってひきつけられたとしかいいようがない）吉行さんが小雑誌に発表した「原色の街」と「谷間」という作品を読んでいて、簡単にいえば、えらい人だな、と思っていた。えらい、というのは微妙だがいろいろの意味があって、とにかく不良少年あがりで世間を斜《はす》かいに眺めていた私は、めったに他人をえらいとは思わなかったのだが。

私の先輩の編集者に何人も当時の吉行さんと交際していた者が居て、彼等からよく噂をきかされていた。考えてみると吉行さんは当時まだ芥川賞もとっていなかったし、世間的にはそれほど名のある人ではなかったのである。先輩たちも吉行さんが小説を書いていることは知っていたが、同じ編集者仲間の友人という意識が濃かった。そうして彼等は、吉行さんと赤線に行った話や、ともに呑んだ話を、陶然とした表情でしゃべる。他の人と遊んだときとはあきらかに物言いがちがうのである。吉行さんと街の女をとりあった件をひとつ話のようにくりかえす先輩も居た。

「吉行の奴がねえ――」

というふうに誰かが切りだすと、一座にいつも笑顔が満ちる。私たちの間ではすでにして、その頃から吉行さんは親しみぶかい有名人だった。

私はいつも裏隣りのビルの前を通るたびに、ああ、ここに吉行さんが居られたことがあったんだな、と思い、なんとなく誇らしく思ったりした。当時の中小出版に居た編集者は非常に不安定で、やや浮草に似た境遇だったせいもあるが、とにかく同業であったことに親近感を感じ、また同時に、非常に遠い存在のようにも思える。かりに、私が後を追って、吉行さんのような存在になれるだろうか、と思うと、それがいかに尋常なことでないかがよくわかるのである。

三十年前というと、私が二十二、三、吉行さんも三十前だったはずだ。吉行さんはまもなく「驟雨」で芥川賞をとり、「焔の中」「男と女の子」だとか、短篇の「悪い夏」「娼婦の部屋」「鳥獣虫魚」「寝台の舟」など、感嘆してむさぼり読んだ。その頃、私にとって、文芸誌の創作欄に吉行淳之介の名前があるのとないのとでは大ちがいで、吉行さんの書いてない号は、なんだか冷たい他人の雑誌のような気がした。今ふりかえってみると、三十年前からのその気持がまったく変化していない。私の方からだけの勝手な言いかただが、親戚か同郷の先輩のように特殊なつながりを含んだ近しい人のようにも思え、また遥かに遠い存在のようにも思える。

その後、偶然、麻雀で同席させていただいたり、親しく謦咳《けいがい》に接する折りがあったが、私が小説を書いてみようと思いたっていたことはご存じなかったと思う。

二十年ほど前に中央公論新人賞をいただいた折りのパーティで、ふと見ると、微笑を含んだ吉行さんがそばに立っておられ、

「——君の小説、存外によかったよ」

といわれた。その言葉は今でも忘れがたい。それからもう一度、数年後に、吉行さんが編集長だった頃の「風景」という雑誌に、苦労したわりに出来がわるかった短篇をのせていただいたとき、やはり何かのパーティで、先輩の方からすっと寄って来られ、

「——あの小説ねえ、ああいう感じのものが欲しいと思ってたんだよ」

といわれた。これもはっきり覚えている。両方とも、私は甘ったれてその言葉どおりに受けとっているわけではないが、実に勇気が湧いた。嬉しかった。遥かに遠い吉行さんに私の方から距離をつめることなどできないのに、先方からすっと近寄ってきてくださったような感じだ

った。

それから以後、かぞえきれないほど、吉行さんのさりげない励ましを受けている。ぽつりっとした言葉の場合もあるし、行動で示してくれる場合もある。また眼色だけのこともあるけれど、いずれもこちらの胸に直截に刺さってくる。ああ、こんなふうに私も、人を励まさなければいけないな、と思うのだけれどなかなかうまくいかない。

こんな話がある。吉行さんはホテルの前に並んで待っているタクシーに（短距離の場合）乗らずに、わざわざ大通りまで出て流しの車をつかまえる。時間をかけて客待ちしている車に短距離の客が乗っては運転手ががっかりするだろう、というのである。そうして、いつも五百円札を用意していて、タクシーの料金以外にチップを払う。チップは五百円以下でも以上でも不適当で、貰った相手が一番受けとりやすい額があるのだという。

人との触れ合いについて、吉行さんからは実にたくさんのことを教わる。今、これを記しながら、はっと気づいたのだが、一方で、みずからかぎりなく相手にすり寄っていく姿勢、また一方で、かぎりなく遠のき、孤立孤高、自分の存在をたしかめる姿勢、この二つの混在が、吉行さんの魅力の大きな要因なのではあるまいか。

すり寄りかたも都会人らしく洒脱で粋であるし、自分へのこもりかたも尋常でない深いものがある。けれどもポイントは背反したものの混在の具合にあるので、吉行さんの作品にもそのことが濃くうかがわれるような気がする。すり寄りかた、というのは、いたわり、であるし、自分へのこもりかた、というのは、いいかえれば他のたたかいであろう。いたわりつつたたかう、たたかいつついたわる、そこでどれほど閉鎖的なことを描いても、たしかな現実の相が浮かびあがってくるし、同時に読者の心が慰められることにもなってくるのであろう。

個人全集というものを、書棚に揃えてずうっとひとわたり読みかえしてみたい作家と、作品個々の評価とはまたすこしちがうのであるが、全集で読み返そうという気にそれほどならない作家とがあるようである。

吉行さんは、個人全集で読み返してみたいタイプの作家ではあるまいか。個人全集というものは、その作家の全人格とみっちりつきあって、抜きさしならない間柄になりたいという希求が、読者にとって大きいと思う。もちろん個々の作品に対する評価と無関係なのではないけれど、中には山脈の高い頂きのところを眺めればよいと思える作家も居る。

つい最近も、吉行さん自身がどこかにお書きになっていたが、《私は、小説家である前に、人間だと思っているので――》矛盾し、背反し、さまざまなものを混在させ、しかしまた独特の条件状況の中で一貫した個性を保持してきた一人の人間のすべてを見たいと思わせるには、まず、作者がたしかに人間でなければならない。その点、吉行さんは、不変のものと、流動するものと、この二つを使いわけるのでなしに、見事に混在させている稀な作家といえると思う。

この全集にもエッセイの類や古典の現代語訳、さらに対談の類まで幅ひろく編まれているが、吉行さんのこれまでのお仕事はさらに拡がっている。読者対象のちがうさまざまな雑誌にどういうことを書かれても、吉行さんは吉行さん。かぎりなく相手にサービスしているように見えながら、いつも自分のペースをくずさない。これは見事というほかはない。この全集では選から洩れている「すれすれ」などの娯楽味の濃い小説も、そのうち一緒に読みかえしたいものである。

〔1983年「本」7月号　初出〕

物忘れ

私は子供を作らなかったので、どうも自分の年齢というものを、あまり意識しない。子供のない私が、想像でいうだけだけれど、もし子供があったら、親という立場ができるわけで、その子がだんだん育つにつれて、小学生の父親、中学生の父親、大学生の父親というふうに、いやでも自分の年齢を意識し、年齢相応の態度をとるようなことになるのではないかと思う。

もうひとつ、私は居職で人なかにあまり出ないから、年齢相応の自分の地位というものがない。まァ自分流儀に生きているだけのことなので、自分が不良少年のつもりなら、いくつになっても不良少年で居られないこともない。

だから私にとって、正月と、自分の誕生日（近年は忘れてすごしてしまうことが多いが）のときが、しみじみ自分の年齢を思いおこさせるときだ。それはおおむね愉快なことではない。三十、四十、五十、とくに五十の声をきいたときには、本当にうろたえた。自分が五十歳になるなんて、納得がいかない。

多分、そんなことが下敷になっているのだろうが、平常はなかば意識的に年齢を忘れようとする。服装なども年齢不詳のものを着ていることが多い。私は家ではほとんどパジャマである。そうして編集の若い人たちと一緒のつもりで馬鹿話に興じている。

昔の人の写真で、カイゼル髭を生やしたり、顎髭を伸ばしたり、年齢相応の重みをつけようとしているのを見て、不思議でならない。もっとも、若い人に混じっていても、相手は私を五十男と思っているのであろうが。

私ばかりでなく、フリーランサーの友人知人には、たいがい年齢不詳にこだわる傾向があるようだ。酒場などでの会話をきいていても、自分が一番適当と思う年齢を演じ続けているようである。よくいえば稚気横溢《おういつ》だけれども、わるくいえば、父っちゃん小僧だ。

先日、大阪の天神祭を見物に出かけて、大雨に降られ、ズブ濡れになって、結局、予定していた乗合舟にも乗らず、たった一軒開いていたソバ屋で上衣やシャツを乾かしてもらった。近くのテレビ局の玄関まで車を呼んだけれども、タクシーもハイヤーも祭りで出払っていて、なかなか来ない。私どもの一行には、小説家、漫画家、歌手など七、八人で、いそがしい連中ばかりが、やりくりして東京から来たのだった。

雨がやんだので、テレビ局の前の路上で、おもいおもいにしゃがんでいた。

「――仕事場に居りゃァ、なんとか稼げる連中が、なんでこんなところでぼやっとしてるのかね」

誰かがそういって、皆笑ったが、しかし、俺たちだってまだこういうばかばかしいことができるんだぞ、という顔にもなっていた。

実際、その夜、誰も本格的に不平をいわなかったのは、若者気分になっていたからだろう。私どもは若者気分のまま、映画やテレビや音楽や、たわいのない話を次から次へと続けた。ところが、疲れていたせいか、私などは、ほとんどの固有名詞が口をついて出てこないのである。ゲイリー・クーパーという名が出てこない。さんざん皆に助けてもらって、やっとその人名は片づいた。すぐ次に、ビリー・ワイルダーという名が出ない。ジャズのカウント・ベイシーを度忘れしている。

物忘れがひどくなっていることは重々感じている。老眼鏡などはしょっちゅう探しているし、原稿を書いていても、言葉の度忘れが多い。文字は辞書をひけばよいが、言葉を忘れると、辞書のひきようがない。先日は、ヘリコプターが出なくて一人で大騒ぎした。

けれども私どもの年代で、ゲイリー・クーパーなどは、考えこむ名詞ではない。いくら年齢不詳を装っても、生理から来る老いは避けようがないのが哀しい。

〔1984年「新潮45+」10月号　初出〕

三十年前の頃のこと

昔、まだ卵だった頃、四百字一枚の原稿用紙を、何日もかけて最低二十回は書き直していた頃があった。そうしないと不安で、文章に照りが出てこないような気がする。私は字が下手だが、その一枚の中の漢字だけ書き慣れてうまくなったように思える。あの頃使っていた万年筆がまだ抽斗の中にある。

〔1984年「週刊朝日」11月2日号　初出（WATERMAN PARIS 万年筆広告より）〕

散りぎわを綺麗に

大相撲がどうなろうと、天下国家に関係ないといえばそうだが、横綱審議会委員長の高橋義孝さんの新聞談話を見ていると、いかにもご老人という感じで面白い。北の湖が三日目で一勝二敗、この時点で、日本人は散りぎわを綺麗にするもの、横綱の権威を汚してまで相撲をとるのは見苦しい、という談話がのっている。さらに六日目、また一敗したときの談話は、どうして土俵に執着するのか気持ちがわかりません、云云——。

どうもエリートのご老人というのは、なにかにつけてお節介だな。いや、横綱の権威のために、とおっしゃるだろうが、横綱の権威なんて、一般の誰が信じているのだろう。

横綱というものは、現役力士の最高地位で、だから強いし偉くもあってほしい、それだけのことで、またそれで充分に敬愛することができる。それ以上に偉いとは普通は思わない。見世物と一線を画して、第何代だ、九州の吉田司家だ、国技だといっても、昔は知らず、今はただのお飾りで、したがって横綱の権威などという言葉は一般の感覚ではシャレにすぎない。大まじめで考えるのはご老人だけだ。

大体、スーパーマンのように神格化された強さなど、あればいいというだけの話で、私はあると思っていない。もちろん番付の差に応じる力の差はあって、気力体力の盛りには美に匹敵する強さが見られる。体調がわるかったり盛りをすぎれば、他の力士にとってかわられるのは当然。年六場所制の現在、混戦模様であるのは当たり前で、横綱だから負けるはずはないというのは、野次馬のロマネスクな考えだ。

北の湖はたしかに大横綱だった。けれども盛りをすぎて一生懸命にやっているかぎり、べつに恥でもなんでもない。成績がわるければ番付をさげればよろしい。番付がさがってまで取りたくないから引退するというならそれでもよい。そんなことは本人の自由で、他人が関与するほどの大問題ではない。かつての大横綱が目下の実力に応じて苦しみ傷つきながら現役に執着し、巻き返しをはかろうとする風景も、少しもわるい眺めではない。

もしどうしても権威づけたいのなら、完全に別格化して、何場所休んでも体調万全のときだけ登場させる、という手もあるが、他ならぬ高橋さんのような人たちがそれを許さない。一場所わるいと、散りぎわを綺麗に、とくる。

こんなに権威のない時代に、相撲の権威を振りかざすというのも大きく見世物のうちと考えれば、笑って見ていられる。それからまた力士の、実体のない権威を身につけたがる恰好もお笑いものだ。ひとり協会だけが醒めて権威を営業に使っている。

〔1985年「群像」1月号　初出〕

引越し貧乏

麹町、大久保、荻窪、広尾、原宿、練馬区豊玉《とよたま》——、これはこの十五年ほどの間に住んだ場所である。その前はもっと転々としていて、一応生家のある牛込に籍はあったが、ほとんど住所不定であった。

引越しが趣味かねとよく訊かれる。カミさんは引越し狂という。

私はたいがい、少ししかつめらしい顔で、

「俺は体質的に怠け者だからね。どこか一ヶ所に定住して、揺るぎない生活のペースができてしまうと、なんとなく安心してろくな仕事しなくなっちゃうだろう。いつも、できるだけ、背水の陣みたいな条件を作っとかないとね」

「それで、引越しかね」

「一事が万事さ」

相手はわかったようなわからないような顔つきになる。まァ、背水の陣ということもあるけれど、どうも私は、一人前の生き方をするということが恥ずかしいのである。

カミさんが居るから、まさか地下道に寝るわけにはいかない。住む家がやっぱり必要だ。郵便物のためにも表札を出さなければならない。来客のためにスリッパや応接セットや絨毯が必要になる。

ところが、表札を出したりスリッパを揃えたりすることがひどく恥ずかしくて、居ても立ってもいられない。万やむをえず一人前の顔つきで家の中に居るが、せめて、じたばたしてどこにも落ちつかず、転々としていたい。

どうしてなんだろう。何に対して恥ずかしいのだろう。子供の頃から劣等生で、一人前の顔つきでは生きてこなかったからだろうか。

私の十五、六歳の頃空襲で東京が見渡すかぎりの焼野原になったことがあった。そのときに、ああ、地面というものは、泥なんだな、と心の深いところで思った。私はそれまで、家というものを、なにか大仰に考えていたけれど、建物なんか地面の飾りのようなもので、事があれば消えてしまう。

その後、また建物が建ってきたけれども、私にはもう、飾りのようにしか見えない。もともとは地面、泥だけというのがもとっこさ、という気分になる。

その飾りのようなものに、あぐらをかいて一人前の顔つきをしているのが、なんとなくはずかしい。

カミさんをはじめとして、女性方にはこのあたりの感じがなかなかわかってもらえない。また当方も、うまく説明がつかない。

私は子供も造らなかったので、恒産というものにも関心がうすい。カミさんはそう思わないから悶着がおきる。

自分ばかり、好きな生き方をして――、という。なるほどそのとおりでもあるので、私はあまり大きな顔ができない。

私が引越しをいいだすと、カミさんが来る人ごとにこぼしだすのである。

「引越しのたびに、痩せるのよ。終ると熱を出して寝こんじゃうわ。難行苦行よ」

年月とともにがらくたも増え、職業柄、本の類がたくさんあって、実に重い。私にしたって、寄る年波で大儀になっているのだが、その身体に鞭を打って転々とする。

とうとうカミさんは、

「もう二度と引越しは嫌だから、あたしだけでも自分の家を持ちたいわ。小さくてもいいから」

それで自分一人用の建売住宅を勝手に買っちまった。その引越しでじたばたして、それ以後、私のところに通い妻になって来る。

その頃に、私がまた引越しを決意した。私の引越しといっても、やっぱりカミさんがとりしきるのである。

「ひどいなア。今年は引越しばかりしてる」

私の方は、練馬から都心近くの四谷三丁目のあたりに仕事場を造る気で、マンションを借りた。四谷三丁目が気にいったというわけではない。引越しをしなければならないから、四谷という線が出てきただけである。

それでおちつくかというと、そうでない。いや、おちつけばどんなに楽だろうと思うけれど、私はこの家の人間で、ここが安住の地なのです、という顔をするわけにはいかない。

そこのところが、カミさんはまた気にいらないのである。

「もう、引越しといっても、手伝ってあげないわよ」

「まアしょうがない。俺一人で越すよ」

「一人でできるもんですか。引越しというと自分は仕事道具を抱えてホテルに入っちゃうんだから」

そのとおりで、今、引越しで大騒ぎの家の中を避けて、ホテルで原稿を書いている。ずるいというが、原稿を休むわけにいかない。四谷三丁目も定めてから一月以上になるので、頭のどこかでもう住んだ気になっているところがある。したがって、また次の地へ移動したい。

今度は、東京を離れて、鹿児島か、高知か、あまり人の気配のない南の方に行ってみたいと思う。

〔1985年「婦人公論」1月号　初出〕

新聞について

この欄の〆切りといわれて慌てて新聞を開いてみるに、第一面は施政方針演説、ほとんど何も語っていないに等しい内容に呆れかえりながら、しかしまァ魔術でも使わない以上無から有にさせることは誰にしろできないのだから、しようがないという気もする。

税制の問題ひとつにしろ、あっちを立てる分、こっちを切らなければならないので、ただいじくっているだけで、全体としては変りがない。それよりしようがなければ、だまって眺めていざるをえない。

しかし、待てよ、という気もする。あっちだの、こっちだの、全体が明瞭になっていれば、の話で、ここにはまるで語られも触りもしない部分もあるのではないか。たとえば、アメリカから買う武器や防衛費の問題。当然これは貿易の部分に関係してくるはずで、つまり日本商品を円滑に買ってもらうために、武器の輸入を促進する。あるいは武器を買わされる分、商品輸出を促進しようとするだろう。してみると、民間商社や大企業が利益を得、見返りは政府が担当して税金を使っていることになる。本来は税金でなく、企業が担当するべきものではなかろうか。

そのへんのところは新聞では何も語られていない。税制の変革は国内の規模の中に限られている。

社会欄を見ると、本日の大見出しは、車内暴力の少年を、異例の大捜査をして首尾よく逮捕したというもの。これもどうも、トップの大見出しを飾って、警察が十六歳の少年を捕まえた、というのが皮肉にあらず、まっとうにあつかわれている。大見出しにするにはアホらしいようなことだが、なぜ大きな記事になるかというと、大勢の市民がこの種の記事を欲しているからだろう。新聞もそれあたりをあおりたてる。車内で暴力を働らいた少年が、一転して、公共機関を楯にとる群衆に追いつめられる。少年の暴力より、世間の暴力の方が強いぞ、という自己認定にほかならない。群衆の大部分はそれによって自分の無責任、無恥を忘れる。

昔、新聞は社会の鏡で、一応、紙面に万象が圧縮されていた観があった。今は社会全般がまとまりを欠き、生活感覚も四分五裂で、現われる記事だけでは、社会の真実を大ざっぱにしか掬えない。だから、むずかしいのだろうと思って、こちらも新聞の表面をあまり信用しないようにする。まだなにか、語られるべくして語られてないことがあるようだが、それがなんだかよくわからない。

新聞記事がずさんになるのと反対に、読者の投稿欄はおおむね昔より充実している。文章もよろしいし、皆、心情が優しい。もっともこれは、個人に即して、本当に書きたいことを一生懸命書いているからで、書きたくもない記事を書く記者の文章は、十年一日の大ざっぱなパターンにはまっているのはやむをえないのかもしれない。

〔1985年「群像」3月号　初出〕

禁酒の誓い

生まれてはじめて、禁酒ということを思いたった。もちろんドクターストップがそのきっかけであるが、しかし、ドクターストップは今回がはじめてではない。今まで何度そういわれても、控え目にはなるが、禁酒とまでは考えなかった。

今回はちがう。酒はダメ、というご託宣を医者から受けたとき、ほとんど同時に私も、禁酒ということを頭に思い浮かべていた。

医者と患者の想念がこんなにぴったり合うということも珍らしい。で、今日でちょうど一ケ月がたった。

私の個人的なことでいえば、私はもともと酒害ということをそれほど大事には考えていない。私は不摂生を肩授にして五十何年生きてきた男で、酒よりももっと即刻中止した方がいい不摂生が多すぎる。

第一、私のように机の前に坐って、鬱々として原稿を書くという職業は、仕事が一番身体にわるい。仕事という不摂生さえしなければ、おそらく医者の手にかかることなどなかったろう。ところが仕事をしなければその日を過ごせない。これが困る。抜本的な条件を改めないで、末節ばかり攻めても仕方がないという気になる。

人は誰でも仕事という不摂生を重ねて、病弊して死ぬのである。だから仕事はやめられないが、酒ぐらいならやめてどうということはない。

知人から、案外に意志が強いのね、といわれる。ご存じあるまいが私はわりに意志は強い方なのである。ただ、わるい方にも意志が強いから意志薄弱に見えるだけの話である。かてて加えて、禁酒、ということをまだ本人が面白がっている。

「俺、禁酒してまして――」

人の顔さえ見ればそう触れてまわるから、その言葉の下から本人がへべれけになるわけにはいかない。但し、最初から、お祝いの乾杯のときのビールをグラスに一杯はこの限りにあらず、としてある。最近は、人中に出てこの乾杯が特に楽しみになってきた。

禁酒はしているが、パーティなどの帰りに知人たちとバーへ寄ったりはする。酒を呑まずに、酒呑みたちの場に居るということが、非常に疲れるものだということをはじめて知った。酒を呑まない小沢昭一が、カラカラと笑って、

「思い知ったか――!」

と叫んだが。

それに、シラフであまり浮かれない私が居るために、場をしらけさせているのではないか、という疑念も湧いてくる。そう思うとなんだか鬱々としてきて、仕事をしているのと同じよう

な気分になる。

それくらいなら、いっそ呑んでしまった方がいい、とも思うけれど、呑まない。私が禁酒しているのは、健康のためでもなければ、医者への義理でもない。ただ、私自身が禁酒を面白がっているからである。これでは禁を解くわけにはいかない。

「禁酒を守ってるって、嘘じゃないでしょうね」

「嘘じゃありません」

「でも、血圧も血糖も落ちてませんよ。食事制限はどうなの」

「これは、まァほぼ、近い線で――」

「そう、おかしいわね。体重も減ってない」

美人の女医さんは首をひねっているが、それは当然で、仕事をしている以上、禁酒ぐらいで体調は良化しないのである。

医者というものは、大変親切に健康保全のためのコーチをしてくれるが、当然のことながら、健康の方角が専門で、生きていくこと万般をコーチしてくれるわけではない。不摂生をやめろ、という場合、仕事が一番不摂生ならば、その仕事をやめなさい、とまではいえないところが辛い。

また患者の方からすると、健康をとり戻したが、おかげでいい仕事ができなくなった、というのでも困る。私の場合など、仕事に全力投球しないで、健康で生きたとなったら、必ず烈しく悔やむだろう。

多分、医者と患者がくいちがうとしたら、そのあたりではないか。

それはともかく、禁酒をはじめたら、もう引退したつもりでいたギャンブルの虫がまた頭をもちあげてきた。マージャンなど、すでに飽きて卒業したと思っていたのに、近頃ひさしぶりでやってみると、なんだか面白い。

ギャンブルでもやっていないと、酒を呑んでしまいそうな気がする。若い頃みたいにまた暗黒街に行きはじめたりしたらどうしよう。

医者は、禁煙のことを忘れたようにいわなかったが、強心剤をくれるくらいだから、もちろん禁煙の必要もあろう。しかし話題に出なかったから、プカプカ吸っている。ここがひとつの救いで、これで煙草もいけないとなったら、私のことだから、禁煙は守るだろうが、反動的にヘロインかなんか吸い出すかもしれない。

禁酒がきっかけで、ばらばらに破滅しそうな自分を、今、綱渡りをしているような気分で自制している。

〔1985年8月「潮」別冊　初出〕

風格・巧さ・眼のよさ

藤原審爾さんにはじめてお目にかかったのは、小説新潮誌に〝好色一代男〟を連載されていた時分だから、今調べてみると昭和二十五年の初夏の頃ということになる。当時、この雑誌は、〝石中先生行状記〟(石坂洋次郎)、〝雪夫人絵図〟(舟橋聖一)などが載っており、藤原さんのを含めてこの三本の連載が評判で、ばんばん売れていた頃だ。

この雑誌が発刊されるまでは、純文学系と大衆小説系とがはっきり別れ、文芸誌と大衆雑誌はまったくちがうジャンルだった。そうして文壇というと、(極端にいえば)純文学系の作家たちの世界だった。小説新潮がその習慣を破って、純文学系と見られる作家に、上品な娯楽小説を書かせた。それが中間小説という言葉を産んだのだと思う。そうして結局、大衆作家の拠るクラブ雑誌を駆逐していった。

藤原さんも、その頃の私の印象では、〝秋津温泉〟〝永夜〟などを代表作にする純文学作家だった。きわめて情感的ではあるが、密度の濃いねっとりとしたいい文章を書く人だった。〝好色一代男〟はそうした作品とは少し趣きを異にしていて、才気がもっと表面に出ていたけれど、文章の風格はそのままで、戯作者としての西鶴に劣らぬ巧さと眼のよさを備えていた。

とかなんとかいっているけれど、当時の私は、まだばくち打ちのうさん臭さと文学青年的なところが混ざりこんでいた時分で、なにより純文学の作家を（ごく少数のばくちの名手たちと同じくらい）尊敬していた。

藤原さんとの縁は、その少し前からある。「小説」という誌名の同人誌が藤原さんを中心にしてあって、小山清、大原富枝、江口榛一、といった既成作家や笹原金次郎、川島勝、小石原昭、など当時の名編集者がたくさん加わっていた。私はその前に、（ばくちに両足を突っこんでいた頃に）矢貴《やぎ》書店という出版社にちょっと籍をおいていたことがあり、そこの先輩の線で、この雑誌の同人の末席に名前だけ連ねていた。けれども錚々《そうそう》たる顔ぶれなので気おくれがして、一度も同人会に出ていなかった。

それでいっときまたばくちの世界に走り、ようやく足を洗う決心をして、また小さい出版社の編集小僧になった。

中間小説の興隆を眺めて、大衆雑誌の方でも、文壇作家を目次に並べる必要を生じ、私が、当時まだ直木賞をとる前で新進作家という形だった柴田錬三郎さんや有馬頼義《よりちか》さんを廻った。藤原さんは中でも主力として連載小説をお願いするはずだった。

私にとってはじめての純文学作家訪問というわけでコチコチに固くなっていた。同人誌「小説」に加わっていたということで、快く会って貰えたが、どういうわけか私は、純文学作家の前では、その場かぎりのおしゃべりでなく、自分にとって心に大きく居坐っていることを、ちゃんと真剣にしゃべらねばならぬと思いこんでいた。

それで肝心の原稿依頼のことなどそっちのけで、その頃、書きたいと思っていてどうしても形にならなかった小説の材料の話を、かみつくようにしゃべった。

それは後年、中央公論新人賞をいただいた小説の材料だったが、藤原さんは応接間のソファーに身を沈めたきり、私の長広舌に気圧《けお》されるような感じで、ともかくきいてくれた。そうしてその話をしゃべりつくすとともにがっくり疲れて、そのままおじぎをして帰ってきた。

あとで、藤原さんは、その頃交際の濃かった夏堀正元さんに、

「へんな奴が来てね、眼つきがわるいんだ。いきなり自分のことばかりべらべらしゃべるんだが、とても堅気とは思えない。殺されるかと思ったよ」

といったそうである。

評価はともかくとして、妙に印象が濃かったらしく、そのあと〝社会主義リアリズム〟の勉強会を毎週日曜の午前中にやるにあたって、出てこないか、という葉書を貰った。

そんなこんなで首尾よく連載小説も貰うことができたが、正直いって、それから三十年あまり、弟子として後をついて歩くことになるとはそのとき思わなかった。

誰でも師匠の影響をこうむるのは避けられないと思うが、半分野やくざ、半分幼ない文学青年、という、どうにもよちよち歩きの私を、よくまア気長に仕込んでくれたものだと思う。一時期、私は藤原さんの口癖、笑い方まで似たことがあった。藤原さんの書き癖で、束の間、と

いう言葉があるが、私もある時期、文章のつなぎに、束の間、という言葉をよく使ったことがある。

もっとも、悪遊びの方では、どちらが誘惑するかわけのわからぬようにもなり、始末のわるい弟子を持って、藤原さんの方は悔恨の念しきりということではなかったか。

〔1986年「小説新潮」2月号　初出〕

デュラス『木立ちの中の日々』

マルグリット・デュラスをはじめて読んだのは『アンデスマ氏の午後』だったか。それから読書家でない私としては珍らしく何冊か読んだ。どうもなんだか肌合いが合うようで、読者として馴染んでくるにつれ、柔らかい厚手の毛布にくるまれたときのように、こちらが伸び伸びとしてくる。

もっとも、甘い小説ではない。テーマは明確に意識されているが、そこに論理的に突き刺さっていくわけでもない。一見、心理小説ふうな体裁をとって、かなり饒舌に具象を記しているが、それは核のまわりの円周を丁寧に埋めこんでいく作業で、核そのものを迂闊に表現しようとしない。たぶん、彼女は平常は無口なのではない。言葉というものをそこまで信用していない。或いは言葉ではあらわしにくいものをテーマにしている、というか、結局そのために百万の言葉を使わざるをえない、といった恰好の文章で、私はこういう記し方が好きだ。翻訳文を当てにしていて利いたふうな口を叩くが、平岡篤頼《とくよし》さんの訳からも、原文のそんな感じがうかがえる。

『木立ちの中の日々』という本におさめられている「工事現場」という短篇など、今でも印象が濃く残っているが、名前も経歴もわからない二人の男女が、これまた誰が何を造っているのかもわからないやや不気味な工事現場のそばでめぐりあう。そこに描かれているのはある種の情念、情念がたかまるまでの二人の心象だけである。情念そのものは頭も尻尾もない論理では仕切れないもので、その情念がたかまりある種の均衡がとれるところで作品は終るが、おそらくこのあとはその情念が死滅していくだけのことであろう。しかも主人公たちは一生の間で二度と味わえないだろうと思えるほどの充足を得る。

観念を主題にしてこのタイプの小説を書く男性作家はそう珍らしくないが、情念を主題にしているところが非常に女流らしいともいえよう。けれども筆致はおちついていてすこしも感情的ではない。柔らかいけれどもむしろ男性的な大綱を握っていて、核である一個の存在に対して一筋に眼を向けている。そのために小さな片隅の存在が、この世の全ての存在に比肩するような実質を備えている。私は、あるいは女っぽいところがあるのかもしれないが、自分の仕事の理想として、観念よりも情念を主題にして存在小説を記していこうと思っているので、どうもこの女流の才能はねたましい。

彼女はたしかビルマあたりの生まれ育ちだと思ったが、いわゆる西洋っぽくないところが根底にあって、それも近親を感じさせるのかもしれない。自分は自分の持物しか武器にできないと思いつつ、ときどき彼女のことが意識に昇って、私の仕事の邪魔をする。

〔1986年3月10日「出版ダイジェスト」1158号　初出〕

元気に行こうよ

先日、古い浅草人たちとゆっくり呑む機会があった。淀橋太郎、正邦乙彦、鈴木桂介のお三方と、往年、劇作の方でも鳴らした阿木翁助《おうすけ》さん。連れ立って、目下慶應病院に入院中の二代目江戸家猫八こと木下華声《かせい》さんを見舞ったかえりに、すぐそばの私の仕事場で昼間からお酒を呑んだ。

いずれも戦前の軽演劇の生き残りで、七十五六才から七八才になるというお歴歴である。お酒を呑みながら、かつての僚友たちの追憶にふけり、奇妙な盛り場だった浅草の話を語りだして興が尽きない。私だけが五十代なのだけれど、私は少年時代からこの盛り場で遊んでいたから、辛うじて話が合うわけである。

皆が少しも黙っていないで、先を争ってしゃべる。ここを先途としゃべりまくる気持が私にもよくわかるというのは、もうあの頃の浅草を知っている人が本当にすくなくなって、自分たちの青春の頃をいくらしゃべりたくても、平常は話し相手が居ないのである。

だから胸の中の袋に詰めこんだままで、爆発するように話す。鈴木桂介さんなどは、来ると間断なくしゃべり続け、私が便所に立ったら、便所の中までついてきてしゃべり続けたほどだ。

それはいいけれど、皆、豪酒家で、呑めば徹夜という面々だったのに、さすがに寄る年波で、酔いつぶれが速い。夜の十時頃、淀橋太郎さんがうとうと眠り出した。

けれども、お互いに自分は青春をとり戻した気分になって、年令など忘れてしまう。身体は酔っているが、頭の方はまだ序の口と思っている。

阿木さんの提唱で、もう失礼する、ということで、潰れた淀橋さんを抱えるようにして帰っていった。そのとき、若い客が途中から来ていたので、私は玄関で見送ったままだった。外に出て車に乗せるところまで居ればよかったと思う。

翌日の昼すぎ、鈴木桂介さんがしょんぼり一人で現われた。その報告によると、あれから阿木さんのなじみの店で明け方の四時頃まで呑み、そこに泊る阿木さんを残して、他の三人はサウナに行った。淀橋さんは待合室に仰向けに倒れて動かない。正邦さんは朝方帰ったようだが、桂介さんが朝、待合室で眼をさますと、淀橋さんの姿がない。自宅へ電話すると、まだ帰ってないという。サウナ風呂は深夜と朝で従業員が交代して様子がわからない。

「どこへ行っちゃったかなァ、倒れて動かなかったから、救急車で運ばれたか、太郎さん、生きてればいいけどね」

呑気な話だが、八十近いお爺さんたちが、若いつもりで呑んだ果てにこうなった。私どもも一緒になって、大分心配したが、その夜、電話すると淀橋さんはちゃんと自宅に帰っていたという。

「どこに居たんでしょう――」と訊く桂介さんに、淀橋さんはケロリとしていったという。

「さァ、俺も知らねえ。どっかで寝てたんだろうなァ」

酔っぱらいはけっこう万事うまく事を運ぶものらしい。


〈1986年「小説WOO」3月号　初出〉

上野の友よ、うまく成人したろうか

人波の中、十メートルほど先を歩いていた浮浪者が、声も無く崩れ折れ、道路に横たわった。けれども誰も足を停めない。そこで人波が左右に割れ、何事もなかったみたいに歩きすぎていく。

私もその列の中の一人だった。大戦争が終った年の暮れで、まっ昼間だったから酔いつぶれたわけでもなさそうだったし、今でも垢にまみれた、しかし青白い肌の感じを覚えている。やっぱり同じ上野の山下で、こんなこともあった。歩いていた私の横をすり抜けるようにして小走りに先に行った男があり、小さな銃の音がしたかと思うと、眼の前でばったり倒れた。後頭部から細く血が流れていたと思う。一瞬のことで、かなりせかせかと歩いていた私は、勢いあまってその男を跨ぎ越してしまった。さすがにそのときには通行人たちがいくらか足を停め、がやがやとささやき合っていた。拳銃を持った進駐軍が昂奮してペラペラとしゃべっている。どうもその場の様子では、進駐軍の財布かなにかを掏《す》りそこなった男が射たれたらしい。もっとも私はその場にもほとんど止まらず、足早に用を足しに行ってしまった。

当今の神経では考えられないことかもしれないが、なにしろあの頃、私どもは戦争中から続いて死体を見慣れすぎていた。そのうえ変動の連続でどんな不思議なことがあっても驚かなくもなっていた。

戦争が終った年の冬あたりは、栄養失調と寒さで毎日行き倒れる人が居ると新聞で報じていたが、格別心にささらなかった。冷淡というのとも少しちがう。明日は我が身と思っていただけだ。私などはほとんど家出同然だったから、上野の地下道でもときどき寝ていたし、行き倒れとほんの隣り合せだった。

あの頃の上野は本当に世情のシンボルみたいなところだったな。駅周辺にうようよ居た浮浪児たちはどうしただろう。皆うまく成人しただろうか。なにしろ上野駅は庶民の玄関口だったから、故郷へ行く人帰る人でいつもごった返している。その乗客たちの弁当のおこぼれが貰えるから、浮浪児たちが皆集まってきてしまう。

それに地下道。上野駅には雨露をしのぐには絶好の長い地下道があった。あの独特の強烈な臭気を思い出す方もあろう。あれは実は下痢便の臭いなんだな。コンクリートに新聞紙一枚かせいぜいぼろ毛布一枚ぐらいで寝ているのだから、皆、冷えて慢性の下痢状態になってしまう。気候のいい頃は汚れた下着を洗いに、夜更け、不忍池に行ったり、博物館前の噴水の池に行ったりした。

読物新聞などが、意味ありげに、深夜、不忍池に行くと裸の女神が見られる、なんて書きたてたのは、おおむね地下道の住人が身体を洗う姿だった。

大体、あの頃、浮浪者というのは、戦災で家を焼かれ、家族を失ったりして、通常の暮しから浮きあがった人たち、それから食糧事情のために東京への人口流入を制限していたため、地方から出稼ぎその他で上京してくる人たちが、正式に住居をみつけにくかった、そんな事情の人たちが多かった。本来の意味の浮浪者はごく一部だったと思う。だから地下道に寝て、勤務先に出勤していく人も珍しくなかった。それでも、あそこの臭気が身についてしまうと、どうも銭湯に行きにくい。

上野の山は、浮浪者たちが占拠しているのは入口附近で、奥はたいがいおカマの縄張りだった。こう書くといかにも物騒に見えるが、酔ってかよってくる人がけっこう居たものだ。

広小路のあたりは一面の焼跡で、国電の高架沿いにまずヤミ市が出来、たちまち蔓延して広小路の通りまで露店で埋まった。旧商店もバラックで復活しかけた頃、上野の寄席鈴本も、現在地の斜向いの小さな映画館跡にバラックで再開した。

私はべつに上野ばかりに居たわけじゃないけれど、上野のヤミ市とはおなじみで、サンマの塩焼きというものを、戦後はじめて喰べたのは上野だったと思う。サンマがぎっしり入った木箱を山のように積んで、煙をばんばんたてて焼く。それで御飯は売ってない。サンマに醬油をぶっかけて、それだけを立喰いする。奇妙な店で、その頃、烏賊《いか》はよく売っていたが、魚を売る店は本当にすくなかった。昬を醬油でぬめぬめにして、サンマばっかり何匹も喰って、べつに御飯が欲しいとも思わない。御飯までいうのはぜいたくだ、と思っていたのかもしれない。

そんな時代もあッというまに過ぎ去って、現今の上野は、一応立派なよそゆきの顔をしている。けれども、一番戦後の感じをとどめているのは、いつまでたっても上野だという気が、私などはする。

〔1986年「東京人」春号　初出〕

アート・ブレイキー、彼を眺めていると勇気が湧いてくる

たしか、昭和三十一年の正月だ。アート・ブレイキーとジャズの伝道師《メッセンジャー》たちがはじめて日本のサンケイホールに現われたのは。おかげで私どもはすっかり伝道されちまって、〝モーニン〟を口笛で吹きながら帰路についたものだ。あれはまさしく事件だったな。日本のモダンジャズの歴史があの晩からはじまったんだ。

あれからざっと三十年。アート・ブレイキーは何度も何度も来日して、彼自身、「俺は、やってきたんじゃない、帰ってきただけさ」というくらいだが、髪が白くなったくらいで、三十年、ほとんど変らない。あいかわらずのハードバップ・ドラミング、五度目の若い妻君との間に近頃子ができたという。一九一九年うまれだが、いったいこのおっさん、いくつなんだろう。

先日のマウント・フジ・ジャズ・フェスティバルでも、元気を絵に描いたようで、夜のジャムセッションなど、一曲終るたびに率先してリズムを奏し、メンバーを退らせない。そうして彼独特の笑顔で、まるで校長さんのように若手を鼓舞する。本当に、心からジャズを愛してるんだな。ジャズ以外の生き方を知らないみたいだな。

いつも不思議に思うのだが、私どもは遊ぶときは本職を離れようとする。ジャズの人たちは、

遊ぶときも、ジャズで遊ぶのだ。こんなに仕事を愛している人たちって、見たことがない。
三十年、彼は一貫してジャズの第一線を歩み、彼のバンドから実にたくさんの大きな才能を世に出した。しんどいこともあったろうが、すばらしい人生だ。彼を眺めていると、私どもまですてきな生き方ができるような気がして、勇気が湧いてくる。最終日のフィナーレは後輩スターが総出で、彼を中心にジャムった。長いドラムソロが終ったとき、彼は愛用のスティックを客席に投げた。スティックは、青空の中に大きく飛び、希望という字に一瞬見えた。

〔1986年「週刊読売」9月21日号　初出〕

豹のようにしなやかに

古き良き時代というと、静かで安定した日々という語感があるようだが、私の場合戦争と一緒に育ってきたから、安定どころか動乱の子だった。さらに青春期といっても私どもの世代は焼跡とヤミ市の中でメチルとヒロポンで泥々になっていた。

ところが時がたってみると、あの泥々の時期が一番なつかしい。あんなに、ものを怖れ、神経をすべて日常に集中して生きた日々にはもう出会えないだろう。ほとんどの人が貯金というものをしなかったから、金といえば現金のことだった。有金すべてを肌身につけて動いていた。だから銀行強盗をしようと思っても、目指す銀行にたっぷり銭があるかどうか疑がわしい気持が生じる。すべて銀行経由で金銭が授受され、金銭がただの数字になっている当今が、不健全に思えてしかたがない。

私は主として夜間に行動していたから、都電もバスも復旧していなかった敗戦直後は、どこへいくのも歩行が常識だった。ある夜半、伴れと一緒に日本橋辺を歩いていると、月夜で、ちょうど橋の渡り口から黒く陰になっている。

「あ、無い――」

試みにそう叫ぶと、一歩、橋に踏み出しかけていた伴れが、もんどり、見事に頭から転倒してしまった。無い、といっただけで、反射的に、橋が無い、と受けとってバランスを失なってしまったので、そのくらい物というものを信じていなかった。

もっとも私が若くて生命力がありあまっていたから、動乱そのものを享受できたのであろう。空襲という命がけのゲームすら、あのスリルを楽しんでもいた。四方が火になってロータリーのまん中にある防火用池に飛びこんだ。他にもバラバラ人が居たようだったし、水の中で手足を動かすと身体が触れあったりしたが、ああいうときは不思議に黙々としているもので、大スペクタキュラーの只中に居るくせに孤独でもあるのだ。しばらくして飛び出すと池のすぐそばに黒焦げの死体があったりして。

その戦中の癖で、どこを歩いていても自分を豹のようにしなやかに感じた。あれが若さというものにちがいない。眠くなると道ばたでもどこでも寝てしまったけれど、誰も、巡査さえも、放っといてくれる。今なら弥次馬が集まって何やかや世話を焼いてくれるだろう。あの頃は皆、自然を見るように他人を見ていた。誰それさんはどうした、と訊くと、このところ見かけないから、死んだかなア、という答が返ってくる。この無関心さがいい。大久保の垣根のある家の庭は、よく朝日が当って気持がいいので、ときおり、垣根を越えて庭で寝かせて貰っていた。ある日、眼がさめると家の人が頭上に立っていた。私は人見知りして黙って出てきてしまったけれど、向うの人も黙ってこちらを眺めていた。

〔1987年「小説新潮」9月号　初出〕

寸秒きざみの日程

たしか22か3くらいのことだと思うが〝探偵クラブ〟という今でいえば推理小説の雑誌の編集部に居たことがあって、そのとき木々高太郎さんの原稿を頂戴に伺っていた。木々さんは本名林髞《たかし》で大脳生理学の学者。慶應の教授であり、文化的知名人だから講演だとか学会だとかで東京を留守にされることも多い。

参上して日程表を見せていただくと、日に四、五件の用事がぎっしりつまっていて、息つく閑もないいそがしさがよくわかる。

そうして小説は朝の五時に起きて、大学に出かける時間、即ち八時まで書く。

「八時の時計がボーンと鳴ったらすぐに止めて、学校に出かけてしまうよ。だから八時までに来てくれたまえ」

私はぐうたらで早起きが苦手なのだが、そうしなければ捕まらないのだから、眼の色変えてその時間に行く。

すると途中までできた原稿を渡してくださるのだが、原稿の末尾を見ると文章が終っていないのである。たとえば、――でございます。というセンテンスで終るところが、――でございい、で終っている。次の日の朝五時に、ございます、の、ますからお書きになるのだという。

「何とならば、その時八時になってしまったから――」

なるほど、寸秒きざみの日程をこなす人はそういうものか、と感心したおぼえがある。

木々さんの字は草書体で、仮名も漢字もおしなべてペンの切れ目がない。木々さん番の活字工が居たくらいで、読みにくいだけでなく、切れ目がないから一字だか二字だかも判別がつきかねる。そういう筆蹟で、ボーンと時計が鳴ると、途中できっちり、よく筆をとめられるものだと不思議だった。


〔1988年7月「オール讀物」臨時増刊号　初出〕

舞台から観客に拍手を

映画館にはもう二十年くらい行ったことがない。あそこは禁煙で、暗いし小さい椅子に釘づけにされるし、呑み喰いもできないし、わざわざ出かけていく場所ではない。娯楽というなら、自分の家にいるより何等かの意味で楽しい所であるべきで、映画の質なんかよりも、まず映画館を造り変えるのが、映画企業家のなすべき緊急事であろう。

ところでその映画も、ロボットだの宇宙人だのばかり出てくるらしい。ドラマツルギーは往年と同じ手だが装いが変って、どこを叩いても金属性の音がするようだ。大体私は機械オンチで、ヒューズが飛んでも自分では直せないような始末だから、たくさんのボタンを、押しながらの日常では生きていけるわけがない。根本的に自分が生きていけないような世界のドラマなど見せられるのは実に不愉快だ。

芝居やショーをやる劇場も、ほぼ同様な条件の悪さがあるけれど、こちらの方にはときどき出かけていく。他人が仕事をしているときの真摯な表情に触れるのは刺激になる。スクリーンとちがってこちらは生《なま》の身体があるから。芝居（だけではないが）がその内容で観客をストレートに説得できる時代は過ぎたようだが、そのかわり、その芝居に含まれる真摯なものが、観客たちが普段は生活の便宜上わきに放置してある胸の中の真摯な部分を蘇らせ、ふくらませてくれる、そのくらいの力はあると思う。

但しそういう作物は非常にすくない。先日下北沢本多劇場で観た地人会公演、A・ウェスカー作〝青い紙のラブレター〟は、私自身との対話を充分に誘発させてくれた。内容のどこがというのでなくて、さまざまな真摯なものがそういうきっかけを与えてくれる。これは'82年に同じ役者（北村和夫・渡辺美佐子）で演じられたものの再演だが、また五年十年の年月を経た再演を観たい。むろん前のをなぞるのでなく、最初から組み立て直したものを。新作より選抜された作物の再演がいい。

ところで文芸誌も、同じ小説を何度も再演させてみたらどうか。もちろん最初から作り直すのだ。一度きり活字になってそれで片づいてしまうというのが心もとない。作家によっては一つの材料を生涯書き直していたいという人もあろう。厳密にいえば生涯かかっても直しきれるものではないし、むしろそのプロセスを眺めることで、真摯の底を味わえるかもしれない。

しかし何を観ても、飛び抜けたごくわずかの一級品を除いて、客席に居る自分がなんだか充たされないものがある。映画も、芝居も、ショーも、小説も、詩も、観ているよりは自分で作った方が結局は充たされる。苦しくとも楽しい。これは映画館や劇場の設備がどれほど快適になろうと変らないだろう。

近頃の観客の不幸は、観客より演者の方が楽しいということを悟りつつあることだろう。観客のこの空しさを演者側は慰めてくれない。フィナーレでの拍手は、客の劣等感を慰めるために、演者側から観客に贈られてしかるべきではないか。

〔1989年「文學界」1月号　初出〕

芝居の男

三年ほど前に、つかこうへいさんとソウルで遊んだことがある。彼の〝熱海殺人事件〟を韓国のスタッフ・キャストで上演することになって、渡韓していたつかさんと、現地で雑誌の対談という名目はあったが、要するに、つまり、二人でウォーカーヒルのカジノに行って遊ぼうというわけだ。

大学のある地区では学生たちのデモに発射された官憲の催涙弾の痕がなまなましく残っている頃で、この芝居も当時の権力の介入があったようだが、女性プロデューサーが断固はねつけて原作どおり上演したという。

稽古場で眺めていると、女性プロデューサーを通して、つかさんが日本語でいちいち駄目を出している。彼は韓国語がわからない。彼の日本語をプロデューサーが通訳して役者たちに伝える。ところが、韓国語のセリフがひとつでも飛ぶと、すかさず、

「そこ、抜けた——！」

と彼が叫ぶという。それからセリフの表情を直したり。眺めていて、つくづく、芝居の、それも現場の男だな、と思った。

彼は母上のマンションから稽古場に通ってきていたが、この母上がよかった。味噌のCMの、おかアさん——と叫びたくなるようなお方で、こんなにおかアさんらしいおかアさんを見たことがない。また彼も、母上のそばに居ると、天才でも鬼才でもない、ただの息子になって甘えているのである。優しさを底にいっぱい湛えた彼の人柄の源がここにあるということがよくわかった。
しばらく芝居の世界を離れていた彼が、今月は久しぶりで、岸田今日子さんをフィーチュアして、新作を上演している。超満員で追加公演まで加わったそうだが、なんとか座席がとれたので、ひと晩出かけていくのが楽しみだ。

〔1989年「小説新潮」3月号　初出〕

政治家について

私はもともと新聞を精読する方ではないが、近頃いやでも眼につくのは、リクルート社に端を発する金権政治のことだ。

この件についての憤りを記すと、大方の記事の轍《てつ》を踏むだけだから省略する。けれども大方の記事は、この一件の核心に迫ろうとするあまり（かどうか）かえって視野を狭くしているような気がする。

この一件は現体制の核から発した現象だけれども、現体制の核そのものは、もうすこし別のところに根があるように思える。貿易の問題でいえば、輸出振興をすればするほど、輸入も増やさざるをえない。輸入の中のごく重要な品目は武器で、武器は国費（税金）で支払う。輸出は企業が儲ける。では武器の費用は企業が負担していいはずだが、そこがそうなっていない。逆にいうと国民は血税を払い、企業が支出すべきものを代行させられている。企業と政治家の癒着はここに端を発しており、現体制であるかぎり、政治家は企業の傀儡であり、企業を肥やし、ひいては自分たちを肥やすために、国民に詐術をかける存在でしかない。

ＮＴＴ＝リクルートと中曾根氏との一件は、この点でいえばまだしも良質な癒着かもしれない。なぜなら中曾根氏は税金を使わず、企業に輸入の費用を出させたから。中曾根氏は天地に恥じないような顔をしているが、そこを主張すると、企業と政治家の癒着の核を露出させかねない。政治家としてはそれはタブーであろう。

弾劾する方もそのタブーは突けない。一党をのぞいて全政治家がかかえるタブーでもあるからだ。政治倫理を確立するとなると、武器の輸入に代表されるような支出の負担を、ストレートに企業に背負わせることになるが、それでは政治家の旨味が欠けてしまう。また国民も不満を内攻させながら、そこまでの刷新を望まない。

リクルートが破目をはずしてエラーしたなんてことは瑣末のことで、政治家の内心は傷ついて居るまい。全企業と全政治家に共通の部分が露出しない限り、政治家という存在が危うくなることはない。リクルートのエクセントリックな所業のために、この一項目がばれたということで、ばれなかった政治家は遠くの火事を見るごとくだし、ばれた政治家は俺は運がわるいと思うだけだろう。

企業との癒着は政治家のほぼ絶対の前提条件であり、その条件をいかにして隠蔽できるかということだ。たまたまリクルートは新興で、その認識が甘かったためにエラーにむすびつき、政治家たちはその処理をおっくうがりながら、素人企業家というものを烈しく軽蔑しただろう。一方、リクルートのエクセントリックな所業を拡大することで、個別的な事件にとどめようとする。

自然に発生するエクセントリックな現象というものはなかなか無いもので、平地に乱が起きるというのは、おおむね人為的な要素がからんでいる。今頃気がついたっておそいけれど、つい先頃の地価騰貴などまぎれもなく時の政治権力者たちの水面下の誘導によるものであろう。内需、というものをあのような形で盛りあげる知恵は、まことにおよびがたいものがある。けれども政治家の実力とは、そういう詐術を産みだすことにあるらしい。

この一件では、地上げ屋たちがエクセントリックな役割を背負わされた。一部の先行者たちが儲け、地上げ屋たちの中で婆抜きのように転々した土地は、タイミングを計っての政治的終焉策によって旨味を失い、地上げ屋の敗者たちが仕掛人の役割まで背負わされる。政治家と地上げ屋たちのつながりは闇の中に葬られて口外されることがない。秘密が保たれるのは、本当につながっていた者は先行の儲けた連中の中に居て、口惜しい思いの敗者たちの中には居ないからだろう。

たとえば外国煙草は二百二十円で、内国煙草と同額だが、円高で、誰が見てももっと安くなって当然に思える。この値段は単に内国煙草の売行きを擁護するためだけのものだ。同じような理由で他の物価もさがらない。円高差益は、企業なり国庫なりのところで滞留されている。もっとも企業にいわせると、そもそも円高を招来したのは企業の健闘による、というかもしれない。けれどもその企業を裏で支えていたのは、我々の税金であるようにも思える。

政治家にとって、企業の繁栄こそ国家の繁栄でもあるわけだから、この現状は大筋にはずれていない。リクルートの一件のごときは、建前はともかく、実質的には政治家としての良心を揺さぶっていない。企業との癒着をやめろといわれると、現行の政治理念を放棄するほかはない。

けれども大方の人々は、現行の政治理念を放棄しろとまではいっていない。だから政治家は基本的には安定している。こういうことをくだくだと書き記すのもむなしいことだ。ふと今気がつくと、私がくわえている煙草も、いわゆる洋モクで、こんなに素直に現体制に服従していては、円高差益をどうのこうのという資格はないと思う。

〔1989年「群像」5月号　初出〕

神楽坂

ぼくには故郷《ふるさと》がない。生まれた家からずっと動かず、三十年も住みついているのだから、故郷を遠く回想する心境を知らない。

親を知らない子のように、傷つけられても、現在のところより行き場所がないから、いつも背水の陣である。

ひとつところにじっと住みついているとだんだん頑固になるらしい。周囲に幼時からの知り合いが多いため、親しみのなかにもわずらわしさがあり、よくも悪くも環境に染まるまいとする。だから他所者面《よそものづら》でスタスタ歩く。そのせいかどうか、牛込神楽坂《うしごめかぐらざか》という色街のそばで育ちながら、ぼくはいまだにいろっぽくならない。

〔1959年10月「大衆小説」第5巻第14号　初出〕

妙に人恋しくて……

酒というものにあまり執着を感じなくなってからかなりの年月がたつ。今でも、外で人と会うときなど呑まないわけではないが、自分から積極的に酒を呑みに外出しようという気持にはならない。

自分の巣でも、来客とのつきあい酒以外は呑まないから、現在の私にとって酒というやつは、格別の関心を持たないどうでもよい存在にすぎない。酒を呑むヒマがあれば、他にやりたい遊びが多すぎる。

それというのが、もともと本格的な酒呑みではないからであろう。本当の酒呑みは、案外に酒量が多くなく、数本のお銚子でもう陶然となってくる。

私はあまり陶然とならないから、したがって何かのきっかけで呑みだすと、だらだらと長くなる。うまくもなんともないが、朝まで呑んでいて、そのうち眠くなるだけである。だから同行者にとってこれほどつまらない酒呑みはあるまい。

しかし楽しい酒というものはどうも疲れる。疲れてもいいと思うほどバカ楽しいものでもない。呑みだすと、妙に人恋しい気分になって、知人を探してあちらこちらの店を遊泳したりするが、知人にぶつかること自体はそれほど好きではない。
とおりいっぺんの知人であれば、とおりいっぺんの話題がいくらもあって、しゃべっているうちそれなりに弾みたってきてとめどがなくなることもあるが、好ましい人物などに出会うと、急に話題がなくなる。大概のことは口に出さなくてもよいような気がするし、とおりいっぺんの、芸人が客にするようなしゃべり方をしては失礼だと思いはじめてくる。といって気は使うので、疲れ切ってしまう。

酒というものは、もはや他の何をするにも金がなく、巣にいても時間をもてあますなんという場合、最後の手段としてポコポコと出かけていく、こういう呑み方が案外に味がある。

むろんツケで呑むわけだからあまり意気もあがらないし、人がガヤガヤしているからこっちまで楽しくなるというわけでもない。来たとたんに、巣に帰ればやることがいっぱいあったのにと思いだす。

昔、子供の頃、小学校をサボって浅草のナンセンス芝居を見に行ってしまう。まだマイクが旧式の頃で、左右にある声が流れだすところから、ひゅうひゅうざアざアという雑音が絶えずしているのである。それがちょうど嵐の音のようにきこえる。

朝はいい天気だったけれども、いつのまにか劇場の外は洪水かなにかがおこって電車も途絶し、家へも帰れない状態なのではないか。そうなれば家の者が学校に連絡し、結果としてサボリがばれ、教師も家の者も青くなって怒っている。それを知らないのはこうしてアソんでいる自分だけではないのか——。次から次へと凶《わる》い想念ばかり浮かんで気が気でなく、舞台など少しも眼に入らない。そのくせ、それでも席を立って帰りはしないのである。

あのジリジリとした気持に似ている。世にも愚かしく時間を空費している悔いの塊りになりながら、もう一杯、などと力なく注文している。そういうジリジリに、なんとはない味があるのだから不思議なものだ。

私は、暗黒街と市民社会とを往きつ戻りつしている関係上、金が無くなれば電車賃も無いということが多い。そうして無いとなったら、ずうッと無い。

武田文章《ぶんしよう》という詩人がいるが、この人は人並みに金を持っているときは、チョコマカと動きすぎて此方までおちつかなくさせるが、金なしのときはすべてに居直っちまうようなところがあり大変に気が合う。大分以前、お互いの巣が近かった二三年の間、実によくつるんで呑んだ。つまり、私はその間ずうっと金が入らなかったのである。

ある夜ふけ、文章が突然現われて、ちょっと散歩をしませんか、という。で、二人でポクポクと歩いて新宿へ出、もう借金が溜まってしまって先方もおいそれとことわれなくなっているというような店を順ぐりにまわって少しずつ水割りを呑んだ。

面白くもなんともないが、そうやってだらだらしているうちに、東の空がしらじらと明けてくる。

すると文章が、ポケットをまさぐりながら頓狂な声を出した。

「あれ、こんなところに小銭があったよ」

私たちはそのお金で、都電の始発に乗って帰ってきた。牛込北町という停留所でおりようとすると、近所の焼鳥屋で私たちの顔を見知っている牛乳屋のご主人が配達にまわっていて、

「オヤ、どちらのご帰還で」

と声をかけられて返答に窮した。どうも大の男が二人で都電の始発でご帰還になる図はあまりいい恰好ではない。

考えてみるとあの頃文章君は二日にあげず誘いにきたが、彼もよほどヒマだったのであろう。

又別のある夜、親もとで小さくなってメシを喰っていると、はたして文章君がやってきた。そうして又散歩に出かけた。

「僕は昼抜きで腹ペコなんですがねえ」と文章がいう。「どこか、呑めて喰えるような店はないかなア」

それではというので、借金の溜まった店のうちから、番衆町《ばんしゅうちょう》寄りに当時あった「はにわ」という店を選んで飛びこんだ。

文章は早速ドンブリ飯をかっこんでいる。私は夕飯をすましたばかりなので、お銚子を一本貰ってチビチビ呑みだした。

しかし、ようく見ると、ひじきに鱈子《たらこ》に蜆の味噌汁なんぞでわりに小洒落ている。私もひとつ喰べてみようかという気になった。

二人並んでメシを喰ったが、喰えるときは喰えるもので腹はすいていないが結構おいしい。文章も同感であったらしく、ドンブリをカウンターに突きだしてお代りをした。

続いて私も、

「お代り――！」

といった。タイミングが少しずれているので、私の方の山盛りの銀メシがいくらも減らないうちに、文章のドンブリは残りすくなになっている。そうしてこちらの減り加減を眺めながら勝ち誇ったように彼は又お代りをするのである。

こうなれば騎虎の勢い、負けるものかという気になって、私は又お代りをした。

喰い終ったとき、二人とものがいえなかった。胸がむかついて酒などは一滴も入らない。私たちは不機嫌になり、一言も言葉を交さずにまっすぐ巣の近くまで帰ってきて、手を振って別れた。

どうもあまり面白い話にならないが、面白いところはあまり好かないのだから仕方がない。

秋野卓美という画家がいる。酒呑みではないが、呑まないというわけでもない。なんとなく中途半端な人だが、秋野さんと競輪場へ行った帰り、珍しく彼が儲けて、美女がたくさん居る店を一軒おごろう、といいだした。

その店に入り、ボックスに坐るとなるほど美女がたくさん寄ってくる。けれども天候の挨拶のようなことをしゃべりあってもつまらないから、私たちはその日の競輪の武勇談をしゃべりあっていた。

そういう場所へ来て女たちを放ったらかして競輪の話をしていなくてもよさそうなものだが、そうではなくて、私と秋野さんは顔を合わすと競輪の話しかしなかった時分である。なにしろ秋野さんは自分の個展の会場のデスクで競輪新聞を拡げて、必死になって競輪場の知人に買い目を電話するという人なのだ。

けれども秋野さんを知っているママや美女たちは、なんとか秋野さんのペースに合わせようとして、さかんに絵画の話をしかけてくる。

私たちが酒盃を口に含んだかして話がやや途切れたりすると、とたんにセザンヌやモジリアニの話がはじまる。秋野さんは競輪の話を続けようとするが、ママたちの話にも受け答えをしなければならない。ママたちは必死で話の花を咲かせようとする。競輪と絵画の話がチャンポンになってきて小うるさいことおびただしい。

ついに秋野さんが憤然となってこういった。

「どうしたの？　君たち、何故そんなに絵の話ばかりするんだい」

秋野さんは早蕨《さわらび》の鼻面を撫でる春風の如き人で、一緒に呑んでいるとこちらも春風駘蕩となりすぎて、少しジリジリする。そこのところがなんとなく味がある。

田中小実昌《こみまさ》さんなども同系の人で、春風派にはちがいないが、この人物は同時に神経も張っており、私などにも顔を合わせるたびなにかと気を使ってくれる。

ある夜更け、区役所通りの『呉竹』という夜の姫君たちが巣にしている小さな店で呑んでいると、小実昌さんが隣りに坐った姫君の胸のあたりをチラと見て、

「あッ、君――」

モグモグと二言三言ささやいたかと思うと、すっと立ちあがって、

「ちょっと、野暮用があるんで、皆さん、失礼」

姫君の手をつかんで外へ出て行った。あんなにイナセな、さっぱりとした消え方をした人を他に知らない。

そういえば、たった一人、呑み歩いていた頃に惚れた女の子があった。十年ほど前のことだが、当時の金で十万ほどツケを溜めていた『ボタンヌ』という店によく遊びに来ていた女性である。

ある冬の夜明け方、五、六人でダラダラ呑んだ末に店を追出され、私の巣へ行ってザコ寝をしようということになった。女性二人の他に、武田文章、三田文学の高橋昌男、後藤明生《めいせい》も居たかと思う。

敷布団だけ敷いて文字どおり並んで寝たのであるが、目指す彼女がキャバレー勤めのため、ドレスを脱いで寝たいという。それでは私のガウンを貸してあげようということになって、せめてもの心使いに電気ごたつでガウンを暖めてやった。

皆が寝静まった頃、私が小声で、

「もう暖まってるぜ——」

「そう。じゃ私、脱いじゃうわよ、いい」

この話だけをもう一人の女性が夢うつつできいてしまったのである。皆、私が珍しくハッスルしたといって面白がった。

しかし私は小心者、というより怠け者なので彼女との間もそのままになっていたが、ある夕方、日劇前の大通りを横断しているさいに、ヒョイと彼女とすれちがった。

よし、今日こそ、と私は思った。口うるさい連中は居ないし、二人だけで密会してやろう。彼女の姿は人混みにまぎれてもう見えなかったが私は横断を中止して途中から引返した。

信号が青から赤に変る。人群れからおくれた私は走って渡りきったが、その途中で（当時私は一張羅の和服ばかり着ていた）兵児帯《へこおび》がほどけはじめたのが自分でもはっきりわかった。走ったせいで、ザザザッと解け、私の尻尾のように車道に長々と帯が伸びた。もうそのときは列をなした車がそのうえを走りだしている。私は兵児帯の端を持って必死に引っ張ろうとするが、何列もの層をなした車が勝手に踏みつけていくので、どこかで車輪の下敷きになっており、いかにしても手繰れない。

女の勤め先は知らないし、追う手段とてもなく、とうとう私は信号が又変るまでその場に立ちつくした。

中年男がやるせない顔をして、着物の前をはだけ、兵児帯の端を持って立っているのを、通行人は何と思って眺めただろうか。

〔1973年「小説サンデー毎日」2月号　初出〕

ヨーロッパ実戦記

死に目を追うものは自らの死を招く

この一年ほど、親しい友人に会うたびに、こんな会話が重なった。

「オレ、ヨーロッパに遠征してこようと思う」

「へええ、何しに行くの」

「旅打ちだよ。諸国のカジノを回って、この腕で食いついてくるンだ」

「カジノでか、なるほど、そいつァ夢だな」

「夢じゃない、ほんとに行くよ」

私はときおり、ピアノを習いたいとか、日本舞踊を覚えたいとか、うわ言をいう癖があり、そういうときと同じように、みんな、えへらえへら笑っていた。

しかし私は本気だった。現在、法律に逆らわずにおおっぴらにできる博打《ばくち》といえば、競馬に代表される群衆ギャンブルと、外地にあるカジノだけである。

競馬はいまやだれでもやる。それに比してカジノはまだ大多数の人にとって未開発な暗黒地帯の感がある。だいいち、競馬のテラ銭が高額といっても二割五分、カジノ場というやつは、客の持ち金の八割五分をはぎとってしまおうと手ぐすねひいているところだ。

しめしめ、これあるかな。どうせ冒険をするならば、地球上でもっともおそろしい生物、博打場人間に挑戦してみよう。

私は健康体でないので、長時間小休みもなく緊張を強いられる麻雀では、もはや若いころの脚勢をとり戻すことはできそうにない。カジノなら休み休みできる。私のような修羅場人間は、もう一度プレイヤーに戻りたくてうずうずしているのである。

本格的に準備をはじめたところへ、堅実で鳴る某氏が現われた。

「おやめなさい、あんた、いくつだと思う」

「四十六ですよ」

チッチッチッと某氏は小さく舌打ちした。

「数え年齢で四十八か、もう五十じゃないか。ジタバタしないで、オールドタイマーならそれらしくもっと静かに余生を送り給え」

「それもそうだが、その前にちょっと、馬鹿なことをしてきます」

言語能力ゼロの私のために代弁者《スポークスマン》を買って出てくれた若いM君と二人、フランクフルトで日航ジャンボ機を捨てた。

そこからタクシーで三十分ほど、新緑美しい西ドイツの田園風景の中を突っ走って、ヴィースバーデンという温泉町に行く。かのドストエフスキーがルーレットにトチ狂ったのもこの町のカジノである。

「ドイツのカジノ場は格調と品位があるよ、ぜひ一度行ってごらんなさい」

ヨーロッパにくわしい友人がよくそんな事をいう。

しかし私たちが第一目標にドイツ圏を選んだ理由は他にあった。格調も品位も、あった方が好ましいけれど、私は友人ほどそれ等を珍重しない。カジノ場は一種の戦場であるから、まず戦いやすい条件を眼目にして選ばなければならない。

その点、ドイツ人気質というやつは、なんとなく重厚で、変わり身が乏しい感じである。

《ありえないもの、

ドイツ人のコメディアン、

日本人のプレイボーイ》

という言葉があるが、博打の相手としては正攻法でくるだろうだけに比較的御《ぎょ》しやすいのではないか。

カジノには、保養地カジノと観光地カジノと二種類あり、外国の団体客をドサドサッと呼んでうわッとコロしてしまおうという観光カジノに比して、保養地カジノは周辺のやや固定した客を相手にするだけに、諸事いくらか穏健であろう。

音楽だってまず序奏がある。最初、穏健なところからスタートしてなんとかこっちのペースを作り、それから修羅場の観光地カジノに向かおう。

時差ボケの疲労をとるためにホテルでひと眠りすると、すでに夕方。近くの寺院から夕べの鐘がひびきだす。その鐘の音に送られて出陣。

「今日は償祭日だからね。勝負は明日からだ、わかってるね」

「神さま、うまく行きますように」

「馬鹿なことをいうな」と私はいった。

「オレたちに神なんかあるものか。博打はすべて人為的なものだからな。ポイントは努力だぜ」

三十年ぶりの地ゴロの心境である。ああ、この燃える感じ、獣になったような壮快感。

今世紀初頭に建ったという堂々たるクーアハウス（市営保養娯楽会館）の奥まった一室に、ルーレット五台、ロシアルーレット一台、ブラックジャック一台。最低チップが二マルク（約二百二十円）だからカジノの常識としてはレートが安い。

老人が八割。特に老婦人が多い。西ドイツのカジノは特に勤労中産階級のレジャーという感じで、いたって物静かだ。おそらく老人たちは年金の一部を小遣いにしてここで暇つぶしをしているのだろう。

部屋の隅の長椅子に拠って、科学者のような顔つきで出目帳をにらみ、ここぞというときのみ百マルクチップ（約一万一千円）を張る紳士。最低の二マルクチップを一枚か二枚ずつ目張りにおいて長く楽しもうという婦人客。全体に研究者的《マニアック》な客が多く、盤面を回す間隔も緩やかで、客の方が考える時間が十分にある。

このへんが観光地カジノとちがうところで、ラスベガスでもマカオでも、ディーラー養成学校の基本第一課に、盤面をドンドンたて続けに回して客に考える余裕を与えない、という心得があるという。これでは裏ドラ一発麻雀と同じくツキ勝負になりやすく、それにくらべてヨーロッパカジノは技術の戦いができるといえよう。

「どう？　いけそうかしら」とM君。

「ここで負けるようじゃ、お先まっくらだね」と私は答えた。

私は二百ドルをチップに変えて、出目をつけながら五台あるルーレットを順ぐりに張ってまわった。見学してるだけでも出目はとれるが、やはりチップを少しでも張っていた方が、微妙なところがわかる。

二百ドルは五台のルーレットを回っているうちになくなってしまった。しかし、まァまァよろしい。

M君がB卓で、なかなか順調である。二百ドル分が倍くらいに増えている。ひとしきり戦ってM君が立ちあがったとき、一応今夜は引揚げようか、と私はいった。

「そうしましょう。で、どうだったの？」

私は両手を拡げてハコテンの格好をした。

「あれ、本当――?」

「いいさ、その分だけ君が勝ってる」

カジノは午後四時から午前二時までなので、場内はまだこれからというムードである。しかし私たちは寺院のそばのスナックに引揚げてビールを飲んだ。

「灰皿を換えにくるおっさんがね、こんなものをくれた」

M君がそういって、ルーレットのセオリーが記してあるパンフレットを示した。

敵の裏をかいてカドカドを狙え

ここで簡単に、ご存じない方のために競技方法を記しておこう。

図Aのとおり、ゼロを含めて三十七の目のある盤面を回して小球を投げ入れ、球がとまったところの数字へ賭けていた者を勝ちとする。

一目に張って当たれば三十六倍、二目にまたがって張ればどちらの目が出ても当たりになるかわりに配当は半分の十八倍になる。たくさんの張り方があるが、当たる可能性と配当率は逆比例になっている。

一般には、赤、黒、奇数、偶数などの半々の可能性（したがって配当率二倍）に張るのが無

1	一目張り	36倍
2	二目張り	18倍
3	横一列	12倍
4	四目張り	9倍
5	横二列	6倍
6	縦一列	3倍
7	1/3張り	3倍
8	縦二列	1.5倍
9	2/3張り	1.5倍
	赤 or 黒	2倍
	偶数 or 奇数	2倍
	前半 or 後半	2倍

図A

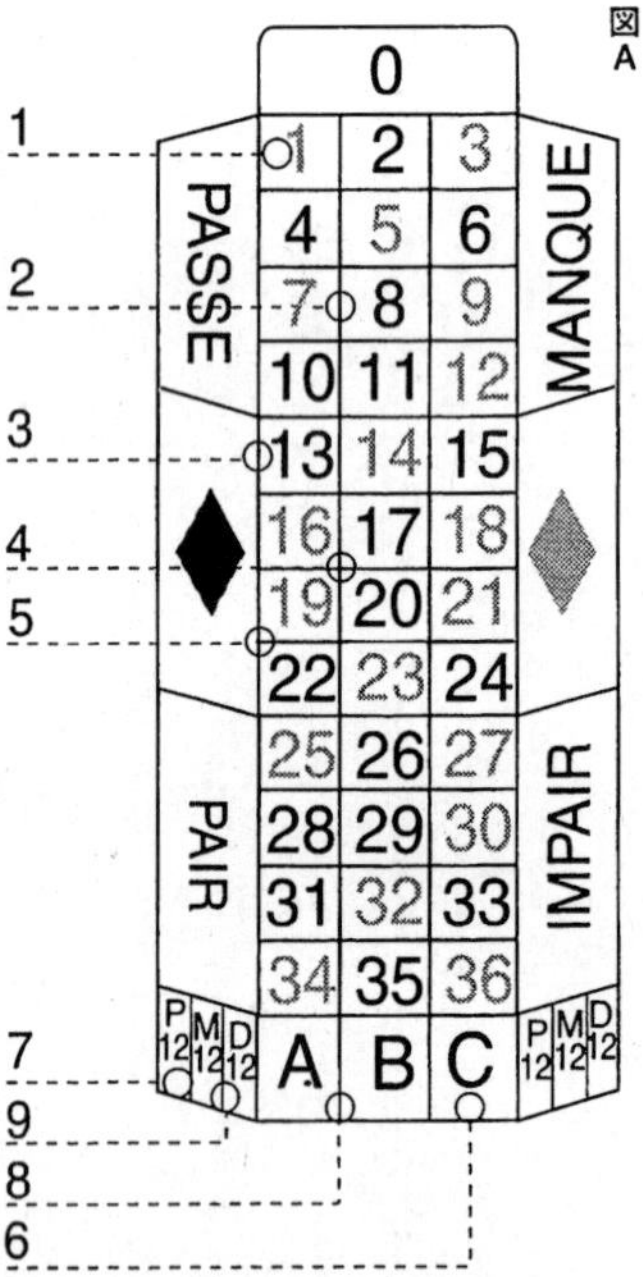

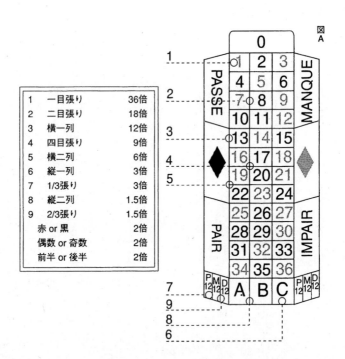

難な初心コースとされているが、私はそう考えない。配当率二倍のコーナーは、ないと思っていたい。

当たって倍にしかならないのでは、勝ちらしい勝ちをおさめるためには、五回に三回のわりに勝ち続けなければならない。長く遊ぶ場合これはそうやさしいことではないように思われる。それが可能なときにはべつの張り方をしても勝てるし、その方が勝ち足が早い。

ルーレットには、次の目を絶対にこれだといいきれるものはなにもない。どんなに当たる確率が高かろうと、はずれれば元金は消えてしまう。当たりは貴重な当たりなのである。配当率二倍では私は嫌だ。

縦列、あるいは横の四列、つまり全体の1/3に賭けるコーナーがある。配当は当然三倍。三倍になるなら賭けてみる理由はあろう。といって常時ここを攻めるのは危険である。

配当率の一番低いところはどうしても狙い撃ちの大張りになりやすいので、勘がチグハグになると大敗を喫する。波に乗っている時期なら大丈夫。またはツイていないとき、ひと息入れて冷静さをとり戻してから小手試しに張るときなどに使う。

では一番配当率のよい一目張り（三十六倍）がよいか。一目ばかりばらばらとたくさん張る人がいるが、当たっても結局貯まらない。台には必ず濃い目（よく出る目）と薄い目（あまり出ない目）があるもので、一目張りはその濃い目に対する狙い撃ちに使うべきであろう。

すると中心は、前記以外のコーナー、たとえば横一列（十二倍）横二列（六倍）四目張り

（九倍）ということになる。慣れてきたらその時の自分の調子によって、他の張り方を併用する。

くり返すが、当たりはいかなる場合も貴重な運なので、いかなる名手も百発百中というわけにはいかない。だから当たったときに爆発度を大きくするのである。

Ｍ君がもらってきたパンフレットは、思いがけなく大変に役に立った。

簡単に紹介すると、それは図Ｂのようなもので、三十六（プラス０《ゼロ》）の盤面を三区画に仕切ってある。ゼロを含めた十七目をゼロ・ピーセス、対位にある十二目をシリンダー・ピーセスという。盤面の数字は順不同であるが、レイアウト（張卓）の方は1から36まで順序よく三列に並んでいる。

中には４・７のように縦に並んでゼロ側に属している目があり、こういう所を一枚のチップでかけるようにすると、
０２３、４７、1215、1821、1922、25262829（四目張り）、3235、の7個のチップで17目が押さえられるわけだ。
同様にシリンダー側は、５８、1011、1316、2324、2730、3336、計六個のチップで12目が張れる。残った数字に張ろうと思えば、１、６９、141720（三目二点張り）3134、計五個で８目を張れる。

これは麻雀における１４７、２５８の筋のようなもので、アメリカ・アジア圏は盤面の配列がちがうが、ヨーロッパカジノは各国一方式だからこれを覚えておけばどこでも通用する。

私はホテルでこれを眺めてベッドの上に起き直った。

「おい、これはすばらしいぞ」

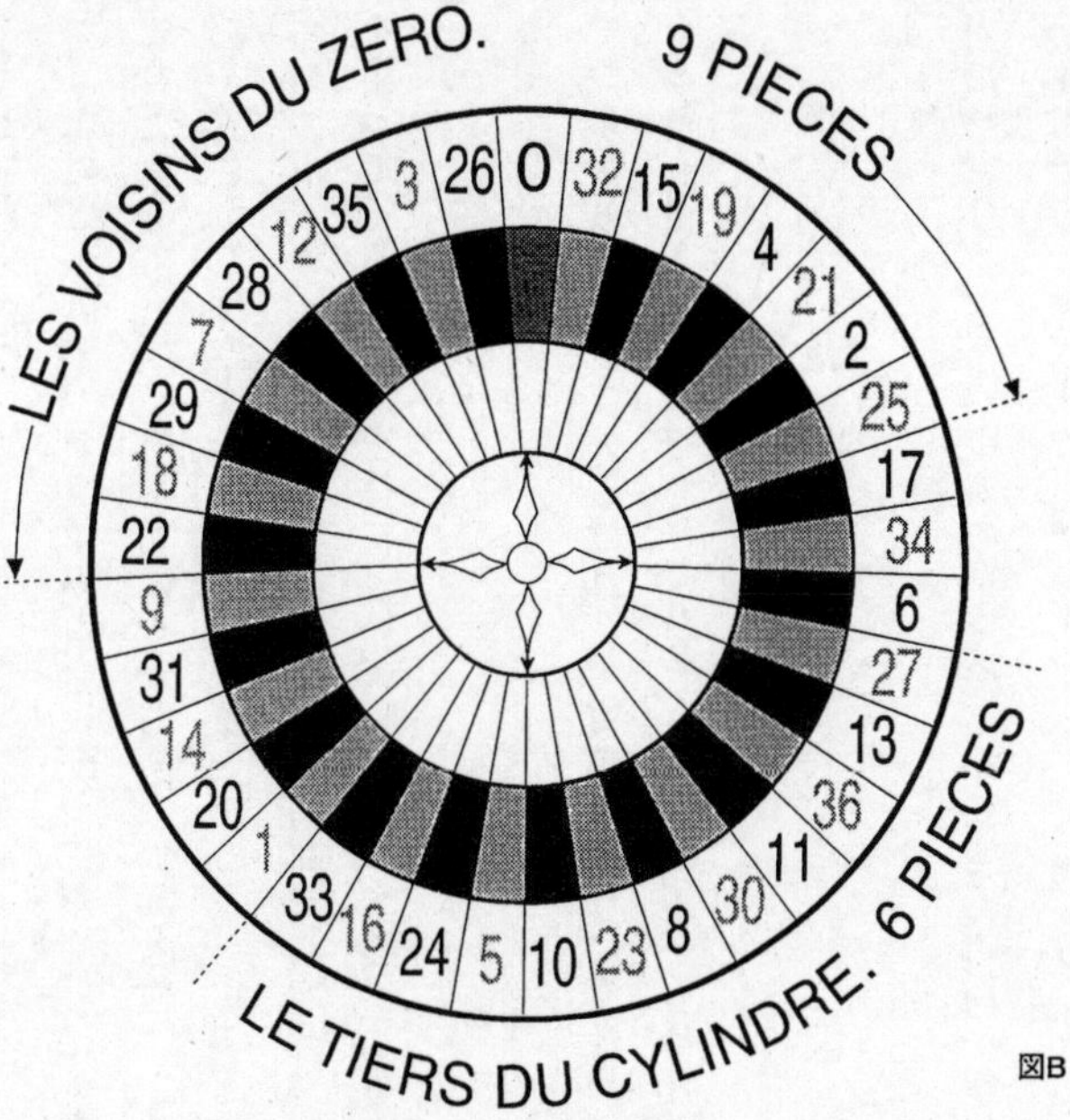

図B

「うん、なるほど——」とM君もいう。

「基本セオリーですね。だけど、このパンフはみんなに配ってたぜ。ぼくたちだけの知識じゃない、このとおりの張り方をしても、それは常識なんじゃないかな」

「だからいってるンだよ。客たちはみんなこれを見てるンだろう。このとおり張るとして、それで勝てると思うかね。カジノがそこまで親切なもンか。客にこのセオリーを教えておいて、連中《ディーラー》はきっとその裏を狙ってくる。を捨てといてカンで待つようなもンだ。だからわれわれはこの裏を狙おう」

「なるほど、裏というと——」

図ではチップ一枚ずつの張りになっているけれど、実際は張りに濃淡ができてこよう。ゼロ周辺はディーラーがもっとも狙うところであり、おそらくこの辺がもっとも張りも濃くなるだろう。

「われわれは各ブロックの境い目を濃く狙おう」

「カドカド狙いか、よォし」

翌日は公園で陽に当たり、リンデンバウムの葉をそよがしてくるいい空気をたくさん吸って頭を澄まし、明るいうちにカジノへくりこんだ。

昨日の経験で私はB卓に眼をつけていた。この卓はわれわれの符牒でいう根ッこ(同じような目が二度続くこと)が多い。二度、近辺が出て、他所へ飛び、また根ッこになる。ごく乱暴にいえば、当たったら置き放しにし、二度に一度ずつ飛ぶ個所を判断すればいい。

しかし今日はどうか。私たちは慎重に、しばらく立って出目をつけていた。根ッこがやはり出ている。そうしてカドカドが多いような気がする。

「気のせいだろうか」

「いや、確かにカドカドを狙ってるみたいだね」

「これも完全な必勝法じゃないよ。だが、賭けてみる値打ちはありそうだな」

M君が先に張卓《レイアウト》のまわりの椅子にすわった。まもなくまた一つ席があいて、M君から一人おいた場所に私もすわって張った。M君と隣同士の方が何かと相談ができて都合がいい。私とM君の間にいるのはスラブ系らしい顔つきの中年女性。まもなくハコテンになって立ち去るだろう。

最初に出た25を四目張りでとった。M君は22 25の二目張りでとっている。張ったチップを置き放しておくと、根ッこ。

幸先がよろしい。もちろん二人とも無表情。カドカドの目は、1、6、9、17、22、25、27、33。このうち6 9、22 25は縦にまたがって張れ、25 27は同じ横一列、この間の26はゼロの隣りの大事な目だ。ゼロのもう一方の隣りは32で、これは33と隣り同士。

したがって、22 25 27のブロックが本線で、6 9、32 33が押さえということになる。

私たちはここを中心にし、あとはおのおの勘で押さえた。ディーラーが、日本野郎《ジャップ》、よく拾うな、という顔をしている。だが目立つほどの大張りをしていないので特にマークはされていない。

出目はもちろんそう単純ではないので、カドカドを嫌うときにはその隣りの目に注目した。即ち、2、13、16、18、20、31、34である。この場合16 18が横一列、31 34が縦隣りで本線。

私たちの間にいるスラブ女史も着実にチップを増やしていていっかな立とうとしない。彼女は台の癖を知りつくしているらしく、濃い目を巧く張り、丹念に拾っていく。で、こっち二人はなかなか並べない。

もちろん周辺の客一人一人の張りの様子を頭に入れてなければならない。上げ潮の人がどう張ったか、下がり調子の人がどう張ったか、それも判断の一つの尺度になる。

目張り専門だったスラブ女史が珍しく赤に大きなチップをおいた。彼女の出目帳をのぞきこむと、なんと黒が十回も連続して出ている。こんなことは珍しいので、赤の狙い目と見たのであろう。

が、次も黒の31だった。彼女が迷うことなく、大きなチップを二枚、赤においた。

「4《フィア》、黒《シュヴァルツ》です！」

ディーラーの声が静かに響く。今度は赤に四枚、彼女の頬が紅潮している。

また黒——。十三回連続の黒だ。立って見ていた痩せた老人が現金で二マルク、赤においた。彼はもう二時間近く張らずにじっと辛抱して見ていたのだ。

黒——。十四回目。老人が五マルク、赤におく。十五回目の黒。次に十マルク投げ出して、老人は両手を胸のあたりにおき、祈るような形で盤面を注視した。十六回目の黒――。何度目に赤が出なければならぬという法律はない。老人はのめるように立ち去った。私もM君もすかさず赤に百マルク置いた。次が赤――!

スラブ女史のツキはそのときを境に彼女を離れたようだった。そして、この点はさすがだが、浮きチップをかなり減らして、思いきりよく立ちあがった。ちょうどM君が三十六倍を当てたときで、

「フォルトレフリッヒ(うまい!)」

彼に対する祝福を忘れずに。

大勝利とはいえなかったが、私たちは順調にチップを増やした。特にM君は二日連続の勝利でご機嫌だった。

「ドイツはいいね、女の子は綺麗だし、空気はいいし、博打場は甘いし。ドストエフスキーはよっぽど筋が悪かったンだな」

「まァ待てよ、M君――」

たしかにドイツ娘は美しいし空気もいい。だがしかし、と私はいった。

「オレたちはツイてた。博打は結局ツキさ。勝ったら、これは偶然なのだと思わなくちゃいけない。偶然、ディーラーの狙いと一致したんだ。明日はどうなるかわかるもんか」

確率のゲームゆえに確率にたよるな

しかしM君は、異国での勝利の味に有頂天になっていた。

むりもないのである。カジノというところはけがしない程度にサラッと遊んで帰れば上出来で、旅行者がいきなり飛びこんで場銭をかっさらったなんてお話の世界のことであろう。それなのに、私とM君と合わせて千四、五百ドル（四、五十万円）稼いでいる。

M君はなかなか有能な編集者だが、麻雀も強いし、海外のカジノ遠征も頻繁で、羽田の税関が彼のパスポートを見てあまりに出入りが多いので、麻薬密売人かと疑ったという男である。しかしいつもブラックジャックが主でルーレット専門は今回がはじめてらしい。

その夜、ホテルに戻って、カドカド目張り表なるものを作りだした。

夜半に私が眼をさますと、まだ机に向かっている。カドカド隣り目早張り表を作り、そのまた隣り目早張り表を作っている。ディーラーがカドカドを狙って投げても、その一つ二つ隣りの目に入ることもあるというわけだ。

「おい、少し寝ろよ。明日は移動日だぜ」

しかし、結局、彼は一睡もしなかった。朝の光が部屋にさしこむころ、ベッドに腹這いになって、昨日丹念にうつしとった出目表をまだ眺めている。

「いいかげんにしろよ。君は多分むなしい努力をしているンだ。寝た方がいい」

「しかしねえ、これは絶対だよ。出目帳を眺めているとディーラーの思惑がよくわかる。カドカドが四割、ゼロ攻撃でその周辺に落ちている回が二割。六割ひろえれば必ず勝てる。ヨーロッパで島ぐらい買えるかもしれないよ」

「昨日の勝ち方なんか忘れてしまえよ。昨夜オレたちは偶然勝ったんだ。昨日の方式で明日も勝てる保証はない。それどころか、そう思いこむのはひどく危険な道だ」

「しかし方法論をもたなければ重たく張りこめない。勘だけじゃあやふやだもの。博打はオールセオリーの遊びだって阿佐田さんがいつもいっているじゃないの」

「博打自体はセオリー的なものじゃない。でたらめで、風のように気まぐれなものさ。ただ、博打というテキと戦うとき、オレたちの武器はセオリーしかないといってるんだ。そのセオリーも一方式に固定させたらまずい。カドカド狙いなんて、そんな簡単なことでいつも勝てるンならカジノは破産しちまうよ」

「でも、もともとあんたがいいだしたンじゃないか。それに僕等はこの方式で、現実に勝ったンだ」

「昨日はパンフレットを配っていたから、その裏に賭けてみたンだ。この先行くカジノでパンフレットを配っているかどうかわからないだろう。どんな相手だかわからんのに、カドカド狙いに固定させるなんてスジが悪いもいいとこだ。思いこみや早呑みこみは物事を単純にしたり杜撰《ずさん》にするばかりで、実体とどんどん離れてしまう」

「じゃア、どうすればよいンだ」

「博打の根本は認識だからね。でたらめで気まぐれな現象を、どのくらい精密に認識できるか、これが力なんだ。そのためにはこちらが、まず最初にいつも白紙に戻る必要がある。剣の極意とおんなじでね、自然体で構えるのさ。向こうの出方にすばやく対応すること、これがセオリーだ」

「そんな観念的なことじゃよくわからない」

「だまってきけよ。ここは大事なポイントだからな。――しかし、完全な認識はありえない。だから、どんな方法で勝とうと、勝ったのは偶然なんだ。いつもそう思わなくちゃいけない。一定の方式や力で勝ったなどと思うのは、自分の認識や判断力を不正確なものにする道なんだよ」

「いいよいいよ、あんたはいつも人のすることにケチをつけて、ご機嫌なんだ」

「ルーレットは確率のゲームである、と人々は思っている」と私はかまわずに自分の言葉を続けた。

「だから過去の出目に執着する。そうして、数字というものは、平均に、或いはみずからの確率に応じて出なければならない、と思いこむ。赤と黒としかなくて、黒が十回も続いて出ると、もうそろそろ赤が出るころだ、と思う。昨夜のおばさんを見給え。彼女は相当に達者だよ。でも、あの始末だ。数字は生き物じゃない。風のように無機質なものだ。黒が何十回続こうと誰も文句をいう筋合いはない。確率という奴は十年二十年の間に平均値が出てくるものだが、ギャンブラーが欲しがるのは次の一発に何が出るかというやつだ。確率ではその答えはでてこない」

「――」

「もしどうしても赤に張りたいなら、あのおばさんは、赤の目がひとつ出てくるまで待って、それから赤に張るべきだった。黒の嵐は何度続くかわからないのだから、一応それがおさまるまで待つのだ。それでも絶対勝てるという保証はないが、オレならそうするね。死に目をストレートに追うなんてことはしない。そこまで待てないで、黒の復活を追う形になるのは、目のかたよりは不自然で、もうそろそろ黒の出番のはずだ、という人間独自のしたり顔した小理屈にはまるからなんだ」

「その点は、僕も同感だ」

「みんなが丹念に出目をつけ、赤黒に限らず、不自然に出ない部分に注目して、それを追う。しかし、客が大敗するケースの代表的なものは、死に目を追って、昨夜の例を見てもわかるように、死に目と心中してしまうやつだ。いいかね、一方カジノ側に立って考えてみると、そういう客を相手にしている以上、すべての目を平均に出しているのでは、客にあそばれてしまう。目に濃淡をつけなければならない。客を新陳代謝するには、いつもどこかの部分が死に目になるようにする。ディーラーの思惑とはそうしたものにちがいない」

「ふうん――」

「ルーレットは確率のゲームである。それはそのとおりだ。しかしルーレットは、死に目に張るゲームじゃない。大半の客はそこを勘ちがいしている。死に目をみつける努力ばかりしているンだ。確率という言葉が今のような形で人々に意識されている間は、カジノ側は安泰なのさ」

「しかし、じゃァ何をたよりにしていけばいいんだ」

「まァ先を急ぎなさんな。とにかく今、心すべきことは、あらゆる意味で思いこみをしないこと。特にルーレットのように表面無原則なゲームはこれが大事だね」

卓と抱き合ってダンスを踊れ

私たちはフランクフルトからスイスのジュネーブまで飛び、そこから車で三十分、国境を越えてフランスに入り、ディボンヌという保養地に行った。

ここはジュネーブにいる外交官や、世界じゅうの金持の別荘があるところで、今、もっともレートが高いといわれるカジノがあるところだ。

カジノ場のすぐ裏手のホテルに巣をかまえ、すぐに偵察に出かける。

映画に出てくるような、典型的なカジノ場で、素敵なレストランが室内の半分を占めている。

ルーレット台九ツとバカラが二台。

最低チップが五フラン（四百円弱）。しかしそれは隅の二台だけで、あとは最低十フランの台、二十フランの台、五十フランの台と台によってそれぞれレートがちがう。

私はミニマム二十フランの台を中心に、その癖を見て回った。同じ精力を使うなら、安い卓ではつまらない。但し、高いレートのところはディーラーも精鋭がそろっているはずである。

今朝の討論以来、M君の機嫌が悪く、あまり口をきいてくれない。

徹夜の所産である早張り表を片手に、彼はディーラーの横手に立って、じっと出目を眺めている。

「どうだね――」

「うん、どうって――、今夜は張らずに見てるよ」

私はニヤッと笑っていった。

「カドカドは出てるかい」

それがM君の自尊心をいたく刺激したようだ。何故ってM君がつけているその卓の出目をのぞくと、カドカドなんて十回に一度くらいしか出てなかったからだ。

勢いこんで昨夜と同じ張り方をしていたら大敗のケースであった。

珍しく日本人の団体客がドヤドヤッと入ってくる。よく見ると先頭に立っているのは、同じ飛行機で日本を出発した団体客のコンダクターSさんである。

ちょうどその団体がジュネーブに宿泊してるとかで、有志をつのって駈けつけてきたらしい。

やあ、やあ、とお互いに握手。

「どうです、調子は」

「今日までのところは、まァまァですな」

「そう。阿佐田さん、ここはね、スイス銀行に匿名預金をしてる金持が、その利子で遊ぶところなんだ。いくらとったってかまわない。金持の豚野郎をうんとカモってくださいよ」

「そちらも、ご成功を祈る」

しかし、豚野郎にしては噂にきいていたほどの張り方ではない。レストランの方には、肥えた、うまそうな豚野郎が多数集まっていたが。

私は三百フラン（一フランは約七十五円）ほどチップにかえて、それがなくなってもいいつもりだったが、今日は逆にいくらか増えている。

寝不足のM君の身を思って、正面テーブルでバカラがはじまるころ、私たちは一応ホテルに引きあげた。

「予想したほど大張りがないね」

「そうだな、特別室でもあるのかな」

翌朝、窓辺の小鳥の声で眼をさます。カジノの中は修羅場だが、一歩、外を見渡すと、明るく美しい芝生と森にかこまれた別天地で、こんなところに一軒借りてひと夏すごしたら、さぞよかろうと思う。

だが、そういう感慨はもみ消さなくてはならない。私たちは猛獣狩りに来ているのである。午後四時の開場とほとんど同時にカジノ場へ。ワンチップ二十フランの卓へ坐ってポツリポツリと張りだす。

時間が早いので、客の張りもかたよらず、ディーラーも比較的のんびり盤面を回しているように見受けられる。それでも目に濃淡は出るので、こんなときの濃淡は自然の理としてそれなりに注目しなければならない。

たとえば、32と26は同じくゼロの隣りで、ディーラーのゼロ攻撃のさい重要な目だが、不思議に、32ばかり入って26が入らない夜がある（この逆もまたしかり）。この二つの目は同条件であるのにこういう片寄りがあるのは、だんじて人為的なものとは思えない。だからこんなときの26は、その目が出だすまで遠慮なく死に目あつかいにする。

濃い目は、いくらかの例外もあるがその夜ひと晩じゅう続くものである。だから濃い目を十ほど意識したら、今度はその卓のリズムを知ることに努める。

定かならぬ吹きようをする風にも、南南東とか南々西とか名称がつけられるように、どの卓にも目の動き方に特長があるものだ。

かりに全体を横四列ずつの三ブロックにわけ、上から小中大と意識すると、

㋑小中大小中大と小動きするリズム。

㋺小小中中大大と二つごとに飛ぶリズム。

㋩小中小中小中と小戻りするリズム。

㋥小小小小大大小と片寄るリズム。

原則的にこの四つのリズムが交錯する。その交錯の仕方に特長がある。中にはまったくリズミックでなく、特長をとらえにくい卓もあるがこの卓は敬遠すればよろしい。㋑のリズムが長い卓も、私は坐らない。なぜなら小が出たあと、中か大か、可能性は2/3におよび、張りを拡散してしまう。

㋺㋩㋥のリズムなら、それぞれのリズムに応じて次のブロックの中の濃い目を中心に狙うのである。

たとえば㋺のリズムに代表される卓があっても、十五分から長くて三十分ぐらいで必ずリズムの変り目がくる。こないで延々と一つのリズムが続く場合もあるが、まず、くると思っていたほうがよろしい。

一度ちがうリズムになったら、すばやくこちらも頭をきりかえて次のリズムに合わせる。その卓と抱き合ってダンスを踊るつもりになればいいので、ステップがぴったり合ってくればしめたものである。

むろん横四列でなく、横二列の六ブロックにわけて考えてもよい。縦列を中心にしてもよろしい。またいろいろな考え方を併用していくことも大切で、たとえば小のブロックの四列のうち、123と101112を端列、456と789を中列と考える。大中小含めて中列が濃く出たあとは端列のシーズンがやってくるものであり、そういうふうに幾重にも考えをダブらせて本線をきめていくのだ。

これが平穏なときの私の張り方である。平穏とは、大張りの客もおらず、混み合いもせず、ディーラーが比較的のんびりこちらを遊ばしておいてくれるようなときで、人為的なものより台自体の自然なクセが出やすい。

客の張りが片寄ってきたり、混みすぎて新陳代謝が必要なときはべつである。それはまた後述しよう。

私はしばらく一進一退を続けたあと、確実にチップを増やしていった。ステップが合いだしてきたら、このゲームは山あり谷ありを通過しながらも一定のペースでどんどんチップが増えてくる。この夜、私としては今回の遠征中最高の勝ち方になった。

反対にM君の調子がわるい。どうしても例のカドカドのイメージから自由になることができず、自分流のステップを踏んでしまう。

それもあるが、例の討論で出端をくじかれた感じがあり、その気分の落ちこみが影響しているのであろう。悪いことをしてしまったなと思う。

いつのまにか時間がたって、夜半になった。安いレートの卓が客がまばらになり、ワンチップ五十フランの卓が盛っている。それからまた、ワンチップ百フランの卓が新しくスタートして、ここは、五千フランや一万フランの四角いチップが飛び交っている。

「いよいよ金持の豚野郎のお出ましだな。こんなおそい時間にスタートするのか」

私は自分の勝負を切りあげて、M君と一緒にその卓を見物に行った。

すさまじい熱気、かと思ったが案外である。たしかにディーラーは緊張していた。しかし張り客は、いずれも有るにまかせた放縦な張り方で、量は多いが、無原則な現象と知恵争いをする迫力に欠ける。

十人に一人、馬鹿ツキして勝っている客がいる。大半はダラダラと負けてしまう。それだけの話で、勝つも負けるも、麻雀と同じく張り方を一見すれば地力のほどがすぐわかるのである。ルーレットに関する限り、金持とは、ただ金をたくさん持っている人間なのだなという印象が深い。ギャンブルは、やはり貧乏人のものだなと思う。

誇るに足るかどうかは別問題だが、日本のように、せまい島国にたくさんの人間がいて、アップアップしながら暮しているところでは、ギャンブル技術が最高に発達するのである。

名手はツキの嵐に乗り風の如く去る

私たちはそれから約一週間、南フランスのコート・ダジュール海岸を攻めた。

ここは有名なモナコのモンテカルロをはじめ、ニース、カンヌ、マントン、サンジュアン、イタリア領のサンレモなど、カジノの密集地帯である。

私たちはまん中のニースに宿をとって、連日、あちこちのカジノを歴訪した。ホテルの前に車をとめているジョセフというタクシーの運ちゃんと親しくなって、彼が毎日、タクシーで送り迎えをしてくれる。

ジョセフは気のいいイタリア系フランス人で、第一次大戦中は例の私たちの第一目標地ヴィースバーデンあたりでドイツ軍と交戦していたという。

「だからドイツ人は大嫌い。俺は日本人客専門さ」

察するに、質朴なドイツ人とちがって、妙に金使いの荒い日本人が好きなのであろう。

私たちがはるばる日本からカジノをやりにきたとわかると、それはやめたほうがいいと忠告してくれた。

「どうしても行くのなら二時間でやめてきなさい。ぐずぐずしてるとみんなとられてしまう。悪いことはいわない」

ジョセフ君としては、自分の収益になるかもしれないものをカジノに吸いとられることに不安を感じたのであろう。

南仏での最初の夜、勝って帰ってきた私たちを見て、彼は眼を丸くした。

「トレビヤン！　運がよかったね。さアこれで気がすんだろう。明日はべつの方角に行こう。このへんはすばらしいところばかりだ。まず、どこを案内しようか」

「カジノさ——」

「ああ、助からねえな」

名所旧蹟など私は興味はない。だからコートダジュールの紺碧の海も、グレース・ケリーもピカソもマチスも、まるで無関心。

モナコではグランプリレースがおこなわれていたが、これも興味の外。

しかしモナコは、このレースを見物にきた若者たちでハチ切れそうで、カジノも満員電車のように混み合っていた。

人波のうしろに立っているばかりで、ろくすっぽ張れもしない。

「M君、見てろよ、今日の出目は死に目がきついぞ」

「なるほど、これだけ混めば、どんどん客を入れかえなくちゃね」

どの卓もみんな目が片寄っている。客たちはそれを見て、死んでいる方角に競って張りこみ、ドンドンとられている。

しかしあとからあとから小羊たちがカジノに入ってくるのだ。

目の片寄りに合わせていけばなんとかなったはずだが、ほとんど場所がとれないし、グランプリレースは公道を使うので夜更けて交通規制でもされてはいけないので、私はほんのすこしマイナスしていたが早々に退散することにした。

そのとき、私たちは、カジノにはいたるところにベルがあるのだということを知った。

玄関も大混雑をしている様子なので、M君がすばやく、制服を着た守衛に10フラン握らせて、タクシーを手配してくれるように頼んだ。

金の威力はてきめんで、慇懃《いんぎん》に礼をのべてから、パッと片手をあげて壁によっかかるような格好になった。

なんにもないただの壁だと思っていたその部分がベルになっていて、直接タクシー屋かなにかに通じているらしく、すぐに一台の車がやって来て、守衛が人波をかきわけ、そのドアをあけてくれた。

玄関ロビーにそれがあるくらいだから、カジノの中にはいたるところに隠しベルがあるのである。

カンヌの海岸カジノ（私営で冬は休業する）で私たちはその証拠を見た。

カンヌはちょうど映画祭をやっていて、ここもお祭り騒ぎ。そのせいかヨーロッパのカジノの中でここが一番活気があった。

南仏のカジノはどこも最低ワンチップ十フラン。客は観光客あり、金持あり、地ゴロありで玉石混淆。

私たちがそのカジノへ入場したとき、ちょうど一緒にチャーチルに似た五十がらみの大男が入ってきて、千五百フランほどチップに換えていた。

くわえていた葉巻を、大きな鉢植えの泥の中へズブリと突き刺すと、スタスタ大股に台の方へ歩いていく。

「オヤ、あのチャーチルめ――」と私はM君にいった。「ギャング映画ふうだぜ」

実際、今までのカジノが物静かすぎたので、なんとなくものたりないところだった。

私たちはミニマム二十フランの卓へ坐ったが、そこでも注目すべき男にぶつかった。

黒シャツ、鼻下に髭をたくわえた浅黒い中年男で、修羅場を生き抜いてきた精悍さがあり、面構えが他の客とまるでちがう。私たちは勝手に彼を〝コルシカ〟と呼んだ。

コルシカは、大のブロックの31、32、33、34、35、36にそれぞれ百フランチップを五枚ずつ張り、その二列の横に同じく十枚ずつおいて横からも攻め、さらにその六つの目のうち、四目張りを二か所、十枚ずつ重ねている。

カラカラッ、と盤面が回り、球が32に入る。一目張りで百七十五枚、横一列で百十枚、四目張りがダブって八十枚ずつの百六十枚、それだけの百フランチップを受けとって、同じ場所に前と同じ枚数を置き放し。

すると次も36が入る。配当は四目張りがダブらない分だけ八十枚すくないが、それでも彼の前はすでにチップが山となっている。

また、置き放して、次も31。私は席についたばかりで眺めていたが、大の嵐のリズムに入ったところらしい。

次は32、次が34。コルシカは無表情。髭すらピリリともしない。ポーカーをやらせたら強そうな、実にいい無表情だ。

一回の張りが計七千フラン（約五十二万円）、配当が五倍から六倍である。

次も36。すると配当を受け取ったコルシカが突然、張りをひっこめてポケットに突っこみ、立ちあがった。30台の嵐はもう一回続いたが、そのあと他のブロックに出目が移る。

そのあたり、実になんとも味のある引きぎわであった。

「ウーン――」とM君が唸った。「ここはちょっとおもしろそうだね」

ところが、いれかわるように例のチャーチルがべつの台からこちらへ移動してきたのである。

ビー、ビー、とどこかでかすかにベルが鳴った。

彼は二、三番、手を出さずに様子を見ていたが、たしかに出目はその間小動きしていて不安定であった。四度目、中列の14、17、20、23、の一点張りに百フランチップを五枚ずつ張った。

さっき千五百フランしか換金しなかったはずだが、べつの卓で増やしてきたらしい。

とたんに、17。百七十五枚のツケ。

やはりこれもおき放しで、次が23。

チャーチルはその次に張り数字を移動させて小ブロックの中列2、5、8、11へ。すると鮮やかに小の5にきまる。

次、中ブロックに復帰して、その一回ははずしたが、次も同じ張り目で14、17、20、23。それに重ねて、16 17 19 20と、17 18 20 21の四目張り二点を併用する。

これが見事に一番配当のいい20にピタリ。ディーラーが腐ったような表情で配当チップを積みあげる。

名人ディーラーがノックアウト

さくらではないかと思う方もあろう。が、客に当たりを誇示するさくらならこういう張り方はしない。張り板のブロックではなく、盤面の数字のブロックに合わせて張るはずだ。ディーラーからのサインでどのへんに球が落ちると知って、その周辺の数字に張るのであろうから。

あッというまにチャーチルの姿も消える。コルシカは何食わぬ表情で、バカラ（カード賭博）の円卓に坐っている。チャーチルは場内のどこにも姿が見えない。彼等はせいぜい二十分ほどの時間で、稼ぐだけ稼ぐともうその卓を見捨ててしまうのだ。

そして、その夜、さらに大物が私たちの眼前に現れた。色シャツに泥臭いネクタイ、一見したところ下町のレストランの親爺ふうで、私たちはカポネと呼んだ。

カポネが最初どの卓にいたかは知らない。最低五十フランのその台で張りはじめたとき、小さな四角いチップ（千フラン）をポケットにぎっしり貯めこんでいた。

そうして、いきなり1に千フランチップをおいたのだ。そうしてまわりの八か所を五百フランの丸チップでとりかこんだ（図C参照）。

全部で九か所。１を中心に横三列（この場上列は０《ゼロ》一点）の押さえになる。中心の１が出たら一目張りが三万五千フラン、０１、１２、１４、の二目張りが八千五百フランずつ計二万五千五百フラン、０１２、１２３、の三目張りが五千五百フランずつの計一万六千五百フラン、０１２３、１２４５、の四目張りが四千フランずつの計八千フラン、１２３４５６の二列張りが二千五百フラン、全部で八万七千五百フラン（約六百五十六万二千五百円）という壮烈な当

図C

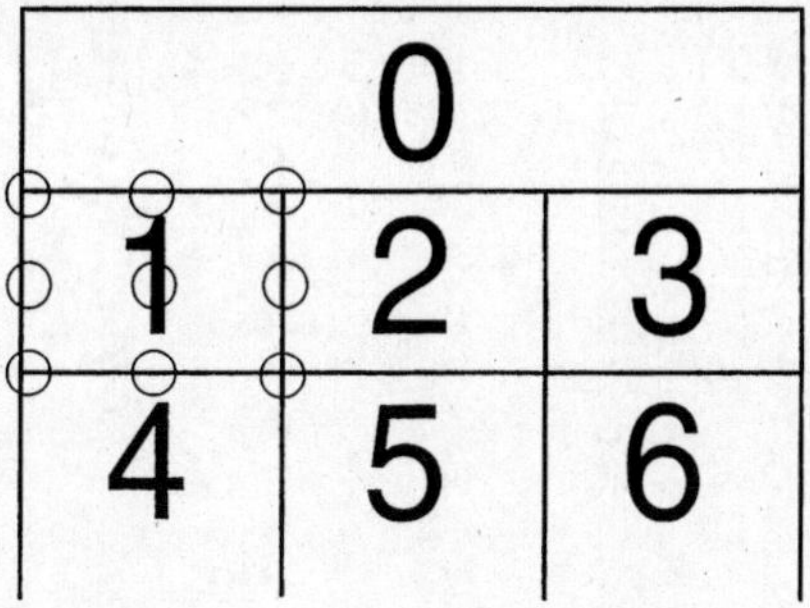

たりになる。対して一回の賭金は五千フラン、（約三十七万五千円）だ。

最初の目が4。一万五千フランの配当で三千五百フラン失い、差引き七千フランのプラス。

カポネは前二者と同じく張り場所を動かさない。

ディーラーが、よし、というように狙い定めて球を投げた。と、なんとしたことか、とまりかけたときに、キーン、とイレギュラーして、スポッと1に入ってしまう。

カポネは積みあげられた八万七千五百フランの中から二千フランほど太い指ですくいとり、ディーラーにほうる。

「メルシーボークー！（ありがとうございます）」

ディーラーの口惜しそうな声。

次に張りが移動して、25の一点に千フラン。まわりの八カ所に五百フランずつ。

ところが入ったのが、なんと25！

ディーラー交替。次は押さえ目の23。その次、元の1中心に移動したとたんに、またイレギュラーして1に――。

カポネは無表情。ディーラーの方がまっ赤に上気して手も震えているらしく、配当チップをパタリととり落としたりする。

カポネは他の客より早くチップを張ってしまうので、むろんディーラーは球を投げ入れるときに、そこだけは避けるように狙い定めているはずである。にもかかわらず、吸いこまれるようにカポネの張り場に入ってしまう。カポネの強烈な運が、カジノ側を圧倒しているのだ。一番大きな四角いチップ、夢の二万フランチップがその台になくなってしまうと、事務所とおぼしき方角から手押車で四角いチップを運んでくる。おそらくベルが通じているのであろう。が、それも束の間。カポネにすぐに残らず巻きあげられてしまう。カポネの洋服のポケットは、内ポケットまで二万フランチップがぎっしり。両手にもぎっしり。一万フラン以下のチップは持ちきれなくてディーラーに預けてある。

台側がまたハコテンで、手押車がふたたび出場。カジノ側の上役らしいのが五、六人やってきて眺めている。が、カポネは表情も変えない。

そうして三十分もしただろうか。カポネは浮き分を残らず受けとると、ゆらりと向こうの台をのぞきに行った。ディーラーがすかさず、台の下のベルを押すのを私は見た。奴をマークすべし、という合図が向かいの台に伝わっているのであろう。しかし、カポネは向こうの台をチラとのぞいただけで、バーカウンターの方に足を運び、何食わぬ表情でコーラなど飲んでいる。

私たちは張りを中止し、啞然としてカポネを見守っていた。私もその日はかなり勝っていたが、全然勝ったような気がしない。

カポネの稼ぎを邦貨に換算していたM君が「ウーン、四千万円までは数えていたンだけどなァ」といって大きな溜息をした。

ツキ男をマークし徹底的に利用すべし

私たちはその翌日もカンヌへ行ったが、彼等には会えなかった。私たちが滞在していた間、毎日再会を期待したが、とうとう会えずじまい。もっともあれだけ稼げばチョコチョコやらなくてもよいわけである。

私はそう好調とはいえなかったが、辛うじてバランスをとって、モナコの一夜をのぞき、連日プラスしていた。

M君の方はディボンヌの大敗以来、立直って善戦しながらもひと息不足で、毎日少しずつのマイナス。

「一発はときどききまるんだ。それでツキだしたかなと思うと、あとが続かない。阿佐田さんにはカブトを脱いだよ。つくづく、ルーレットは技術だということがわかった」

「オレはもう大きなことがいえないよ。カポネやチャーチルを見ちゃったからな」

「あいつ等は化け物だよ。でもね、短期戦でツイて勝つというのはそう珍しくないんだ。二週間、ベタに戦って勝ち続けるってのは至難の技だよ。その点じゃカポネと同じくらい化け物だ。僕とどこが具体的にちがうんだろうなァ」

「コーチさせていただいていいかね」

「いやないい方をするなァ」

「また機嫌を悪くさせちゃまずいからね。なにしろ言葉の点で君が頼りなんだから」

「もう謙虚になってますよ。なんでもいってください」

「ルーレットは山あり谷ありだ。山の部分では張りを集中させて配当の爆発力を高めていく。谷の部分では受ける範囲をひろげて、できるだけひろうようにする。これが根本原則だが、しかし山の部分でもガードは必要なんだよ」

「なるほど」

「われわれはセオリックになる必要があるが、しかし実体は偶然なんだ。どんなにことういう勘がしても、押さえ目は必要だよ。オレが、三目、四目張りを中心にしてるだろう。中に濃い狙い目があるんだよ。だがよほどでない限り一目張りはしない。狙っていない目をできるだけ押さえたいからだ。山であると谷であるとを問わず、ルーレットは、狙っていない目をどのくらいひろえるかという点がひとつのポイントなんだ」

「そのとおりだろうな」

「といってどこもかしこも張るわけにはいかない。そのかねあいが三目ないし四目中心になるンだな。山の部分では、そのうちの濃い狙い目にいろんな種類の重ね張りをする。君は自分の濃い狙い目に集中的にチップをおくだろう。オレにいわせればまだ思いこみが強い。その狙い目を信じると同じくらい、偶然だという意識ももたなくちゃいけない。押さえ目が必要なんだよ。南と思ったら北も押さえたまえ。張り枚数の合理性を考えながらだ。それができたら一人前だよ」

「そうは思うんだけど、僕は資金がすくないからね、どうしても手を拡げられない」

「しかし抜ければパーなんだぜ。押さえ目が出て原点、狙い目が出て大浮き。それで数多く当たっていくのがよろしい。安上がりでもやっていくと谷間が短くなる。その反対に、抜けが多いと山の部分がたちまち終わってしまう」

「押さえ目がそんなに来るものかなァ」

「それは力だな。理屈でなんともいえないが経験を積めば大丈夫だ」

「阿佐田さんはそんなに経験を積んでるの」

「ルーレットに関してはまだ浅いよ。しかしオレは三十年も博打をやってる。こういう無原則なゲームは特に博打経験がものをいうんだよ」

南仏での最後の日、翌日の飛行機の時間が朝早いので、本拠地のニースの市営カジノに行った。

ところが市営カジノは閑散としていてさっぱり気合がのらない。そのうえ、私の調子がドン底で、チップがどうしても減ってしまう。

私が意識している十種類ほどの濃い目に球は入るのだが、その十種類のうち、三、四種類に狙いをしぼるので、それがツカないときはチグハグになってしまう。

M君もあいかわらず不調で、もうルーレットを見限って、隅のブラックジャックに手を出したりしている。

「まァいいじゃないの。トータルで十分勝ってるンだから、ひと晩くらい負ける味を味わってみたら」

「そうだな」

「それとも場所を変えようか。私営カジノの方でもう一戦やってみてもいいね」

ツカない夜は深入りは禁物である。それはそうだがせっかくここまで順調に来て、最後に泣きを見るんでは後味が悪い。

私は生き馬の眼を抜く日本で、三十年、打ってきたのである。おのれ、ヨーロッパのド素人に負けてたまるか。私営カジノはすでに二度ほど行って勝っており、どうしてか市営よりも活気のあるカジノだ。

むらむらッと、もう一勝負という気になった。私営カジノに再入場して、私たちは気分を変えるために隅のバーで水割りを飲んだ。

一台のルーレットに人々が群がり集まっている。おや、カポネでもきてるのかな、私たちは飛び立つようにその台に行った。

カポネたちではなかった。有閑階級らしい一人の老婦人がディーラーの隣りに坐り、一勝負すむごとに、大きなハンドバッグから一万フランチップを一枚出して、千フランチップ二枚、あとそっくり五百フランの丸チップにかえて、それを残らず一定の目に張る。
０２３、の三目に千フラン、25 26 28 29の四目に千フラン、あと丸チップをその七つの目に重ねてごちゃごちゃと張り、12 15、32 35、に押さえをちょっとおく。０《ゼロ》周辺を押さえたわけであろう。
しかし、見ているとずうッと同じ目に張っているため、ディーラーに完全にその目は殺されていて、婆さん、たてつづけにとられている。

死者にムチ打つ非情さがないと

昨日のカポネたちと逆に、人々は婆さんの豪快なとられっぷりに眼をみはっているのである。婆さんがコロされていると見て、その逆目や近接したところに張り続けてこまかく稼いでいるしたたかな若者がいる。

「どこにも小賢《こざか》しい奴がいるもンだなァ」

私たちは笑った。その若者は、もみあげを長く伸ばしていて、色浅黒く筋肉質で、私たちの遊び仲間の照井保臣《やすおみ》くんに似ている。で、私たちはコルシカ・テルと名づけた。しかしカポネたちとくらべれば小物で、つかない客を水先案内にして逆張りするくらい私たちでも朝飯前にできる。このときの老婦人の落胆の仕方と彼の精力っぽさがまことに好対照でおもしろかったのだ。

老婦人はたてつづけに十四、五枚もとられ続けたろうか。さすがにハンドバッグに伸ばす手も渋りがちになる。すると勢いに乗ったディーラーが、

「今度はどうします——?」

などと誘いをかけたりする。すると未練っぽくまた一万フランを出してきて同じところに張る。バッグの中に四角いチップがどのくらい入っているのか見当もつかないが、死に目を追いだした人の常で、やめたとたんにその目が出るかもしれないと思いだすのである。

だが、こうなったら絶対に出やしない。いたずらにカジノ側やコルシカ・テルたちを喜ばすのみ。

博打場のおそろしいところは、こうなったときの老婦人に、ディーラーはもちろん、客たちだってだれも同情してなどいないのだ。阿呆者を見る眼つきが集中しているだけ。

だから老婦人はますます意地と見栄の塊りになる。それはそれで一種の根性といえなくもないが、結局、蟻地獄。

一勝負ごとにディーラーの勝ち誇った声。熊手を使ってどんどんチップをかき集めてしまう。
30、30、30、老婦人の隣りの目が皮肉に三回も続いたりする。
ついに老婦人が、両手を力なく拡げ、肩をちょっとつぼめて立ちあがった。バッグの中が空になったのである。現金なもので、老婦人がやめるとコルシカ・テルをはじめ、張り客たちも

四散してしまう。目標を失ったからである。

相当に時間がおそいが、他の台はまだやっている。私たちはコルシカ・テルをマークして彼と一緒の台にうつった。M君はもう換金せず、じっと見学している。

老婦人のおかげで漁夫の利をしめたコルシカ・テルはツキに乗ってきたらしい。五十フランチップを、私の張り方と同じように三目、四目に散らして確実に稼いでいる。

彼の鋭いところはディーラーにマークされないように、絶えず居場所を移動し、勝ちチップは残らずポケットに隠して、手には最低の十フランチップを何枚かだけ持っていかにも小張りしているように見せかけている。こうした小技に徹底しているところがいかにも彼らしい。

毎回、大中小いろいろなところに狙いを散らしていた彼が、いかなる勘の働きか、大のブロックだけに重点的に張ってきた目があった。

彼のツキに乗るつもりで、すかさず千フランの四角いチップを一枚、大のブロック全体にまたがる三倍張りのところにおいた。

もう一人、この三倍張りでかなり勝っていた中年男が大に張ったこともある。私自身がツイていないときは、こちらもマーク戦術である。25、ギリギリの大。私は二千フランの儲け。これだけでも今夜のマイナスを埋めてあまりある。

それから私は身構えて、コルシカ・テルのすばやい動きに対応する構えになった。彼が大中小いずれかのブロックに極端に重点的になったときのみ、私も三倍張りに出る。

一度、彼と一緒にとられたが、そのときはもう私自身の判断で台のリズムに合わせられるようになっていた。

みんな、二十フランチップで張っているので、私の千フランチップは相当に目立つ。ディーラーにマークされないように、〆切寸前、ぎりぎりのところで張る。するとそれを待っていたように私と同じところに張る別の若者がいるのである。

結局、コルシカ・テルが老婦人を水先案内にしたように、私はコルシカ・テルを水先案内にして、かなりの勝ちになった。ディーラーの鋭い視線を背後に感じながら、私は上機嫌でカジノを出た。

「さあ、明日はパリだ。もう仕事は終わったよ。パリ市内にはバカラの秘密クラブだけでルーレットはないらしいから、ゆっくりと遊ぼう」

「そうだね。もう打つ方はゲップが出た。今度は酒と女だな」

「それにしても、もう一度カポネたちに会いたかったなァ」

ヨーロッパカジノの二週間、私は金持にも美女にも眼を奪われなかった。魅力的だったのはあの三人のA級バイニンたちだけだ。近いうちにどうしてもヨーロッパにまた出向いて彼等を探しまわり、みつけたら今度こそ本格的に彼等と張り合ってやろう。

さらば、カポネ、コルシカ、チャーチル、そしてコルシカ・テルよ、もう一度再会するまで、討ち死にせずに、元気でいろよ！

●戦績表（数字は米ドルに換算した）

場　所	阿佐田	M　君
ヴィースバーデン	−200	＋350
ヴィースバーデン	＋650	＋700
ディボンヌ	＋180	なし
ディボンヌ	＋1200	−900
ニース	＋300	−200
モンテカルロ	−20	±0
マントン	＋150	−300
ニース	＋230	−250
カンヌ	＋400	−100
カンヌ	＋70	＋150
サンジュアン	＋180	−300
カンヌ	＋150	−300
ニース	＋1000	−100
計	＋4290	−1250

〔1975年「週刊ポスト」8月15日号　初出〕

ギャンブルという鏡

競馬、競輪、競艇、オートレース、麻雀をはじめとする室内遊戯、東京じゃ許可されていないけれども犬や軍鶏《しやも》をかみあわせる奴、野球もボクシングも賭けの対象になっているし、近年はゴルフがギャンブルの代表的種目になってきた。

まったく、好きだねえ。日本の成年男子でまったく賭け事に手を出したことがないという人が、どのくらい居るだろうか。三割。いや、もっとすくないんじゃないかな。

やりそうもないと思われる人たちは、まず大金持ちだな。これは金のやりとりにスリルを感じないから賭博不感症。半端な金持ちはかえってやる。それから知的エリート、乃至技術エリート。

それから婦人。特に家庭婦人は、銭を得たり失ったりすることに対する関心がうすいし、銭に対して保守的にしていれば生きられるのだから、賭博に深い関心を持つ状況がうまれない。

まァ日本みたいに、せまい土地に人間ばかりうようよと居るところでは、生存競争が烈しいから、男はなにかにつけて勤勉にならざるを得ない。正の意味でも負の意味でも勤勉だ。日本人のおおかたのギャンブルは、勤勉ということと無関係ではないよ。

ギャンブルに対してだけじゃない。俺なんかね、学校に行かなかったから、やや特殊だけれども、十代から二十代にかけて、たとえば映画をせっせと見ていた頃は、映画にかけてはこの世の誰よりも専門的になろうとしていたね。映画の批評でもやってメシが喰えるようになればいいと思ってた。その望みが具体化しえないとなると、映画から離れちゃう。音楽に対しても然り。落語などの古典芸能に関しても然りだ。

俺が凝った物はいずれも職業化しうるかどうかということにつながっていた。自分がどうやって生きていくか、そのことでじたばたする。なかなか納得のいく生き方にぶつからない。俺なんか、十代の頃、現実には会社の給仕か、靴みがきぐらいしか可能の職業がないんだからね。それでギャンブルにも凝った。まァまァこのへんのところだろうという納得ずくで職業についた人の眼にはお笑い草だろうけれど、自分がこの世にうまれてきて納得のいく生き方ができないということは、実に辛く悲しいことだよ。

だから社会の下層に近い方、支社サラリーマン、ブルーカラーの人々、商店労働者、とにかく生きていくために下積みで辛抱している人たちが、その場で即決の夢に関心を持つという気持がわかる。

大工に転向しようと思ったって、すぐには実現しない。ギャンブルは誰にもできる。一定の職業についたあとでも、個人的な余暇を利用してできる。銭の出入りに直接関係している。その結果がいいかわるいか、とは別問題だ。

誰にもできるが、そこで生きしのぐことは困難だ。例外なく経済的赤字になる。赤字になればその分だけ、傍観者の眼には遊んだとうつる。事実遊んでも居るが、志は勤勉から発している。甘いという論評は当っているが、俺にはその甘さを笑えない。どうせ駄目だから行儀よくしていろ、とは澄ましていえない。

たとえば競輪場に蝟集《いしゅう》する人々のギラギラしたような感じ、あれに眉をひそめる人がよく居る。特に帰途、おけら街道をひきあげるデスペレートな人波を、集団として眺めるとそんなふうに見えるだろうと思う。

けれども、その個人個人は、彼等の日常にはついぞ見せないようなとてもいい顔つきになって、半日遊んでいたのだと思う。

彼等はその職場では、おおむね機械の中の鋲《びょう》ひとつのような存在になって働いている。そこでは管理されたごく一面の能力しか発揮しえない。

ギャンブルという舞台の上では誰もが主役だ

ギャンブルはもともと個人的なもので、したがって個人で何から何までを司《つかさど》る。もうここでは単なる鋲ではなくて、一人一人がワンマンショーをやれるんだな。

人間は誰しも、個人能力をフルに発揮したいと切望するものである。ところがこの管理社会では、職場のみならず、家庭でもそうした機会に恵まれない。呑む打つ買う、は自分が主人公だ。彼等はこの一瞬にのみ、脇役を脱し、下積みを脱する。今日の日本では、娯楽とは、多くの人間にとって、主役を演ずる機会にあたるのだ。

そういう生き生きした表情をしているように俺には見える。但し、主役の座に坐ったその代償に、手傷を受ける。その手傷が大きすぎるという意味もあろう。手傷のためにデスペレートになってしまうし、主役だった昂揚が、やっぱり自分は脇役にすぎぬという認識に戻る。それが彼等の帰途の表情なんだ。

人間は本来ギラギラの存在さ。けれども同時に、檻の中のライオンとちがって、多くの人間は、自分自身で我が身を去勢していかなければならない。それが今日の社会律だ。そうして、一瞬、檻を脱するために、手傷覚悟でギャンブル場に行く。

生存競争の烈しいところでは、そう下積みではないミドルクラスでも、自分の個人能力を絶えず点検していく必要がある。

なにしろ俺たちは、他の人たちと隔絶した能力を持ち合わせているわけではない。皆、似たり寄ったりなんだ。俺は学歴がないが、たとえ学歴なんかあったたって、観念的なパスポートなんで、誰もが不安に思っている。

サラリーマンたちがやる競馬や麻雀には、そういう不安が裏打ちされているな。同僚が相手でも、不特定多数の群衆が相手でも、それは同じことだが、同じような条件の者たちの中で、自分の技能がすぐれているということの証しを得たい。だから、日本人に好まれる、日本のギャンブルは、例外なく技能の遊びですよ。欧米のギャンブルの興味の軸は〝スケール〟なんだ。たとえばルーレットで、全財産を賭けてしまうとか。競馬馬がマイルを何秒で走ったとか。重量級ボクサーのパンチがどれほど凄いとか。つまり、ギャンブルはぜいたくな遊びなんだ。競馬だって、向うのは、力と力の対決だ。

日本の競馬は、押さえて行く。馬の力を騎手がどう生かすかだ。競輪だって技巧的さ。その技巧を観衆が読みとろうとする。

麻雀は、発生元の中国では、運を楽しむゲームだった。日本に輸入されると、とたんに技能の遊びになる。リーチ麻雀、これほど日本的な、能力遊びはない。皆、一生懸命に相手のテンパイを読み合い、放銃を避けてしのぎ勝とうとする。

なにしろ勤勉に遊んでいるんだよ。そのかわり、スケールはさほど重視されない。特殊な例外をのぞいて、自分の生活が破綻するほどの金額は賭けられていない。自分の日常の中の不安感を解消するのが一つの役割だから、そのために日常が狂ってしまうような金を賭けるわけがない。

日本ではギャンブルは、ぜいたくな遊びとはいえないんだ。着飾って、改まった形で遊んだりしない。そのかわり、おそろしく日常的だ。

今日、自分が同僚に勝って優位を得、俺は同僚よりは利口だよ、と思う。俺だってまだまだ捨てたもんじゃない。

だが、それは内心の納得の問題で、決定的な以後のパスポートじゃないから、常に戦って、明日の優位も得ようとする。

負けた方も然り。今日負けたって、明日負けるとは限らない。明日勝てばよろしい。だから、ルールもそのように改正されつつある。技能的であり、技巧で勝負が決するが、同時に、勝負が一方に片寄りすぎてはいけない。皆、似たり寄ったりで、お互いに技能がたしかめあえるようなものである必要がある。近年のルールは、技能と運とが折衷するような方向に是正されつつある。

妙ないいかただが、日本人は遊んでいるときも、完全に遊んでいるヒマなどないのだ。そんなことをしていると、すぐ脱落してしまう。

その代償としてゲーム代を払い、家庭の幸福や、時間を犠牲にする。賭け金そのものは、やったりとったりして、結局ちょぼちょぼになってしまう。もしあまりに一方的に差がつくようならば、そうでない相手をお互いに選ぶのである。

麻雀が特にその傾向が深いが、競馬だって賭けそのものは本来はその形になってるんだ。ただ、競馬競輪などが、ほとんどの観衆の懐中が赤字になってしまうのは、二割五分の税金が天引きされるためなんだな。

七割五分は常にゲーム参加者に払い戻されるが、二割五分はいつも戻ってこない。これが大きいね。美濃部さんが昔いったように、家計失調が生じるとすれば、それはギャンブルそのものでなく、税金が元凶なので、したがって美濃部さんは、競輪場をでなく、税金を廃止させるべきだったんだな。

〔1981年「Number」6月5日号　初出〕

サインを求める客が群がる
白鳥選手と肩を並べ私は夢見心地だった。

昭和四十年のオールスター競輪で起きた一景を記そうと思う。競輪という特殊な場での出来事なので、競輪に関係のない世人にはまったく知られていないことなのだけれども、私はなかなかよい話だと思っているのである。

競輪は発生期からの十年ほどは特に数々の騒動事件をおこし、暗いイメージばかりが世間に拡がっていた。事実そういう面も根強くあったのだけれど、世間の印象としては、もうひとつ、中央競馬と競輪など公営競技の格差は、客層の教養の程度の差なり、とする声が強かった。私は（あまり自慢にはならないが）そこいらに反撥を感じて、昭和二十年代に競馬がよいをふっつりとやめ、競輪場を主体にかようようになった。

昭和四十年はまだ景気上昇期で、どこの競輪場も満員だった頃だ。この年のオールスター競輪は川崎でやった。オールスター競輪というのはプロ野球と同じく、四千数百人の選手の上位百名あまりをファン投票で選び、トーナメントで優勝者を定める。

その優勝候補の一角に白鳥伸雄が居た。この人は真摯な選手で、節制と鍛練によって三十歳をすぎてから超一流の仲間入りをし、この頃三十六、七歳だったかと思うが、日本選手権、秩父宮杯という大レースでいずれも優勝戦に力走しながら一着失格し、その不運が印象的で、白鳥は哀しからずや、という新聞の見出しに皆が同感していた。

そうして川崎のオールスター戦でも優勝戦まで勝ち上って来た。この日、平常は二万数千ぐらいの観客がその倍くらいにふくれあがったという。管理者側も客の熱望に負けて入れすぎたのだろうが、場内は満員電車以上の押し合いで、身動きできずに苦しがった客が金網を越えて、走路をまたぎ、内側の広い芝生の部分に闖入《ちんにゅう》した。その数はたちまち数百人ほどになった。

管理者たちは色を失ったという。しかし闖入者たちは芝生内で群れながら、おとなしくうずくまり、折りからの優勝レースを観戦していた。

そうした形の上での逸脱に関係なく、レースは熱戦が展開され、今度こそ、白鳥伸雄が一着でゴールした。白鳥は両手を高々とあげたままなお走路を半周し、普通はそこで選手退場口から姿を消すのであるが、よほど嬉しかったのであろう、一周近くそのまま走り続けた。

そのとき芝生内に居た数百人の人たちのほとんどが白鳥のそばに駆け寄っていったのである。彼等は白鳥を停めてその身体を抱えあげ、胴上げの恰好で走路を行進しはじめた。白鳥の自転車を抱えあげる一団も続く。スタンドからも続々参加して、まるで白鳥優勝を祝うデモ行進のようになった。

私はその群衆たちの姿に感動したのである。しかしこれは一般の方には少し説明の要があるかと思う。

サインを求める客が群がる白鳥選手と肩を並べ私は夢見心地だった。

不運の連続からくる判官びいきの人たちも居たろう。日頃の真摯さに対する好感もあったろう。或いは中年にして華々しい結実を得た姿に自分の夢を託していた人も居たかもしれない。けれども競輪は他のスポーツ競技とちがって、車券を売り、客はなにがしかの金を賭けているのである。白鳥は人気にはなっていたが、優勝戦は多士済々、どの選手からも売れている。

数百人の芝生内の群衆がすべて白鳥の車券を買っていたとはとても思えない。白鳥の一着を買ったとしても、競輪はほとんど連勝式車券だから二着も当てなければパーなのである。熱狂して白鳥を胴上げした客の中には、車券がはずれて損失になった者がたくさん居たはずだった。彼等は自身の利害を忘れて他人の栄光を祝ったのである。

そこに私は感動した。識者のいうとおりガラは悪いかもしれないが、それはとても優しい、純一な行為であった。白鳥本人も、あれは一生忘れられない、と後日私にいった。

ただし管理者側及び競輪界内部の多くはそう見ていない。騒動すれすれの肝を冷やした事件だった、という。たしかに場内の秩序はいっとき乱れた。しかし騒動につながる険悪なものとは逆の、祝福の嵐だったのだ。

この日のことが主たるきっかけになって、観客が集まりすぎる大レースは、しばらくの間どこでも敬遠された。そうして挙行される場合でも入場者制限がきびしく履行されるようになった。あれから十六年もたつが、川崎競輪場は二度と大レースを開催しようとしない。川崎に限らず、売り上げだけを狙って事なかれに徹する競輪場が多い。

実際、普通開催の競輪では、優勝選手の表彰など多くの観客が見返らず、中にははずれた車券を破り捨てながら優勝選手に罵声を浴びせる客も居るのである。それはほんの一部で、秩序を乱すには至らないが、見ていてとても寒々しい。

それに比してあの日の川崎は天地雲泥の差であった。私は、真摯な選手と見事に人間的な触れ合いを示した群衆に拍手を送った。が、このことに限らず、庶民たちの内発的な情感は、なんら育成されることなく、小役人どもの手によっていつも宙に浮き放ったらかされたままになる。それが悲しい。

余談になるが、白鳥伸雄はその後引退し、競輪評論家、解説者として健在だが、引退後、私は個人的に知り合う機会に恵まれ、折り折り一緒に観戦する。知れば知るほど、いわゆる競輪選手らしくない人物で、引退後もゴルフ以外の遊びに手を出さず、酒は一、二杯で赤くなり、夜の八時か九時にはもう眠くなる。といってコチコチではなく明るい篤実な男である。

もう大分以前のことになるが、雑誌社の企画で新潟県弥彦《やひこ》村の村営競輪を見に、彼と同行した。スタンドに居ると若い客たちが白鳥を認め、シャツの胸の部分にサインしてくれといって群がって来た。

そのときついでのように私にも、シャツの背中の方にサインしろといってくる。若者たちはそれで競輪と麻雀のツキを手にしたように錯覚して大喜びだったが、私も実は感慨無量だった。中央の識者に自分の小説を評価してもらったり、文学賞を得たりしたときも嬉しいが、私の実

サインを求める客が群がる白鳥選手と肩を並べ私は夢見心地だった。

感では、それ以上に、白鳥仲雄と、形の上だけでも、肩を並べられるようないっぱしの存在になれたか、という夢見心地の気分になれた一瞬だった。

〔1981年「Number」8月5日号　初出〕

ギャンブルは神代の昔から。しかし、プロの博徒が出現しシステムが整ったのは徳川期

賭博は人間の本性の一つだそうで、淵源をたどれば人間社会の発生とほぼ同じくらいのところまで行くのではないか。狩猟の獲物を賭けただろうし、明日の天気に賭ける農民たちも居たろう。しかし、専業博徒が生じ、その機構が固まったのは徳川期以降であろう。

狭義の賭博とは、専業博徒の主宰する賭場で行われる賭博のことをいう。したがって博徒とは、賭場を主宰して場代をとる者、及び従業員をいうことが多い。彼等は賭博図利《とり》という罪名になる。実際の常習賭博者は、半稼師《はんかうち》、素人(旦那)とその社会では呼ぶ。半稼師は博徒の組織にも所属せず、おおむね名目だけの職業を持っているが、内実は賭博で喰っている連中のことだ。

種目はサイコロと花札《かるた》類に二大別されるが、総じて下層庶民の遊びだから土着的で、地方によって呼称も変るし、遊び方も細分化される。

サイコロの代表は丁半《ちようはん》であろう。偶数目が丁、奇数目が半、二個のサイを壺皿に入れて振り、合計数で定める。ヴァリエーションはいろいろあるが全国的に浸透し、多勢の方が面白いので賭場の種目だ。関西で多いのが四五一《しぐいち》、白紙を六等分し、一から六までの数字を書きそこに賭金をおく。二個又は三個のサイを振って目を当てる。サイカッパというのも似たゲームで、一、

二、三、と三通りの目を当てる。サイの目の合計が三で割り切れれば三、一つ残れば一、二つ残れば二だ。本来は碁石を積んで、三個ずつわけていって残り数できめたものらしい。中国に乾した豆でやる同じ遊びがあり、伝来種目のようだ。

玄人《くろうと》の遊びとしては、駒棚を作ってやるヨイドがあるが、棚の説明が複雑でむずかしい。他に自分の目を指定して振りザイをする因果振りなど。

フダの類は一般的な花札の他に、テンショ、カブ札、ホンビキ用のもの、いろいろあるが、代表はアトサキ（ショニバン、バッタ）であろう。これは博徒の総本山ともいわれる沼津附近が発生とされ、関東で盛んだ。胴が三枚ずつのフダをアトとサキに巻き、合計目が九に近いほど強い。ハンカンもほぼ同様の遊びで、江戸期にはこの方が盛んだったようだ。今日のオイチョカブは賭場種目ではないが、変則ルールがあり、中にはフレンチバカラとそっくりなものもある。その他、ボーピン、ショッショ、トコトコなど。ドサリというのは現今のドボンとそっくりだ。

玄人向きにはホンビキ。一から六までのフダの中から胴親が一枚選び、その数を当てる。心理ゲームの極で地獄の遊びといわれる。この配当率が複雑で高等数学を用いなければ割り出せないとされ、江戸期の下層庶民に高等数学を使う天才が居たというのが不思議とされている。

〔1988年1月「小説新潮」臨時増刊号　初出〕

【未発表作】

「日記」の中から見つかった未発表の草稿

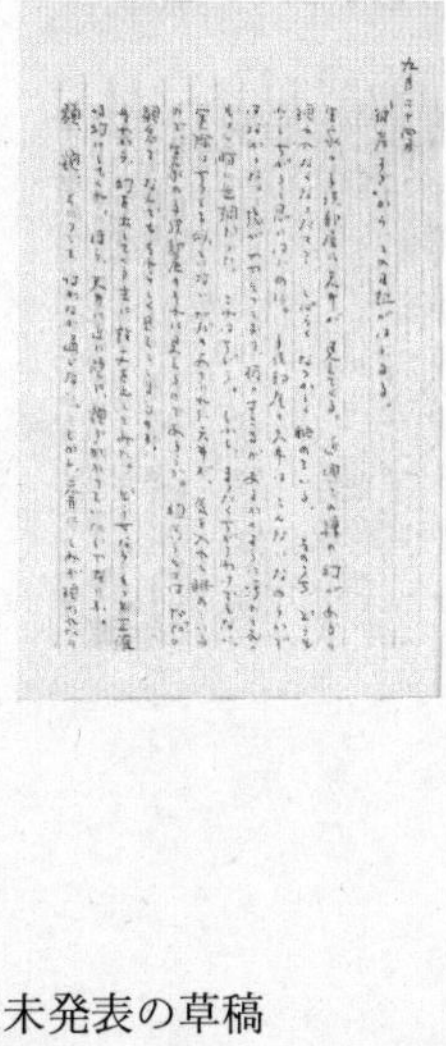

九月二十四日

〝彼岸すぎ〟からこの日記がはじまる。

生家の子供部屋の天井が見えてくる。近頃この種の幻があまり現われなくなったので、しばらくなつかしく眺めている。そのうち、どうも少しちがうと思いはじめた。子供部屋の天井はこんなになめらかではなかった。桟《さん》がややそっており、板のすきまがあるかのように汚れておりもっと暗い色調だった。これはちがう。しかし、まったくちがうわけでもない。実際はちっとも似ていないただのありふれた天井が、気を入れて眺めているので、生家の子供部屋のそれに見えるのであろうか。幻というものは、ただの観念で、なんでもそれらしく見えてしまうのか。

それから、幻を出してくる主に註文を出してみた。どうせならもっと正確な幻にしてくれ。

ほら、天井に近い壁に、額がかかっていたじゃないか。

額、額、といっても、なかなか通じない。しかし、天井にしみが現われたり壁に亀裂が走ったり、なにほどかの是正はされてきている。

そのうちに、壁の隅に枯草が塊りだした。枯草じゃない、額だ、額だ、よくみると二人の人物がまごまごしている。二人とも黒子《くろこ》だ。紙片をはったりしている。額、額——。ようやく額の片鱗が現われてくる。それだよ、その調子。額が現われた。しかし字がちがう。駄目だ。字が絵になったりする。ますます駄目だ。向うも、一人がボスらしく、もう一人を叱咤しながら訂正してくる。だが、生家の額の文字はついに現われない。弟が額を持ってまごまごしている。ボスは死んだ老父でそれならよく知っているはずなのに。


その向うの台所で母親が立ち働らいている。母親以外にも人が居てそれは母親の縁辺の人らしい。茶の間にも人影が居る。初ちゃんや母親の兄弟たちが居る。母親は庭にも居て、庭で火をたきながら、飯をつくっている。家の中がいったいにざわざわしていて、あるいは法事かなにかで人が集まっているのだろうか。

母親がそばに来て、いいものを見せてやろうか、という。

「いいものってなんだろう」

「あたしの男——」

「――いや、知ってる。谷さんだろう」

谷本氏は私の友人だ。もう古くからの友人だというと、母親はなかなか信用しない。もっと、その前からの関係だという。お前などはなんにつけ深いことは知らないのだ、と。

「でも彼は、昔しょっちゅう会っていた。お互いに泊り合っている。うちにも来てただろう」

「あたしは知らない」

「来てたんだが、お袋は会わなかったのかな」

「あたしはお前の友人なんか知らないから」

母親は何枚も重なった写真を見せてくれた。そして声を忍ばせて言った。なるほど谷さんの十代頃からの写真がある。子供の時のもある。彼と（成人した）お袋ではない女の写っているものが何枚もある。

「東大出の人だってさ――」

とお袋がその女をさしていった。親父が茶の間の方に居る。それで我々も写真をひっこめて台所を解散した。子供部屋にも、玄関の方の六畳にも、縁辺の人が泊っている。客間にも夜具が敷いてある。

親父がそのひとつに寐ている。

ところが、茶の間の方にも親父の頭が見えるのだ。

「変だなァ、親父はもう一人居るなァ」

それは以前からの疑問で、この家には双生児のような親父が、もう一人居るのである。その人は終始影の人で、怖くない。いつもひっそりと、おどおどと、この家の中を遠慮がちに徘徊している。

「ああ、居るんだ――」と寐ている親父もいった。

するとことに、もう一人の親父が、庭の中を這っているのが眼についた。

彼は鰐のように這って歩き、泥にまみれて暮している。手足のまわりにたこのように何本も手足が生えている。

彼は黙って縁の下に入っていき、そこの土の低みで寐ようとしている。

「おうい――」と私はいった。「こっちへ来て寐たら。こっちの方が暖かいよ」

彼はかすかにうなずいたが、家の中に入ってこようとはしない。

庭の中は、親父のほかにもいろんな物が這っている。猫や、虫たちが。

ちょっと危気を感じて私はむりに眼をあけた。このへんで夢を中断しないとヤバい。

眼をあけたら、私は私の寐室に一人寐ているだけだが、ほのかなあかりの中に、空間に大きな猫が見える。他の小さい影も小動物にそれぞれ見える。猫は透きとおっている気配のようなもので、天井の黒い点が、眼や鼻先や口になっており、しかし、それは生き生きとしていて、かすかに動いている。そしてだんだん遠くに移動していく。黒い点が他の点に移っていく。∴

…となると鰐の顔になったりする。眼をあいて覚めているつもりなのに、まだ幻が見える天井の黒い点は、節を埋めたもので、実際にあるはずだが、実際とはちがうかもしれない。そのうち、気配はなくなり、黒い点がただの点としか見えなくなった。

しかしあのまま眼をつぶっていたら、悪夢に変っていて、猫たちはうんと私を圧迫したはずだ。

○カミさんの母、眼の手術のため、今日より慶應病院に入った由。

九月二十六日（月）

ヴェテランの某女芸人と女流作家某女史が一緒の舞台に出るという。某女の独演会にゲストで親交のある某女史が出るらしい。二人とも実在人物だが、実際にはちょっと考えられない。劇場も都心の大きなところではなく、昔の渋谷ジュラクとか滝野川万才館とか、ああいうマイナーなところだ。下駄ばきで出かけて、二階の正面で見物していると、舞台で二人が対談している。その内容は憶えていない。夢ではそれほど長いシーンではなく、適当に省略されており、そこでまた女芸人のトリ芸がはじまる。これもあっさりした印象しかないが、やがて芸が終って、その夜の結びのセリフのように女芸人が語り出す。

「さっき楽屋に昔の知り合いの方が見えまして――」

それで某女はちょっと考えこんだ。

「三十年ぶりでね、会ったんですよ。それであたしたち、とてもいい話をしたんですけど、

――アラ、あたし、何をいいだしたのかしら」

彼女は三味線を横において、本当に考えこんだようだ。

「何を話したのか、忘れてしまったわ――」

彼女は顔を着物の襟に埋めて黙りこんだ。

「ほんとに何をいいだしたんだろう。お許しくださいましね――」

私は両腕を前の手すりにおいて、顔を埋めていた。立往生している芸人のばつのわるさは承知しているつもりだから、なるたけ芸人を傷つけないように、ニコニコとした視線を送った。話のつぎ穂もなく、さりとて急には舞台をしめくくれない某女の困惑した視線が客席の方々に散り私をも捕えた。二階の私のずっと横手の方には、ゲストで出演した某女史が、客席に廻ってきて、やっぱり案じたように眺めている。

某女がいつまでも黙っているので、客たちは立上り、散会していく。私も廊下に出て、ちょっと楽屋に寄っていこうかと思った。某女史も楽屋に戻っていて、今頃は、さっきの絶句について、某女と笑い合っているかもしれない。

粗末なドアをあけて、事務室を通りがかると、奥の机で某女史が五六人の客と話しこんでい

る。某女史は人気があるから、いつも人が群れていて不思議ない。私はその横手に廻って、ちょっと片手をあげて挨拶した。

某女史の助手の某娘が私のそばに寄ってきて、

「ちょっと待っていてもらえますか。一緒にみんなで帰るつもりでしょうから――」

私はこれもチラリ顔見知りの某女の方にも会っていくつもりで奥の楽屋に行った。何故か楽屋は広い雨天運動場のようで、某女が隅っこで、一人の客と話している。これが、絶句したきっかけの古い来客かもしれない。私はちょっと声をかけたが、某女はチラリ笑顔を返したのみ。私の方もすぐにきびすを返して、また事務所に戻りかけた。

楽屋の入口に小さな売店がなぜかあって、某娘がそこに居る。彼女はとても親しげな視線を私に送ってくる。ところが、そこに幼なじみの某君が立っていて、紙コップで酒を呑んでいる。私を見て、手を差し出し、

「一緒に帰ろうか、どこかで呑もうよ――」

私は某女史とも久しぶりで会いたくて、あいまいな返事をする。

事務所では私が帰りかかるのを見て（某女史のまわりにはまだ客がたかっていた）某女史が、盆の上に紙コップにつがれた酒をいくつか乗せ、

「ねぇ、これあまっているの、呑まない」

いい、といって手を振ったが、

「呑んでってよ、残したってしょうがないんだから、片づけてって」

「じゃァ、折角だから、そこで古い友人に会ったので、彼にやってこよう」

私は紙コップを一つ二つ手にした。


なぜか、銭湯の脱衣場に居る。もう夜が更けているらしい気配で、女湯だ。某女と某女史に会ったその夜ふけらしい。

脱衣場にうずくまっていると、背中に不意になにかが来た気配があった。両腕が私の身体の両側にあって、床の上に突っ張っている。私の背中に顔を埋めた某女史の眼のあたりが見える。(変な角度だが)彼女は眼で私に笑いかけている。しかし両掌のあたりを見ると指が六七本ある。

「へええ——」

と、思わずいうと、とたんに指を掌の下に折ってしまって、握り拳をつくりかくしてしまう。けれども某女史の眼はまだ情を溜めて笑っている。

私は某女史に好意を感じているが、この某女史は魔物かもしれない。

そう思いながら、わるくない気分になっていると、彼女の両掌が、私の身体の下で組み合わされて、小さな輪を作った。

あ、と思う。某女史のその掌に身体を投げかけてしまいたい誘惑を感じる。すると、私の股間のものの方にするすると掌が近ずいていって、私のものが、その小さな輪の中に入ってしまった。

女の身体に接したときに、いつも感じるあの身体を空中にドライビングさせてしまったような開放感。そうして、私は身体を上下させる。快感。某女史は母親のようにそんな私を受け入れてくれる感じ。

放出、床の上にあった新聞紙が濡れている。私はちょっと後退するがそのとたんまた気分が湧いて放出を続ける。彼女の気配は私の背中を離れない。

無言で私の背に顔を埋めたまま、私もまた、とてもいいしれぬ親愛感を感じている。本当の関係ではないけれど、もう彼女とはすべてつながってしまったような気持。

すぐ隣りに居る若妻が、床に横になって私を見ている。その彼女の両の眼が、黒く光っていたのが、消える。

終ったあと、別の女の人が突然話しかけてくる。

「今、とてもいいものを拝見させていただきました。あたし、今小説を書いているのですけれど、やっと、書きよどんでいた場面が書ける気がします。ありがとうございました」

「――でも、私たちの関係は、よくおわかりにならないと思いますよ」

と私はいった。私と某女史の間にはかなり長い期間のただの友人という月日があり、また、今のも、単なる情交ではないといいたかった。

けれども、気ずいてみると、脱衣場の中に居た女たちが皆、私たちを眺めていたらしく、口々に、とてもいいものを見た、とか、感動したとかいう。

某女史はやはり私の背中で、そうしたことを、優しく見守っている。

銭湯を出るとき、私の下駄の鼻緒が切れていることを発見した。そのまま無理に突っかけて歩いた。某女史と、助手の某娘と、さっきの作家志望の女と、ぞろぞろ歩く。もう朝になっている。

某女史が、

「某娘がちょっと知っている歌手が、このそばに居て寄っていくといってるから、皆で一緒に行ってみない」

ひきずられるように私も歩いた。片方鼻緒が切れた下駄をひきずりながら。

「今、とてもいい夢を見たよ」

といいたかったが、某女史たちは知らん顔をして歩いている。

話したいが、むろん数人の人が居る前では話せない。某女史だけなら話してもいいが、やっぱり黙っていよう、と思った。

○某女史は、はじめはたしかに彼女だったが、劇中劇の風呂屋の場面は彼女ではなくて、昔知っていた某女かもしれない。彼女は年増の芸者で、旦那にひかされ、酒場をやっていた。私よりだいぶ年上で、私はとても親しくしたが、ついに関係しなかった。旦那が商売を失敗し、酒場もそれで潰れてしまって、以後消息がつかめない。もう年令的にこの世の人ではないかもしれないから、彼女が、ふと現われたかもしれない。

彼女は某女史に似ている。

大病以来、神経が張りつめてしまって、私はここ一二年インポになっている。ところがときどき夢精があって、パンツが濡れていることがあるから、本格的なインポではないのだろう。ただ人と接するとインポになる。この傾向は若いときからあった。

この夜も夢精かと思って手をパンツの中に突っこんでみたが、濡れていない。

十月一日

朝、眼がさめたとき、クスリを昨夜十二時前に呑んだだけなので、ヤバイなァと思いつつ二度寐をしてしまう。

若者に追われて、追いすがられている。振り向くとやっぱり中学のクラスメートだ。向うの刀より、自分の槍の方が束の間早く相手の身体に届いて、腹を浅く刺す。それから、にの腕を。相手はひるまない。自分の槍が、今度は相手の右眼に刺さる。自分は、見のがせるときにそうやって相手を傷つけてきたから、いつか相手からも、見のがしてもらえそうなときにも、見のがせられないだろう、と思う。

友だちの家に泊めて貰う。或いは友だちが泊りに来たのか。暗い庭さきに友だちのではない顔が張りついている。それが怖い。その顔は動かない。

○この日墓参。途中小学校時代の女生徒に出会い、二年に一度という同期会が本日ときき、思いたって出席してみる。高橋徹也、小倉、石井、両角、大道、平岡、木梨、大和、江川、鈴木、他の男女四十数年ぶりで顔を合わす。

八五年　十二月二日

昔なつかしい弟が（実在はしているけれどもう五十男だ）困ったような笑みを浮かべながら、そばに寄ってきて、何かいった。「どうしても、こうしなきゃねぇ」といったか。そうして長い錐のようなものを投げた。私も甘酸っぱい気分のまま私の喉にそれが刺さる寸前にわずかによける。弟は笑顔のまま内ポケットから又錐を出して、私に投げつけてくる。「やめろよ、つまらないよ」私は手で錐の先をちょっと押す。錐はそのままそっぽに走っていく。

国電に一緒に乗っていて、やはり弟が錐を投げようとする。私がむしりとって窓外に捨てると高架の下の人家の屋根に突き刺さる。弟は執念ぶかくまた錐。やめればいいのに。やめてほしい。俺だって生きていたい。

生家ではないけれど、古い町家の二階の廊下で、出会い頭に弟と会ってしまう。弟はきれいなトンボをみつけたように、錐を投げた。「おい、どうしようってんだよ」冗談ならやめてほしい。「駄目だよ。」弟は一言そういっただけだ。

錐が、戦争中に見たB29のように、透きとおる線となって、ゆっくりこちらに向かってくる。私も弟もそれを見ている。私の方は手の届く距離で打ち払おうと待っているが、ときどきカーブしたり速くなったりする。弟の手元には錐がたくさんまだあって、何本も続けて投げつけてくるから、その一本一本から眼をそらすことができない。私は受けきれそうもなくなると逃げた。部屋をとおり窓から表通りに飛びおりたりする。けれども、そこにも弟がちょうど通りかかったりするのだ。

親父も私をみつけたようで、弟のうしろからやはり錐を投げてくる。

私は街の中を一散に逃げるが、弟と親父にはさみ打ちを喰ってしまう。錐は投げ槍のように大きくなり、空中でキラキラ光っている。

お袋が私をかばうように出てきたので、その影にかくれるようにしていた。

けれどもお袋の手にも錐が光っている。

「おにィちゃん――」と弟がいった。「こっちに来てよ。」

私は納戸の隅にかくれていた。戸に鍵をかけた。けれどもその戸が開きそうになる。私は足で突っかい棒にしている。親父が窓から入ってくる。

私は小川のそばの土堤の草むらに居た。私は小さな鳥の雛であるらしかった。堤の並木の葉の中にも私のような雛が大勢居た。

大きな鳥が、向う側の堤を、放水自動車のようにゆっくり通過していく。

「大丈夫だよ。じっとしておいで、ここにいればみつからないからね。すぐに通りすぎてしまうよ」

大きな鳥の姿は見えないけれど、それが通ると葉や草がざわざわと揺れ、落葉が舞いあがるのだ。お袋は自分もそっと私のそばに寐て、「眼をつぶっておいで」という。

けれども、私はじっとしてられない。私が自分を知っているように、敵からも見えてしまうのではないか。葉が布団のように柔かい。お袋はすっぽり葉の間にかくれてもう姿が見えない。

やがてこちらがわに地ひびきが近ずいてきた。樹々の雛たちが、掃除機に吸いこまれるように、樹々からむしりとられていく。

私の近くで、地ひびきがとまる。すぐそばに居た雛が発見されたらしい。

大きな鳥の顔が見える。チラッと顔を傾むけて、私の方を見る。両眼が、私の方を見たままだ。私は息をつめてじっとしている。

相手の眼が徐々に近ずいて来、大きな羽にくるむようにされて、私は空中に浮かんだ。お袋たちが、雛の煮たのを喰べている。羽をむしられた雛は小さくかわいい。何羽でもお袋たちはどんどん喰べていく。食欲と反対に、哀しそうな顔をして、「さァ来年もどんどん産まなければね」

「そうよ、精をつけてね」

(編集部注・日記文章の正確な執筆日は不明だが、十二月二日の日記文の前に八五年と記されているので、一九八五年九月二十四日から十二月二日にかけて記された日記と推察される)

解題

木下　弦

本書は、色川武大の個人全集『色川武大・阿佐田哲也　電子全集23　単行本未収録作品＆対話集』（小学館、二〇二一年二月、以下、電子全集）から、単行本未収録作品三十一編（うち一編は未発表の「日記」）に、新たに九編を追加した合計四十編の単行本未収録作品集である。小説、エッセイ、未発表作に分類し、発表順で掲載。ただし、エッセイは作風も異なるため、色川武大、井上志摩夫、阿佐田哲也の名義ごとにまとめている。一九五五（昭和三〇）年から一九八九（平成元）年まで、著者の最初期から最晩年にわたる創作活動を辿ることができる。

色川武大の最初期とは、表題作「夜風の縺れ」の発表年を意味している。従来、著者の最も古い文章は小説「小さな部屋」（第三次「文学生活」第二号、一九五六年九月）だとされていた。その後の調査により、現状、小説では「夜風の縺れ」が、エッセイでは「未明」が、それぞれ最古の作品に位置づけられる。さらに、著者の発言でのみ知られていた杉民也という筆名での小説「寝心地よいアスファルト」や、井上志摩夫名義としては初収録のエッセイ「神楽坂」のように、本書収録の新出作品は、電子全集の補遺というだけではなく、色川武大という作家の未知の足跡を伝えるものとなっている。

電子全集収録作については、第二十三巻所収の大槻慎二氏の解題に詳しい。本解題では、新規追加の九編を中心に扱い、最後に大槻氏と同じく、未発表の「日記」について言及する。

「夜風の縺れ」（色川武大）

運河の会の雑誌「運河」（第一号、一九五五年九月）の小説欄に掲載。初出掲載誌では西原比呂志（HNと署名）のカットがある。「運河」という同人雑誌、発行者の〈運河の会〉については年譜にも記されておらず、平野謙「同人雑誌評」（「文學界」第九巻第十二号、一九五五年十二月）が唯一の手がかりであった。しかし、この小説の「K」という登場人物は、

・「穴」（「層」創刊号、一九六五年一一月）

・「門の前の青春」（『怪しい来客簿』）

・「黒星の数えかた——の章」（『うらおもて人生録』）

などに共通のモデル（「K」「大滝幹良」「O」）を見出せる。「学院」や「大学に近いぼくの家」という記述に注目し、牛込区（現在の新宿区）矢来町で生まれた著者の経歴と照合すれば、おそらく早稲田大学に近い生家が舞台のモデルであり、旧制中学を無期停学になったというエピソードとの関連が推察される。また、「Dと云う作家の小説」というのが太宰治「人間失

格」のことだとすれば、〈最後の無頼派〉と評された著者における最も重要な作品の一つである。

「寝心地よいアスファルト——小説・ドヤ街の子供たち——」(杉民也)

桃園書房の雑誌「小説倶楽部」(臨時増刊、第十一巻第十二号、一九五八年十月)掲載。

杉民也という筆名は、たとえば「[人間登場]泉鏡花賞を受ける色川武大さん」(「読売新聞」一九七七年十月二十五日朝刊)などのインタビューで著者の変名の一つとして紹介されてきたが、その作品については詳らかでなかった。

初出掲載誌の目次では「ルポ小説寝心地よいアスファルト」、本文の末尾にも「(この物語は現実の幾つかの要素を再構成したものですので、登場人物はこのまゝの形では実在していない事をおことわりします)」とあるように、著者の取材に基づく小説であることが示されている。

自編年譜「色川武大　年譜」(小学館『昭和文学全集31』所収)によれば、桃園書房は一九五三年から五五年まで著者が在籍していた出版社である。小田三月「同人雑誌のころ」(福武書店『色川武大 阿佐田哲也全集6』所収)に、この小説の成立に関係すると思しき出来事が述べられている。なお、高橋のドヤ街という土地のモチーフは、後年の小説「とんがれ　とんがり　とんがる」(『怪しい来客簿』)に発展していることが指摘できる。

「影にされた男――蘇我赤兄――」（色川武大）

人物往来社の雑誌「歴史読本」（第八巻第十二号、一九六三年十一月《ママ》）掲載。「水」（「小説中央公論」第三巻第一号、一九六二年一月）に続く、文壇登場後の色川武大名義による時代小説の一つである。私の知る限り、一人称代名詞「私」を語り手とする最初の小説でもある。

「覇城の人柱――安土城――」（色川武大）

人物往来社の雑誌「歴史読本」（第九巻第五号、一九六四年五月）掲載。「影にされた男」と同じく、色川武大名義で「歴史読本」に発表された時代小説であり、狒々退治のモチーフは後年の小説「岩見重太郎くん」にも確認できる。

「笑って死にたい」（色川武大）

双葉社の雑誌「週刊大衆」（第七巻第五十号、一九六四年十二月十七日）掲載。
従来、本名「色川武大」名義は純文学用の筆名とみなされてきたが、この小説の掲載誌は「週刊大衆」である。文壇登場以後、著者は本名名義を用いて幅広いジャンルの作品を書いていたことがうかがえる。内容面でも、後年の阿佐田哲也名義の小説「人生は五十五から」との類似性が指摘できる。

「未明」（色川武大）

第三次「文学生活」（創刊号、一九五六年二月）掲載。

同人雑誌「文学生活」との関係については、阿佐田哲也『阿佐田哲也の怪しい交遊録』に「その雑誌にはじめて書かせてもらった私の幼稚な小説が、合評会で番頭さんたちにこてんこてんにやられた」とあり、半沢良夫『重き時の流れに』（新文化社、一九八八年）でも言及されている。坪内祐三「〈解説〉「小さな部屋」の重要性」（「文學界」第五十三巻第五号、一九九九年五月）によって、あらためて小説「小さな部屋」は知られるようになったが、「未明」については定かでなかった。初出掲載誌では小説欄に掲載されていないものの、小説のようにも読むことができる。

「一つの提案」（色川武大）

新日本文学会の雑誌「新日本文学通信」（第二巻第四号、一九六三年四月）の〈私の抱負と会への注文〉掲載。夏堀正元の紹介で入会したとされる著者の「抱負」であるが、著者が新日本文学会の会員であったという事実と、当時の文学的関心がうかがえる。

「野放図と無と」（色川武大）

南北社の雑誌「円卓」（第四巻第七号、一九六四年七月）掲載。

著者は一九五〇年代より旧約聖書を読んでいたとされる。それは後年『私の旧約聖書』などの作品に結実するのだが、この文章が発表された一九六四年の時点で、著者の旧約聖書への関心があらわになっている。

「神楽坂」（井上志摩夫）

双葉社の雑誌「大衆小説」（第五巻第十四号、一九五九年十月）掲載。

井上志摩夫名義としては新出のエッセイである。「わたしの故郷《ふるさと》」という欄に掲載されており、複数の作家による連載企画だったと推察される。井上志摩夫名義でのエッセイがほかにもあるのかは定かでないが、「ぼく」という自称詞や「いろ」に関する言及によって、著者が「色川武大」という名前について、どのように意識していたかを想像させる。

「日記」の中から見つかった未発表の草稿（無署名）

著者直筆の日記。一関市博物館所蔵。

『色川武大・阿佐田哲也 電子全集 23』の「付録1（資料）」によれば、おそらくサンエックス株式会社製の「自由日記」を用いたものだと推定できる。この日記の文字は小さく、部分的に判読しがたい箇所もあるのだが、著者の直筆原稿における文字の大きさについては、色川武大文学をめぐる重要な問題として関心を持たれてきた。升目の原稿用紙ではなく罫線の日記帳が選ばれたという事実は無視できない。

縦罫の自由日記に書かれた本文で注目すべきは、「気ずいて」や「近ずいて」といった独特の仮名遣いである。それを現代仮名遣いの誤用だと判断するのは容易いが、むしろ国語に対する著者の姿勢を見出したい。また、次のような点も指摘できる。

・「黒子」にみられる「くろこ」という振り仮名

・「某女芸人」や「女流作家某女史」にみられる「某」を用いた匿名化

・「――」や「∴」などの活字に用いられる記号

これらから、明らかに自分以外の読者を想定した文章だということがうかがえる。ただし、代表作である小説「狂人日記」が「ＢＵＤＡＩ」と記名された特注と思われる原稿用紙に書かれた「小説」としての「日記」であるのに対し、本書収録の「日記」は、現実の日記帳が用いられている。いずれ活字の作品として発表する予定だったのか、あるいは知人にだけ読まれることを想定していたのか、いずれにせよ、今後の分析が待たれる。

色川武大、井上志摩夫、阿佐田哲也、そして杉民也。今後も著者の作品は新たに発見され、これまでの愛読者とともに、さらなる読者を獲得していくだろう。本書は、『色川武大・阿佐田哲也 電子全集』全巻と合わせて、その端緒となる書物である。

（早稲田大学大学院生）

（お断り）

本書は２０２１年に小学館より配信された『色川武大・阿佐田哲也電子全集23』等を底本としております。

あきらかに間違いと思われるものについては訂正いたしましたが、基本的には底本にしたがっております。また、一部の固有名詞や難読漢字には編集部で振り仮名を振っています。

本文中にはドヤ街、バタ屋、ふうてん、土民、盲めっぽう、気狂いなどの言葉や人種・身分・職業・身体等に関する表現で、現在からみれば、不当、不適切と思われる箇所がありますが、著者に差別的意図のないこと、時代背景と作品価値とを鑑み、著者が故人でもあるため、原文のままにしております。

差別や侮蔑の助長、温存を意図するものでないことをご理解ください。

色川武大（いろかわ たけひろ）
1929年（昭和4年）3月28日―1989年（平成元年）4月10日、享年60。東京都出身。1978年に『離婚』で第79回直木賞を受賞。代表作に『怪しい来客簿』、阿佐田哲也名義で『麻雀放浪記』など。

P+D BOOKS とは

P+D BOOKS（ピー プラス ディー ブックス）とは
P+Dとはペーパーバックとデジタルの略称です。
後世に受け継がれるべき名作でありながら、現在入手困難となっている作品を、
B6判ペーパーバック書籍と電子書籍を、同時かつ同価格で発売・発信する、
小学館のまったく新しいスタイルのブックレーベルです。

夜風の縺れ

2022年3月15日　初版第1刷発行
2024年2月7日　第3刷発行

著者　色川武大

発行人　五十嵐佳世
発行所　株式会社　小学館
〒101-8001
東京都千代田区一ツ橋2-3-1
電話　編集　03-3230-9355
販売　03-5281-3555
印刷所　大日本印刷株式会社
製本所　大日本印刷株式会社
装丁　おおうちおさむ（ナノナノグラフィックス）

ISBN978-4-09-352436-0

P+D BOOKS